Erst ist es nur ein gestohlener Lippenstift. Dann stumpfe Gewalt. Die siebzehnjährige Hazal ist verletzlich und grob, voller Energie, überschäumend vor Hoffnungen und Ängsten. Ihre aus der Türkei eingewanderten Eltern fühlen sich bis heute fremd in Deutschland, und Hazal macht auf der Suche nach ihrer Heimat fatale Fehler. Als sie ein echtes Verbrechen begangen hat, flieht sie von Berlin nach Istanbul, das sie bisher nur aus dem türkischen Fernsehen kennt. Warmherzig und wild erzählt Fatma Aydemir von den vielen Menschen, die zwischen den Kulturen und Nationen leben, und von deren Suche nach einem Platz in der Welt.

Fatma Aydemir wurde 1986 in Karlsruhe geboren. Sie studierte Germanistik und Amerikanistik in Frankfurt am Main. Seit 2012 lebt sie in Berlin und ist Redakteurin bei der ›taz‹. Als freie Autorin schreibt sie daneben für zahlreiche Zeitschriften wie für ›Spex‹ und das ›Missy Magazine‹. ›Ellbogen‹ ist ihr Debütroman, für den sie mehrfach ausgezeichnet wurde. Der Roman wurde an mehreren deutschen Theatern dramatisiert.

Fatma Aydemir

Ellbogen

Roman

dtv

Die Autorin dankt der Robert Bosch Stiftung
und dem Literarischen Colloqium Berlin für ein
Grenzgänger-Stipendium, sowie der Kunststiftung
Baden-Württemberg.

**Ausführliche Informationen über
unsere Autoren und Bücher
www.dtv.de**

2. Auflage 2020
2018 dtv Verlagsgesellschaft mbH & Co. KG, München
Lizenzausgabe mit Genehmigung des Carl Hanser Verlages

Umschlaggestaltung: dtv nach einem Entwurf von
Peter-Andreas Hassiepen unter Verwendung eines Fotos
von plainpicture/Martin Benner
Satz: C.H.Beck.Media.Solutions, Nördlingen
Druck und Bindung: Druckerei C.H.Beck, Nördlingen
(Satz nach einer Vorlage des Carl Hanser Verlages)
Gedruckt auf säurefreiem, chlorfrei gebleichtem Papier
Printed in Germany · ISBN 978-3-423-14665-4

TEIL EINS

EINS

Hätte Desiree mir nicht mit ihren langen, sauberen Fingern jeden Lippenstift und Nagellack einzeln vorgeführt, wäre ich niemals auf die Idee gekommen zu klauen. Es war Sommer, das weiß ich noch genau, denn Desiree trug hellblaue Hotpants und die auf ihren Beinen glänzenden Härchen standen aufrecht, weil die Klimaanlage den Supermarkt in einen großen Kühlschrank verwandelt hatte. Obwohl ich erst sieben war, wusste ich, dass ich so kurze Hosen niemals würde tragen dürfen. Und ich wusste auch, dass Mama mir niemals erlaubt hätte, einen Glitzerlippenstift zu kaufen. Desiree aber hatte einen Geldschein in der Hand und musste sich nur noch für eine Farbe entscheiden. Sie nahm den pinken Lippenstift, klar, denn Desiree war blond und hielt sich für Barbie. Eigentlich sah sie tatsächlich ein bisschen aus wie Barbie, doch das habe ich ihr nie gesagt. Das Leben war schon gut genug zu Desiree.

Ich begleitete sie bis fast an ihre Haustür. Desirees Mutter stand schon auf dem Balkon, die Hände in den Hüften. Sie war groß, extrem dünn und immer ein bisschen braun gebrannt. Keine Ahnung wieso, wahrscheinlich fuhren sie oft in den Urlaub. Sie trug ein enges Tanktop und keinen BH darunter, so dass man immer nur Titten sah, wenn man an Desirees Mutter dachte. Die Titten waren viel kleiner als die von Mama, aber nicht spitz, sondern rund wie zwei Tennisbälle, eigentlich ganz hübsch. Desirees Mutter rief uns mit strengem Blick zu, dass die Familie nun zu Mittag essen würde. Desiree nickte, schaute mich an und winkte mir zum Abschied. Sie winkte, obwohl ich neben ihr stand. Nie habe ich Desirees Wohnung von innen gesehen, aber oft habe ich mir vorgestellt, wie es drinnen aussehen könnte.

Danach ging ich wieder zurück zum Supermarkt und ließ den Lippenstift unauffällig in meiner Hosentasche verschwinden. Ich kann nicht sagen, was ich mit ihm vorhatte, ich glaube, es ging nur darum, ihn zu besitzen, ab und zu daran zu riechen. Denn auftragen konnte ich ihn auf keinen Fall, Mama hätte mir dafür direkt eine Schelle verpasst. Als ich an der traurigen Kassiererin mit dem Damenbart vorbeischlich, senkte ich meinen Blick und konzentrierte mich auf die Fliesenrillen. Draußen rannte ich die dreihundert Meter nach Hause, als müsste ich dringend aufs Klo, schloss mit dem Schlüssel, der an einem dunkelblauen Faden um meinen Hals hing, die Tür auf, sprang die Treppenstufen in den ersten Stock hoch, schloss die Wohnungstür auf, lief direkt in unser Kinderzimmer und hielt den Lippenstift Onur stolz vor die Nase. Onur schenkte mir nur einen fragenden Blick und spielte weiter mit seinen beschissenen Legosteinen. Spasti.

Dann stand Mama in der Tür. Sie starrte auf die glitzernde Packung in meiner Hand und fragte, was das sei. Ich sagte: »Ein Lippenstift.« Sie wollte wissen, wo ich ihn herhatte. »Tante Semra hat mir fünf Euro geschenkt, morgens, als ich sie vor der Bäckerei getroffen habe«, log ich. Mama glaubte mir natürlich kein Wort. Niemals hätte Tante Semra mir einfach so fünf Euro geschenkt, wieso auch. Es war weder mein Geburtstag noch irgendein Bayram. Keiner schenkt einem einfach so fünf Euro auf der Straße, zwei vielleicht, ja, eine Zweieuromünze kann man mal hergeben. Aber einen Schein? Niemals.

Als Mama schon den gelben Telefonhörer abnahm, um Tante Semra anzurufen, legte ich meine kleine Hand auf die schwarze Auflegetaste und sagte es ihr. »Ich habe ihn geklaut.« Ich sagte es so schnell, dass ich kurz selbst darüber erschrak. Dann kamen mir die Tränen. Einfach so.

Mama knallte den Hörer hin und flippte völlig aus. Sie hasst es, wenn ich weine, das ist heute noch so. Sie sagt, ich weine immer nur, wenn ich schuldig bin. Sie nennt das Krokodilstränen. Ein komisches deutsches Wort, das sie aufgeschnappt hat und übertrieben gerne benutzt. Wahrscheinlich gefällt ihr das Bild: Weinende Krokodile, die in Schuldgefühlen schwimmen. Mit ihrem schweren plüschigen Nuttenpantoffel in der Hand scheuchte sie mich durch die ganze Wohnung und rief: »Du verdammtes Hurenkind!« Ich sprang auf die samtene Blumencouch, von dort auf den Sessel mit dem Brandloch, ich rannte ins Kinderzimmer und verkroch mich in der hintersten Ecke des Raums. Mama blieb schnaufend vor mir stehen. Es dauerte keine zwei Sekunden und sie fing selbst an zu heulen. Da wusste ich: Okay. Ich habe wirklich große Scheiße gebaut.

Mama rannte in die Küche und kam mit dem größten Messer zurück, dem, mit dem mein Vater immer das Fleisch schnitt. »Mit welcher Hand hast du geklaut?«, brüllte sie. »Links oder rechts?« Ich versteckte die Hände hinter meinem Rücken und schob sie in den Spalt zwischen Heizung und Fensterbrett. Ich schluchzte und schrie, ich rief, ich würde es nie wieder tun. Aber Mama hörte nicht auf. Sie fragte immer wieder nur: »Links oder rechts?« Ich glaube nicht, dass ich jemals wieder solche Angst um meinen Arsch gehabt habe wie damals. Nicht mal, als ich mit vierzehn die ganze Packung Blutdrucksenker von meinem Opa gefressen habe, und das war schon krass.

Mama packte mich am Nacken, riss mich aus der Wohnung und schleppte mich zurück in den Supermarkt. Ich starrte auf meine weißen Plastiksandalen, während ich neben ihr stand und ihr zuhörte, wie sie mit ihrem gebrochenen Deutsch auf den dicken Filialleiter einredete. Irgendwann kniff sie mich in den Arm und keifte mich auf Türkisch an. Heute glaube ich, es wäre weniger schlimm gewesen, meine rechte Hand zu verlieren, als mich bei dem Typen entschuldigen zu müssen. Scham ist nämlich viel beschissener als Angst. Denn wenn man sich schämt, dann hat man sogar Angst davor, sich zu fürchten. Der Filialleiter kratzte sich an seinem fetten Bauch und warf mir nur diesen Blick zu, den ich nie vergessen werde. Die winzigen blauen Augen hinter den dicken Brillengläsern lachten. Ha! Ihm gefiel es, dass ich geklaut hatte. Und noch mehr gefiel ihm, dass ich mich schämte, diesem Schwein.

Danach habe ich nie wieder geklaut. Okay, fast nie wieder. Einmal nur habe ich zwei Dosen Redbull und eine Flasche Wodka eingesteckt, aber das zählt nicht. An dem Tag mussten wir nämlich alle klauen: Elma, Gül, Ebru und ich. Das war unsere Mutprobenphase. In derselben Woche musste ich auch meinen ersten Zungenkuss machen. Mit Vincent, dem Opfer. Damals fand ich ihn noch cool, weil er immer die teuersten Sneakers auf dem Schulhof anhatte. Wir standen auf dem Penner-Spielplatz hinter der Kirche, und um uns herum kicherten bestimmt zwanzig Leute. Ein paar Wochen vorher hatte mich Vincent gefragt, ob ich mit ihm gehen wollte. Da hatte ich ihn nur ausgelacht, weil ich nicht wusste, was ich antworten sollte. Irgendwann ging ich zu ihm und sagte: »Hey, ich hab's mir anders überlegt«, damit ich ihm meine Zunge in den Hals stecken konnte, ohne dass er es falsch verstand. Ich tat es also. Er schmeckte süßlich, aber auch komisch und alt, so wie abgestandenes gelbes Kaubonbon, und noch schlimmer: Er hielt beim Knutschen seine Glubschaugen offen. Was ich selbst gar nicht gesehen habe, weil meine Augen natürlich geschlossen waren. Aber die Nutten, die sich meine Freundinnen nennen, haben es mir später erzählt. Nutten, weil sie mich damals verarscht haben. Es war nämlich abgemacht, dass jede von uns mit einem Deutschen knutschen muss, aber keine von den anderen hat sich mehr getraut, als ich erzählt habe, wie kalt und glitschig sich das anfühlt. »Das liegt bestimmt an dem ganzen Domuz, das die essen«, hat Elma gesagt, »jetzt weißt du, wie Schweinefleisch schmeckt, Mann.« Aber es musste eben ein Deutscher sein, ein Türke kam nicht in Frage, das wäre zu riskant gewesen. Denn Türken erzählen immer alles herum, bis es die ganze Sippe weiß.

Und jetzt starre ich auf die beschissene Garderobe, während ich mit dem Ladendetektiv im Hinterzimmer des Drogeriemarkts sitze. Da hängen drei hässliche Jacken, die gehören bestimmt den Kassiererinnen. Die Jeansjacke in der Mitte ist die hässlichste, die sieht aus wie die, die mein Vater auf alten Fotos trägt, von 1993 oder so. Ich frage mich, was die hier wohl verdienen. Die Mutter von Gül arbeitet bei Netto im Lager und kriegt neun Euro die Stunde. Der Drogeriemarkt ist viel kleiner als Netto, vielleicht kriegt man hier sieben. Immer noch doppelt so viel, wie mein Onkel mir zahlt, dieser Geier. Ich überlege, ob ich mich hier mal um einen Minijob bewerben sollte. Wenn ich in so einem gemeldeten Job acht Stunden am Tag arbeite, dann habe ich die 450 Euro in weniger als zehn Schichten drin. Davon kann man sich bestimmt viel schönere Jacken kaufen als die, die da hängen.

»Zuerst muss ich Ihnen ein Hausverbot aussprechen«, sagt der Detektiv. »Sie dürfen in den nächsten zwölf Monaten keine unserer Filialen betreten.«

»Was? Wieso denn?«

»Weil wir das so handhaben. Sie werden wegen Ladendiebstahls angezeigt«, sagt er, ohne mich anzuschauen. Er blättert mit seinen Wurstfingern in meinem Reisepass, in dem jede Seite mit einem rot-weißen Halbmond verziert ist. Ich habe den Pass immer dabei, seitdem ich mal abends von den Bullen kontrolliert worden bin und sie mich nach Hause bringen mussten und mein Vater das so unangenehm fand, dass er später aus Wut die Çaykanne gegen die Wand geworfen hat.

Der Detektiv holt einen Kugelschreiber raus.

»Mann, ich habe doch gesagt, dass ich nicht geklaut habe. Ich habe nur vergessen zu bezahlen.«

»Wenn Sie wüssten, wie oft wir das zu hören bekommen.«

Ich frage mich, warum der Typ *wir* sagt. Und ob er den Job bekommen hat, weil er so mittelmäßig deutsch aussieht, dass er niemals irgendwem auffällt.

»Aber das ist echt so. Ich klaue nicht, habe ich nie gemacht.«

»Ja klar«, sagt er und lässt seinen Kugelschreiber fallen. Er will ihn im selben Moment wieder in der Luft abfangen, schafft es aber nicht und haut seine Hand aus Versehen gegen die Tischkante. Alles, was er macht, ist nur eine behinderte, abgehackte Bewegung. Und dazu ein dümmlich verzogenes Gesicht.

»Pfft.« Ich muss lachen, kann es aber noch unterdrücken und bringe nur ein Rotzgeräusch heraus. Peinlich. Jetzt muss ich erst recht lachen. Ich halte mir die Hand vor den Mund. Der Typ guckt mich nur fassungslos an.

»Ja, jetzt lachste, wa? Is witzig, wa?« Seine käsige Haut färbt sich rosa. Er hebt den Kugelschreiber vom Boden auf.

»Ja, ist schon witzig, Mann«, sage ich und lache laut.

Eine Ader an seiner Schläfe schwillt an. Er lässt den Kugelschreiber klicken und betrachtet angepisst meinen Pass. Seine braune Jacke strömt einen seltsamen Geruch aus, wie nach Altenheim. Dabei ist der Typ höchstens vierzig oder so. Ich frage mich, ob er vielleicht mit seiner Mutter zusammenwohnt. Oder sie ständig besuchen geht, im Altenheim. Vielleicht ist es auch nur die Jacke, vielleicht ist sie von Humana. Draußen piept eine Kasse, Leute unterhalten sich, aber man versteht sie nicht, sie sagen nur blablabla. Das

Detektivgesicht freut sich jetzt ein bisschen, die Mundwinkel gehen leicht nach oben.

»Du bist ja noch minderjährig, Fräulein! Das heißt, wir werden jetzt die Polizei rufen müssen.«

»Nein Mann, hör doch auf«, sage ich ungläubig.

»Die Beamten bringen dich dann nach Hause zu deinen Eltern.« Er lehnt sich zufrieden zurück, schlägt die Beine übereinander.

»Auf keinen Fall.«

»Tut mir leid, das muss ich machen«, sagt er. »Aber das wirst du doch wissen. Ist ja wahrscheinlich nicht das erste Mal, dass du geklaut hast.« Er singt fast ein bisschen. Seine Nasenlöcher weiten sich, ein paar Härchen schauen heraus. Ich stelle mir vor, wie ich sie mit einem Feuerzeug abbrenne. Er versucht, wieder ernst zu gucken: »Ladendiebstahl ist kein Kavaliersdelikt. Weißt du, dass man dafür in sein Heimatland abgeschoben werden kann?«

»Alter!«, rutscht es mir heraus. Alter. Mir ist, als müsste ich kotzen, und zwar direkt vor die Füße des Ladendetektivs. Alles ist warm und dreht sich, ich sinke langsam in ein dunkles Loch, darf mir aber nichts anmerken lassen, sonst wird es nur noch schlimmer.

»Nein, ich meine, das geht nicht«, höre ich mich sagen. »In zwei Tagen, da werde ich doch achtzehn …« Es interessiert ihn nicht, das kann ich sehen, aber ich muss weitermachen: »Ich bin doch schon volljährig, also fast. Sie brauchen das nicht machen, die Bullen rufen.«

»Laut deinem Ausweis bist du siebzehn, also minderjährig. Deshalb sind wir verpflichtet, die Polizei anzurufen«, sagt er und packt sein orangefarbenes HTC auf den Tisch.

Es ist eines von diesen neuen, mit viel Speicherplatz. Mein Nachbar Nuri hätte mir dasselbe Handy letzte Woche für einen Hunni besorgen können, vom Lastwagen gefallen. Wollte ich nicht, weil die Kamera nichts taugt. Aber was braucht ein Typ mit so einer Fresse auch eine hohe Auflösung? Wer will den schon sehen? *Wir* sind verpflichtet, die Polizei zu rufen. Wer ist bloß dieses *Wir*? Wir, das Team des Drogeriemarktes, wo nur Assis hingehen, um sich mit Testern zu schminken? Oder wir, die hässlichen Berliner Ladendetektive, die kleine Kanaken jagen, weil sie ein einziges Mal versehentlich mit unbezahltem Kram aus dem Laden spazieren? Oder wir ekelhaften, schuppenhäutigen, ungewaschenen Männer, wir armen Schweine, die wir unsere drei übrig gebliebenen Haare mühevoll zur Seite kämmen, zwei Zentimeter vor und dann eine Kurve in Richtung rechtes Ohr, in der Hoffnung, die Glatze zu verdecken, um den ganzen Scheißtag kleinen Mädchen auf den Arsch zu schauen, während sie sich mit dem neuen Beyoncé-Parfüm einsprühen, wir, die wir dann nach Feierabend versuchen, die Fotze von hässlicher Kassiererin mit der abgerockten Jeansjacke von 1993 aufzureißen, nicht mal bei der landen, deswegen wieder ganz alleine nach Hause gehen zu unserer hundert Jahre alten Mami, die sich täglich vollscheißt, aber einfach nicht sterben will, damit wir ja nicht ihr verstaubtes Nazizeug erben können, warten, bis die alte Kartoffel schläft, dafür beten, dass sie nie wieder aufwacht, und uns dann auf irgendwelche Japsen bei Pornhub ordentlich einen runterholen und beim Kommen weinen, immer nur weinen, uns in den Schlaf weinen.

»Aber ich sag doch, ich habe nicht geklaut. Ich habe den Mascara doch nicht einmal versteckt. Seh ich so blöd aus, dass ich mit dem Ding in der Hand durch die Detektoren laufe? Wenn ich ihn klauen wollte, wenn ich das absichtlich getan hätte, dann hätte ich doch den Pieper abgemacht und mir den Mascara in die Hose geschoben.«

Der Detektiv blickt auf, mustert mich misstrauisch. Er denkt bestimmt was Versautes, wegen in die Hose schieben.

»Du hast also schon mal geklaut, du scheinst ja zu wissen, wie das geht«, stellt er fest.

»Ja, aber nein …« Aber-ja-aber-nein. Der Typ ekelt mich an, aber ich brauche dringend sein Mitleid. Wenn ich schon wieder mit den Bullen nach Hause komme, und diesmal auch noch, weil ich geklaut habe, darf ich erstmal drei Monate nicht vor die Tür. Und meine Geburtstagsparty kann ich sowas von vergessen.

»Ja, als Kind habe ich ein einziges Mal geklaut. Das war ein Lippenstift, aber da war ich erst sieben«, sage ich und halte kurz die Luft an. Ich will weitersprechen, aber die Story kommt mir plötzlich unheimlich lächerlich vor.

»Mein Vater hat mich mit dem Gürtel geschlagen.«

Meine Stimme quietscht. Das ist voll gelogen. Mir schießen Tränen in die Augen. Echt hollywoodreif, würde Leoni jetzt sagen. Das sagt sie immer bei der BVB, der berufsvorbereitenden Bildungsmaßnahme, wenn ich so tue, als wäre mir schlecht, damit ich nach Hause gehen darf und Leoni mich begleiten muss. Meistens gehen wir dann Kaffee trinken. Bevor ich mit Frau Gawlik rede, atme ich ganz lange ganz schnell durch den Mund, bis ich richtig blass werde. Die alte Gawlik denkt bestimmt, ich sei schwanger oder sowas.

»Och, hör doch auf«, sagt der Detektiv und nimmt ein Papier aus seiner Mappe. Er fängt an, darauf herumzukritzeln.

»Bitte glauben Sie mir«, flehe ich ihn an. »Ich wollte den Mascara nicht klauen. Den anderen Kram habe ich doch auch bezahlt. Schauen Sie in meinen Geldbeutel, da ist genug Geld für zwanzig Mascaras drin. Ich schwöre! Ich habe heute meinen Lohn bekommen.«

Ich mache mich sowas von zum Affen. Aber gut. Besser lebender Affe als toter Affe.

»Ich habe jetzt wirklich keine Zeit für diese Geschichten«, sagt er mürrisch und winkt ab.

»Wenn die Polizei zu uns nach Hause kommt, bringt mein Vater mich um! Sie wissen gar nicht, wie streng meine Eltern sind. Die fackeln nicht lange, da wird nicht erst diskutiert und so. Da gibt's gleich auf die Fresse.«

Ich fühle ein Stechen in meinem Kopf. Das hier ist nicht echt, nein, das ist so ein schlechter deutscher Film, der abends auf ZDF läuft. Das arme, arme türkische Mädchen, fehlt nur noch das Kopftuch. Ich lege die Hände auf mein Gesicht und fange an zu schluchzen. Und schon heule ich wirklich und weiß nicht einmal, warum.

Der Typ gibt mir ein Taschentuch und sitzt da, ohne was zu sagen. Ich putze mir die Nase und weine immer lauter. Als ich mich langsam wieder in den Griff kriege, nehme ich mir einfach noch ein Taschentuch und wische mir die Tränen aus dem Gesicht. Mein Mascara ist sicher ganz verschmiert. Ich schaue mich um. Da ist kein Fenster in dem Kabuff, die Luft ist alt und verbraucht. Dieses künstliche Licht macht einen krank. Wie durch einen glasigen Tränenfilter sehe ich die hängenden Mundwinkel des Detektivs und spüre meine Angst, und dann geht es schon wieder los. Neue Tränen strömen mir über die Wangen, ich habe keine Kontrolle mehr.

»Jetzt beruhig dich doch«, sagt der Typ, der mich eben noch abschieben wollte. Er legt beide Hände auf den Tisch und starrt mich an wie eine Gehirnamputierte.

»Wir finden schon eine Lösung. Sie werden dich nicht verprügeln.«

Er scheint es ernst zu meinen.

Da liegt ein kleiner grauer Fussel auf dem Tisch, neben seinem HTC. Ich halte die Luft an und weine immer noch und starre auf den Fussel. Der Fussel muss jetzt nützlich werden, er muss mir helfen, endlich mit dem Weinen aufzuhören.

»Ich tue jetzt mal so, als hätten wir heute schon den 25. Juni 2016, ja? Du bist heute achtzehn Jahre alt, also, weil ich mich im Datum irre. Und ich rufe die Polizei nicht an, okay?«

»Danke«, sage ich ganz leise zu dem Fussel. In meiner Kehle löst sich ein kleiner Feuerball und sinkt langsam in Richtung Bauch.

»Aber freu dich nicht zu früh, Fräulein. Eine Anzeige bekommst du trotzdem. Falls du tatsächlich Ersttäterin bist und keine weiteren Vorstrafen hast, wird das Verfahren wahrscheinlich gegen Zahlung einer Geldbuße eingestellt. Du kriegst irgendwann Post von der Polizei. Bis dahin hast du Zeit, in Ruhe mit deinen Eltern zu reden. Das ist dann nicht so ein Schock für die, wie wenn die Polizei vor der Tür steht …«

Bla. Bla. Bla.

Na toll. Den Brief muss ich auf jeden Fall abfangen. Auch wenn ich dafür eine Woche lang die BVB schwänzen muss.

»Und ich bekomme eine Fangprämie von hundert Euro. Die kannst du gleich in bar bezahlen«, sagt der Detektiv und schiebt einen Zettel zu mir rüber.

»Der Mascara kostet doch sieben Euro.«

»Jetzt ja nicht unverschämt werden, Fräulein. Nur weil ich dir den kleinen Finger hinhalte. Die Fangprämie muss jeder bezahlen. Wenn du das nicht jetzt tust, dann kriegst du noch einen Brief, und zwar von unserem Anwalt«, sagt er und zeigt auf das Kreuz, neben dem ich unterschreiben soll.

Von nun an halte ich besser die Klappe. Ich packe die hundert Euro, die für meine Party waren, auf den Tisch und unterschreibe. Wucher. Der Typ zieht mich ab und kommt sich vor wie ein Sozialarbeiter. Er hält mir noch eine Moralpredigt, aber da höre ich schon nicht mehr zu und überlege, wo ich schnellstens Geld herbekomme. Vielleicht kann ich Onur anpumpen. Das habe ich letzten Monat auch gemacht, und er hat mir das Geld gegeben, ohne Faxen zu machen, weil er Panik hatte, dass ich Mama davon erzähle, wie ich ihn am helllichten Tag besoffen auf dem Penner-Spielplatz gesehen habe. Bevor ich den Laden verlasse, bezahle ich den verdammten Mascara. Ich gehe extra nicht zu der Kassiererin mit dem Kopftuch. Aber die Deutsche ist auch nicht besser, wirft mir einen vorwurfsvollen Blick zu. Ich schaue ihr genervt in die Augen und lasse den Zehneuroschein absichtlich neben den Zahlteller fallen. Die Jeansjacke von 1993 gehört bestimmt ihr. Pinke Swarovski-Steinchen. Auf Plastikfingernägeln. Echt jetzt?

Am liebsten würde ich die ganze Strecke nach Hause laufen, stundenlang einfach nur laufen, aber es regnet schon wieder, und nach Hause will ich sowieso nicht. Ich bleibe auf einer Bank im U-Bahnhof sitzen und checke mein Handy nach einer Nachricht von Mehmet. Da ist nichts. Die U6 kommt, Menschen steigen aus und ein. Die Leute bilden ein muffiges Gewirr mit ihren feuchten Klamotten, regennass und verschwitzt, man riecht auch ein paar eingepisste Penner heraus. Eine syrische Mutter packt ihre beiden kleinen Töchter an den pinken Rucksäcken und schiebt sie in die überfüllte U-Bahn. Eine deutsche Familie mit bunten Einkaufstüten diskutiert, wo entlang sie schneller zum Hotel kommt. Es ist seltsam, wie geduldig die Eltern dem Sohn zuhören, der vielleicht gerade mal zwölf ist und erklärt, warum er für den linken Ausgang ist. Dann fängt die Tochter an zu sprechen und zeigt nach rechts und hat etwas ekelhaft Klugscheißerhaftes an sich. Die Eltern hören wieder zu, unterbrechen die beiden nicht, nicken nur. Ein altes deutsches Ehepaar stellt sich vor den Fahrplan. Die Frau hält kurz Ausschau nach jemandem, den sie fragen kann, wie sie dorthin kommen, wo sie hinmüssen. Sie läuft zwei Schritte auf mich zu und dreht sich dann doch zu einer Braunhaarigen in blauen High Heels um. Ob ich jemals in solchen Dingern laufen lerne? Ich versuche, mich daran zu erinnern, warum Mama damals so geweint hat, nach meiner Lippenstift-Aktion. Sie sagte zwar immer nur, es sei haram zu klauen, aber ich bin sicher, dass es in Wahrheit um etwas anderes ging. Wenn wir in der Familie miteinander reden, tun wir nämlich immer so, als gäbe es einen Gott und die Hölle und so. Das hilft dabei, irgendwelche Begründungen für irgendwas zu finden und weniger Angst vor dem Tod zu haben, und vor allem hilft es dabei, uns Dinge zu verbieten. Vielleicht hat Mama nur geweint, weil sie dachte, dass ich jetzt ein Opfer werde und mein Leben verpfusche, so wie jedes zweite Mädchen hier im Wedding. Und vielleicht sieht es von außen tatsächlich so aus, als ob ich mein Leben schon verpfuscht habe. Ja, wahrscheinlich habe ich ja auch ein verpfuschtes Leben. Mama wollte immer, dass ich Arzthelferin werde, und ich wollte Ärztin sein. Jetzt bin ich nichts von beidem und finde nicht mal eine Ausbildung zur Verkäuferin. Das liegt daran, dass die eine Hälfte meiner Lehrer aus Arschlöchern bestanden hat und die andere Hälfte geisteskrank war. Das sagt zumindest Tante Semra, die ist Sozialpädagogin und kennt sich mit solchen Dingen aus. Tante Semra sagt auch, dass ich weiter zur Schule gehen soll, um irgendwann sogar das Abi nachzuholen, aber das will ich nicht. Keine Lust, mein Leben lang bei meinen Eltern um Geld betteln zu müssen. Außerdem müsste ich dann jeden Tag mit einem Haufen Vollidioten abhängen. Leute, die Abi machen, labern alle nur Scheiße und haben fettige Haare.

In der U-Bahn rufe ich Eugen an und frage, ob der Otto da ist. Er sagt: »Klar, komm vorbei.« Dann rufe ich zu Hause an und sage Mama, dass ich erst zum Abendessen komme, weil ich noch zu Ebru muss. Sie hört sich beschäftigt an, deshalb stresst sie nicht. Ich soll einen Bund Petersilie mitbringen. Seit Mama ein neues Samsung hat, ist sie viel entspannter. Sie spielt stundenlang Candy Crush und guckt sich Fotos von Verwandten auf Facebook an. Früher dachte ich, dass Mama mich immer stresst, weil sie ein Problem mit mir hat. Heute weiß ich, dass ihr die ganze Zeit einfach nur langweilig war.

Als ich am Leo aussteige, sehe ich, dass Gül aus dem anderen Wagen kommt. Ich laufe ihr hinterher und ziehe an ihrer Kapuze.

»Alter!«, ruft sie und dreht sich um. »Ach, du bist's, du Irre.«

»Wo kommst du her?«

»Von Burcu! Sie hat mir noch einen Gefallen geschuldet. Da habe ich gesagt, sie soll mir die Beine wachsen. Hey, hast du geweint?« Sie wischt mir vorsichtig die Restschminke aus dem Gesicht.

»Frag nicht, Mann, der Tag war echt mies«, sage ich. »Ich geh jetzt zu Eugen. Komm doch mit.«

»Hazal, erzähl! Was los?«

Ich hänge mich bei ihr ein und versuche, das Thema zu wechseln. Wir laufen über den Kirchplatz, an den Alkis vorbei. Die streiten sich, bestimmt wieder um Geld. Der Regen hat aufgehört. In der Seitenstraße riecht es nach Benzin und Zwiebeln. Güls Augen leuchten, als sie sagt, dass sie jetzt endlich weiß, was sie an meinem Geburtstag anziehen will. »Ein schwarzes Kleid, mit Bombendekolleté.« Sie fährt sich mit den Händen seitlich am Oberkörper herunter. Ich tue so, als wäre ich total überrascht. Bin ich aber nicht, weil Schwarz die einzige Farbe ist, die Gül trägt, und ihre Titten das Einzige sind, was sie gerne und oft betont. Ein mattschwarzer Mercedes hupt im Vorbeifahren. Das ist Nuri. Gül schaut ihm verliebt hinterher und fächert sich mit beiden Händen zu, als würde ihr warm. Vielleicht kann ich Nuri darum bitten, dem Detektiv aufs Maul zu hauen. Er geht neuerdings jeden Tag zur Fitness und sieht aus wie ein

Tier. Seit Nuri mit Rockerkutte rumläuft, hat der halbe Wedding Angst vor ihm, und die andere Hälfte kriecht ihm in den Arsch. Ich könnte Nuri einfach erzählen, dass der Ladendetektiv mich angemacht hat. Aber vorher brauche ich Geld, damit ich die Party schmeißen kann und Gül endlich jemanden abschleppt.

Gül hat es nämlich echt schwer. In ihrer Familie sind alle Frauen dick. Ihre Mutter ist dick, ihre Schwestern sind dick, und Güls Arsch ist der dickste Arsch von allen. Aber irgendwie schafft Gül es, ständig so zu tun, als würde sie das überhaupt nicht stören. Ich habe sie noch nie sagen hören, dass sie eine Diät macht oder abnehmen will. Schon in der Grundschule hat sie den Jungs vor der ganzen Klasse die Hosen runtergezogen, wenn die sie gedisst haben wegen ihrem Gewicht. Einmal hat sie Florian mit den schiefen Zähnen Joghurt über den Kopf gekippt, und Kevin, den Freak, hat sie direkt vermöbelt und ihn anschließend dreckig ausgelacht. Inzwischen ist Gül eine echt schöne Frau geworden. Sie hat die weißesten Zähne, die ich je gesehen habe, obwohl sie raucht, und sie ist eine Meisterin im Schminken. Sie kann sogar jemanden wie Elma zur Diva machen, obwohl Elma ganz schlimme Akne hat. Und Güls Haare liegen immer perfekt und glänzen krass. Manchmal glättet sie mir meine Haare, weil sie meint, dass ich wie ein Wischmob aussehe. Ich mag meine Locken zwar, aber ich lasse sie das trotzdem machen, weil es sich so gut anfühlt, wenn sie mir durch die Haare streicht. Das ist so, als wäre ich wieder ein kleines Kind und Mama würde mir den Kopf streicheln, damit ich einschlafen kann. Um mich herum schwebt der Duft von Vanille-Antifrizzspray und Verbranntem, und ich bekomme Gänsehaut, wenn ich im Spiegel beobachte, wie Gül meine Haare Strähne für Strähne durch das heiße Glätteisen zieht.

Als Eugen die Tür aufmacht, kommt uns eine unsichtbare Weedwolke entgegen. Er grinst. Seine Lider sind so dick, dass er die Augen kaum öffnen kann.

»Mach die Tür zu, Alter, das ganze Treppenhaus stinkt«, sagt Gül nervös, während sie sich an mir abstützt, um ihre Stiefel auszuziehen.

»Riecht doch gut«, sagt Eugen und gibt mir mit weichen Fingern die Hand. Er hat aufgeräumt. Nirgends in seiner winzigen Dachgeschosswohnung liegen Pizzakartons herum, und sogar das Bett ist gemacht. Man könnte meinen, dass er später ein Date hat. Aber Eugen hat nie Dates. Weil er ein Loser ist und den ganzen Tag Filme runterlädt oder zockt. Das war schon damals in der Schule so, als er in unsere Parallelklasse ging und nur deshalb cool wurde, weil wir anfingen mit ihm abzuhängen. Seit seine Mutter gestorben ist, steht ein gerahmtes Foto von ihr auf dem verstaubten Sideboard unter dem Flachbildschirm. Sie hatte Krebs, aber ich weiß nicht, was für einen. Wir haben nie so richtig darüber gesprochen, schließlich kommen wir hierher, um ihn zu unterhalten, damit er ein bisschen was zu lachen hat. Dafür können wir in Ruhe kiffen und zahlen nichts für das Gras.

Ich sinke auf die abgenutzte Ledercouch und stecke mein Handy an eines der zwanzig Ladekabel, die überall verteilt sind. An jeder Steckdose hängt eins, sogar im Bad. Egal, welches Handy man hat, bei Eugen sitzt man nie ohne Akku da. Gül holt ein Handtuch aus dem Schrank, um es in den Spalt unter der Wohnungstür zu stopfen. Sie hat jedesmal Angst, dass die Nachbarn etwas riechen. Eigentlich könnte es ihr egal sein, Eugen interessiert es ja auch nicht. Ist es aber nicht, weil Gül ein Kontrollfreak ist. Also, wenn sie nüchtern ist. Betrunken wird sie zum Gegenteil.

»Wie läuft's?«, fragt Eugen.

»Scheiße«, antworte ich, »ich wurde heute beim Klauen erwischt.«

»Waaas?«, schreit Gül aus dem Flur. Sie sagt, ich darf erst erzählen, wenn sie da ist. Sie muss pinkeln.

»Ich hab ja nicht mal geklaut, hab nur vergessen zu bezahlen«, sage ich.

»Bljaaajd!«, ruft Eugen und lacht sich kaputt. Ich glaube, das ist das einzige russische Wort, das er von seiner Mutter gelernt hat. Ich höre die Toilettenspülung, und schon sitzt Gül neben mir und boxt mir in die Seite. Eugen wirft eine Haribotüte auf den Glastisch, stellt den Fernseher auf stumm und macht Musik an. Haftbefehl rappt irgendwas von *Depressionen im Ghetto*. Eugen rollt einen Joint, während Gül alle Einzelheiten aus mir herausquetscht. Sie unterbricht jeden meiner Sätze mit »So ein Opfer!«, immer abwechselnd, einmal für mich und einmal für den Detektiv. Dann hebt sie den Zeigefinger an die Schläfe und fragt, warum ich nicht dies oder das gesagt habe. »Ist doch voll unlogisch!«, ruft sie und sperrt die Augen weit auf. Eugen lacht und hustet gleichzeitig, reicht den Joint rüber. Ich versuche, mir vorzustellen, was Eugen sieht, wenn er Gül und mich anguckt. Wer wir für ihn sind. Plötzlich kommt mir alles extrem witzig vor. Der Ladendetektiv, wie ich auf die Tränendrüse drücke, die verdammte Anzeige wegen nichts. Ich frage mich, warum meine Eltern nicht darüber lachen können, wenn mir so etwas passiert, warum sie ständig alles ernst nehmen müssen. Egal, was ist, für sie bin ich immer an allem selbst schuld. Wenn Lehrer mich scheiße behandelten, dann hatte ich mich »nicht genug angestrengt«. Als ich mir in der siebten Klasse beim Sportunterricht den Fuß gebrochen habe, hieß es: »Du schaust ja nie, wo du hinläufst. Irgendwann wird dich ein Auto überfahren!« Bla. Irgendwann werde ich vergewaltigt. Irgendwann bringe ich meine Eltern ins Grab. Und irgendwann schieße ich mir die Scheißbirne weg.

»Mal ganz ehrlich«, sagt Eugen auf einmal todernst. »Versteht das nicht falsch, aber … Der Typ hat schon recht. Türken klauen halt.«

»Einen Scheiß hat er recht«, sage ich. »Mal ganz ehrlich: Deine Mutter klaut!«

Eugens Gesicht ist ausdruckslos. Ich spüre Güls Faust auf meiner Niere.

»Sorry, das war nicht so … Sorry.« Mein Mund wird ganz trocken.

»Schon gut, Mann«, sagt Eugen und muss lächeln. »Aber Hazal, jetzt echt, du weißt, warum ich Türken nichts mehr verkaufe.« Er zieht am Joint, eine dichte Rauchwolke steigt langsam aus seinem Mund. »Nie haben die Geld dabei und ständig belabern die mich, dass sie später zahlen. Und dann hauen sie mit dem Gras ab und lassen sich nicht mehr blicken«, sagt er, und es ist ihm nicht mal peinlich.

»Ja, ich weiß, Eugen«, sage ich und blinzle tausendmal. Das Gras ist wirklich gut, ich werde überhaupt nicht müde davon. »Aber vielleicht haben die bloß vergessen zu bezahlen. Schon mal daran gedacht? Was hat das denn damit zu tun, dass sie Türken sind?«

»Weil das immer nur mit Türken passiert. Na ja, und mit Arabern«, sagt Eugen.

»Erzähl keinen Scheiß«, sage ich, »Russen ziehen dich doch auch ab!«

»Komm, das war nur einmal so, mit Dima. Aber der hat mir wenigstens aufs Maul gehauen. Nur Türken suchen immer nach Ausreden und lügen rum wie Muschis.«

»Muschis?«, fragt Gül neben mir. Die Haribotüte hat sie vernichtet, jetzt meldet sie sich zurück. »Wo sind meine Muschis?« Sie wiederholt die Frage immer wieder, jedes Mal ein bisschen schneller. »WosindmeineMuschis? WosindmeineMuschis?«

»Meine Muschi ist in Istanbul«, sage ich und lege meinen Kopf auf Güls Schulter ab. Ich frage mich, ob Mehmet das lustig fände. Mir kommt es nicht so vor, als wäre er einer dieser Typen, die immer auf hart machen müssen.

»Oh, ich wäre jetzt so gerne in Istanbul«, schwärmt Gül und fasst sich an die Stelle ihrer großen Brust, unter der sie ihr Herz vermutet. »Da ist es so schön, so warm, so laut, und alle Leute reden ständig miteinander. Niemand ist so mies gelaunt wie hier.« Sie spricht so, als wäre sie schon mal da gewesen. Typisch. Dabei kennen Gül und ich Istanbul beide nur aus dem Fenster des Busses, der uns jeden zweiten Sommer vom Flughafen in unsere stinklangweiligen Käffer kutschiert.

»Wenn ich Mehmet heirate, dann kannst du uns ja besuchen kommen«, sage ich und schäme mich im nächsten Moment dafür, dass ich so einen Scheiß erzähle.

»Ach was, Mann, ich komme einfach mit und ziehe bei euch ein. Werde ja sowieso kaum zu Hause sein. Ich gehe dann in diese Clubs am Bosporus, so wie in ›Kuzey Güney‹.«

»So wie in was?«, fragt Eugen.

»Ach, das ist so eine schlechte Serie im türkischen Fernsehen«, sage ich und checke mein Handy. Mehmet hat mir immer noch nicht geschrieben.

»Die spielt in Istanbul und die ist gar nicht schlecht«, sagt Gül und fasst sich wieder an ihre linke Riesenbrust. »Die Männer da sehen so gut aus, wirklich, Eugen, und das sind noch so richtige Männer, weißt du? Nicht so wie die Muschis, die dich immer abziehen.«

»Hazal, was machst du eigentlich an deinem Geburtstag?«, fragt Eugen, um das Thema zu wechseln.

»Eigentlich wollten wir ja ausgehen.«

»Eigentlich?«, fragt Gül. »Natürlich gehen wir aus. Ich habe mir heute extra die Beine wachsen lassen! Weißt du, wie das wehgetan hat?«

»Ja, wir gehen, aber ich hab mein ganzes Geld beim Detektiv gelassen heute und weiß echt nicht, wie ich das bezahlen soll.«

»Soll doch jeder was zahlen, wir schmeißen einfach zusammen«, sagt Gül und zuckt mit den Schultern, die Arme, dabei weiß jeder, wie pleite sie ist.

»Niemals. Das ist meine Party.« Ich schaue Eugen an. Er nimmt das iPad vom Tisch und fängt an, mit den Fingern darauf herumzuwischen.

»Eugen, sorry, mir ist das voll unangenehm, aber … Meinst du, du kannst mir ein bisschen was leihen?«

»Ich habe gerade gar nichts, Hazal, keine zehn Euro. Aber ansonsten immer gerne, weißt du doch.« Er schaut nicht einmal hoch vom Tablet.

Meine Brust wird schwer wie Blei. Ich hasse es, Leute anzuschnorren. Und dann lässt mich Eugen auch noch so dumm dasitzen. Ich versuche, die drahtige, bittere Wut runterzuschlucken.

»Na ja«, sage ich und räuspere mich. »Es wären bloß hundert Euro oder so.«

Eugen zockt weiter und schüttelt den Kopf. »Hazal, sorry, ich muss auch bis nächste Woche irgendwie über die Runden kommen.«

Ich nicke nur und schwöre mir, Eugen nie wieder nach Geld zu fragen. Dann checke ich mein Handy und tue so, als ob ich ganz dringend nach Hause muss. Gül stützt sich müde an der Couchlehne ab. Sie sagt, sie kommt mit.

Bis zur Straßenecke Utrechter/Turiner haben Gül und ich den gleichen Weg. Väter kommen von der Arbeit zurück und suchen nach Parkplätzen. Die Penner am Kirchplatz haben sich wieder versöhnt, es gibt neuen Alk. Ich frage Gül noch, ob sie mit zu uns kommen möchte. Vielleicht ist sie ja zu stoned, um nach Hause zu gehen, ihre Schwester merkt das immer sofort. Aber sie sagt, sie sei okay. Ich drücke ihr einen Kuss auf die Backe und klatsche ihr auf den Hintern. Als ich den Schlüssel ins Schloss schiebe, spüre ich wieder dieses Stechen in meinem Kopf, wie vorhin beim Ladendetektiv. Der Typ hat mir ganz schön das Gehirn gewaschen heute. Abschiebung in die Türkei, klar, ganz bestimmt. Wegen einem Mascara, oder was? Dieser Hurensohn wollte mich nur betteln sehen. Ich schüttle den Kopf, als ob die Gedanken wie Krümel von mir abfallen könnten. Das Treppenhauslicht geht an, und ich denke nicht mehr dran. Aber ich habe die Petersilie vergessen.

ZWEI

Meine Ohren warten auf das Geblubber und das Zischen. Ein Geräusch ist da, aber ich kann nicht sagen, ob es schon so weit ist oder noch kurz davor. Der Fernseher unserer Nachbarn singt so laut, als wäre die ganze Familie schwerhörig. Die Stimme der Nachrichtensprecherin aus unserem Wohnzimmer vermischt sich mit dem Sucuk-Lied von nebenan. Die Werbung kenne ich. Zwei Kinder kommen von der Schule und umarmen ihre Mutter. Sie sagen gleichzeitig: »Wir haben Hunger!« Die Mutter trägt eine himmelblaue Strickjacke. Sie streichelt über beide Köpfe und antwortet: »Ich habe eine Überraschung für euch!« Sie nimmt eine Packung Sucuk und zaubert eine rote Peperoni aus ihr heraus, lässt die Peperoni schweben und dann verschwinden, damit die Sucuk nicht mehr scharf ist. Sie schneidet die Wurst in Scheiben, brät sie in der Pfanne, und die Kinder hauen ordentlich rein. Die Werbung ist sowas von unsinnig. Ich meine, nie im Leben würde eine solche Frau in einer solchen Küche ihren Kindern zum Mittagessen eine Wurst braten. Da stehen Töpfe mit frischen Kräutern herum. Und da ist dieses Ding, von dem Defne, die Frau meines Onkels, seit Wochen träumt, und von dem sie mir Fotos auf ihrem iPhone zeigt unter »freistehende kücheninsel«. Eine Frau, die in einer solchen Küche kocht, bindet sich auf jeden Fall eine weiße Schürze um und arbeitet den ganzen Tag an übertrieben aufwendigen und gesunden Sachen, gefüllten Auberginen oder einer selbstgemachten Linsensuppe mit ein paar Tropfen Zitronensaft oder sowas. Vielleicht hätte ich eben beim Abendessen mit meinen Eltern doch etwas Reis nehmen sollen, mein Magen macht schon Faxen. Ich saß nur da und habe im Salat herumgestochert, damit es so aussah, als hätte ich keinen Appetit. Interessiert hat es aber sowieso keinen.

Ich stopfe mir einen halben Schokoriegel in den Mund, hebe die obere kleine Teekanne hoch und sehe, dass das Wasser in der unteren noch nicht blubbert. Als mein Handy auf der Arbeitsplatte vibriert, bebt die Teekanne kurz in meiner Hand. Ich bin so aufgeregt, dass ich nicht gleich nachschauen kann. Ich drehe das Display nach unten und nehme eine Flasche Wasser aus dem Kühlschrank. Was, wenn die Nachricht nicht von Mehmet ist? Ich fülle ein Glas, trinke es zur Hälfte aus und schütte den Rest hektisch ins Waschbecken. Sie ist von Mehmet.

hey wie gehts

Sonst nichts. Nicht einmal ein Satzzeichen.

Ich komme mir so unfassbar lächerlich vor. Den halben Tag habe ich damit verbracht, auf mein Handy zu starren, nur um diese nichtssagende Nachricht zu bekommen. Es gibt nichts, das ich mehr hasse, als warten zu müssen. Man malt sich so viele Dinge aus und weiß doch, dass man am Ende nur enttäuscht wird. Manchmal habe ich Angst, dass es mir auch so gehen wird, wenn ich Mehmet das erste Mal treffe, obwohl ich ihn ja ständig über Skype sehe und weiß, wie er aussieht. Aber in echt ist es doch immer anders. Da kommen Gerüche hinzu, Bewegungen und noch etwas, das sich nicht so leicht beschreiben lässt. Ein Funke, glaube ich.

Ich tippe: *geht so. lass später reden wenn meine eltern pennen,* und überlege, womit ich die Nachricht beenden soll. Gestern hat Mehmet mich gefragt, ob ich sein Baby sein will. Mich hatte noch nie jemand so etwas gefragt. Es klang oldschool und irgendwie schön: sein Baby. Wahrscheinlich hat man das so gesagt, als Mehmet jünger war und noch in Deutschland lebte. Jetzt ist er schon achtundzwanzig. »Ja, ich will dein Baby sein«, habe ich geantwortet und bin dabei ein bisschen rot geworden, weil das aus meinem Mund total gezwungen und uncool klang. Aber Mehmet hat das bei dem Licht nicht gesehen. Ich hatte nur meine Schreibtischlampe an, so wirkt meine Haut durch die Laptopkamera ganz hell, wie wenn ich mit der Fotoapp auf meinem Handy die Kontraste höher ziehe. Das mache ich eigentlich bei jedem Foto, das macht mich irgendwie schöner. *ich liebe dich* klingt scheiße. *love you* ist besser, aber dafür ist es zu früh. Ich frage mich, ab wann man das sagen darf, ohne peinlich zu sein. Ich muss einfach warten, bis er es zuerst sagt. Schon wieder warten. Scheiße. Ich hänge ein <3 an und schicke ab.

»Hazal, machst du Çay?«, ruft Mama aus dem Wohnzimmer.

»Bin dabei.«

Das Wasser blubbert jetzt ein bisschen, eigentlich müsste es große Blasen machen, aber darauf kann ich nicht auch noch warten. Ich gieße das fast kochende Wasser auf den Çay und lasse ihn ziehen. Das kleine Küchenfenster beschlägt, ich öffne es und ziehe die Plastikakkordeontür hinter mir zu. Ich schaue mich um, ob es in der Küche noch etwas zu putzen gibt, damit ich mich nicht zu denen ins Wohnzimmer setzen muss. Keine Lust auf türkische Nachrichten, Politik, tote Frauen, Gemüsepreise.

Ich kümmere mich gern um den Çay. Weil Çaykochen bedeutet, dass ich nach dem Abendessen allein sein kann. Ohne das Gefühl, jemand würde mir ständig auf die Finger schauen und nach Fehlern suchen. Ich mache immer dieselben Bewegungen, muss auf nichts achten und kann einfach der Stimme in meinem Kopf zuhören. Wenn ich bei meinen Eltern sitze, höre ich die Stimme nie. Weil ich dann ständig so tue, als wäre ich jemand anderes. Mein Blick bleibt an den Familienfotos hängen, die unter obstförmigen Magneten auf dem Kühlschrank kleben. Ich nehme das von Onurs Beschneidungsfeier und hänge es unter das von meinen Großeltern, damit ich es nicht mehr sehen muss. Mama hatte mich damals mit blauem Lidschatten geschminkt und in ein schreckliches Tüllkleid gesteckt, das mir viel zu eng war. Auf dem Bild sehe ich aus wie eine Minitranse. Ich glaube, es ist das letzte Foto, auf dem wir zu viert posiert haben. Danach gab es nie wieder einen Anlass.

Ich sprühe das Waschbecken mit zuviel Fettlöser ein, bis der ganze Stahl weiß ist, und schrubbe mit der kratzigen Seite des Schwamms die eingetrockneten Flecken aus den Ecken heraus. Ich sprühe noch mehr Fettlöser und drücke fester, schrubbe wie irre, als wären das da in der Spüle nicht Kalkflecken, sondern Gehirnflecken, die ich loswerden muss, damit mein Kopf klar wird und ich die Stimme besser hören kann. Damit sie mir sagt, wie ich an Geld komme und wie ich Mama dazu überrede, mich an meinem Geburtstag bei Elma pennen zu lassen, damit wir in den Club in der Fabrikhalle gehen können, von dem Leoni immer erzählt. Damit ich bis morgens um sieben tanzen und mich betrinken kann, ohne dass die beiden nebenan das mitbekommen.

»Siehst du, wie sie uns jetzt anbetteln! Siehst du, wie sie jetzt bei Erdoğan angekrochen kommen!«, höre ich meinen Vater im Wohnzimmer schimpfen. Er sagt was von Flüchtlingen und Geld.

Meine Mutter antwortet irgendwas. Ich verstehe es nicht, aber ich bin sicher, sie stimmt ihm zu. Das macht sie eigentlich meistens.

»Das ist der erste Mann, der in der Türkei etwas bewegt hat. Und alle haben sie sich gegen ihn gewehrt«, sagt mein Vater. »Aber jetzt werden sie es aufgeben, jetzt, wo Merkel ihm die Hand schüttelt.«

Ich poliere das Waschbecken trocken, bis es glänzt. Das Thema Erdoğan langweilt mich nur noch zu Tode. Erdoğan hier, Erdoğan da. Alle drehen immer total durch, wenn sie über den reden. Aber wen zur Hölle interessiert das eigentlich, was wir über den denken? Als hätten wir irgendwas zu melden hier im Wedding in unserer Zweieinhalb-Zimmer-Wohnung, können die nicht mal zur Abwechslung etwas anderes besprechen? Zum Beispiel, warum ich als fast Volljährige immer noch Ausreden suchen muss, um abends wegzugehen? Ich gieße erst ein bisschen Çay, dann heißes Wasser in die Çaygläser. In das eine kommt extra viel Wasser, das ist für Mama. Wenn der Tee zu dunkel ist, kann sie nicht einschlafen und geht mir eine Stunde länger auf die Nerven. Mein Vater kriegt den dunklen Çay, damit er fit ist und länger bei seinen Kumpels im Café abhängt. So habe ich vielleicht Zeit, um mit Mehmet zu skypen, ohne dass einer reinplatzt.

»Na endlich«, sagt Mama. »Ich dachte schon, heute gibt es keinen Çay mehr.«

Sie hängt im grauen Sessel und hat ihre Fernsehbrille auf, die sie zehn Jahre älter macht. Ihr Haar ist ordentlich zur Seite gekämmt. Mein Vater sitzt stocksteif in der Mitte des Dreier-Sofas. Er hält sich an der Fernbedienung fest, als würde sie für sein Gleichgewicht sorgen, als drohte er zur Seite zu kippen, sobald sie ihm aus der Hand rutscht. Ich beuge mich vor, um den dunklen Çay vor ihn auf den Couchtisch zu stellen. Meine Hand geht reflexartig zum Dekolleté, aber da ist es schon zu spät. Ich zucke wie eine Irre und verschütte ein bisschen Çay auf die Untertasse. Mein Vater starrt immer noch mit ausdruckslosem Gesicht an mir vorbei in Richtung Fernseher. Aber Mama hat es gesehen. Ich schaue sie nicht an, aber ich kann ihren Todesblick spüren. Er bohrt sich in meine Brust und ich weiß, wäre mein Vater nicht dabei, würde sie fragen: Warum trägst du so ein Shirt überhaupt, wenn du dich nicht darin bewegen kannst? Und wahrscheinlich würde ich nichts sagen, und denken: Es liegt nicht am Shirt, sondern an dir, verdammt.

Diese langweilige Serie mit dem Sultan und den vielen Frauen läuft wieder. Die gab es schon mal vor ein paar Jahren mit anderen Schauspielern und tieferen Dekolletés, das war viel spannender. Eigentlich ging es damals nur um Sex, es gab zwar keine richtigen Sexszenen, aber es wurde ständig davon gesprochen, wen der Sultan jetzt wieder gevögelt hatte. Darüber gab es ständig Stress zwischen den Frauen, und ab und zu rollten ein paar Köpfe. Meine Eltern standen voll darauf. Wenn die alte Sultan-Serie lief, vernichteten sie tütenweise Sonnenblumenkerne und tranken einen Çay nach dem anderen. Eine Folge dauerte drei Stunden, das war der einzige Abend in der Woche, an dem meine Eltern so viel Zeit am Stück miteinander verbrachten. Die neue Version der Serie ist aber leider todlangweilig. Die Kleider sind hässlich und nonnenmäßig, die Kamera wirkt total billig, und irgendwie dürfen die Figuren nicht mehr richtig böse sein. Meine Eltern versuchen seit Monaten, sie gut zu finden. Aber mein Vater verabschiedet sich dann meistens in der ersten Werbepause, um wieder mit seinen Freunden im Café rumzuhängen. Und Mama verbringt immer die halbe Folge damit, sich nach vorne zu beugen und kleine Schalenreste der Sonnenblumenkerne vom Teppich aufzupicken. Aber noch nippen sie an ihren Çays. Immer wenn ein Çayglas leer ist, laufe ich damit in die Küche, komme mit einem vollen wieder und hocke mich zurück auf das Zweier-Sofa in der Ecke. Manchmal sagt Mama: »Hazal, Çay«, oder schlägt mit dem Löffelchen gegen das Glas, weil ich in mein Handydisplay versunken bin und die Treffer für »abschiebung diebstahl« checke.

franco88x schreibt auf frag-einen-anwalt.de, dass er in Deutschland geboren wurde, und fragt dann, ob man ihm seinen unbefristeten Aufenthaltstitel wegnehmen kann, weil er wegen Diebstahls angezeigt wurde. Im nächsten Post sagt er, dass er vorbestraft ist, wegen schwerer Körperverletzung und Beleidigung. Eine Anwältin, die Miriam L.

heißt, antwortet etwas ewig Langes mit irgendwelchen Paragrafen, ich scrolle tiefer. Am Ende steht, dass ein in Deutschland geborener Ausländer nur ausgewiesen wird, wenn er wegen einer oder mehrerer Straftaten zu drei Jahren Freiheits- oder Jugendstrafe verurteilt wurde. Darunter hat Miriam L. ihre Telefonnummer geschrieben, falls sich franco88x von ihr beraten lassen möchte. Es sieht so aus, als könnte er das nötig haben. Mehmet wurde damals abgeschoben, weil er einem Typen aufs Maul gehauen hat, um seine damalige Freundin zu beschützen. Das war wohl in einem Club, mehr hat er mir nicht erzählt. Wir haben nur einmal darüber gesprochen. Aber jetzt, nach dem Post von Miriam L., frage ich mich, ob das logisch ist, ob man wirklich für eine einzige Schlägerei drei Jahre bekommen kann. Vielleicht war Mehmet schon vorbestraft. Ich würde ihn gerne fragen, aber dann sieht es so aus, als wäre mir das total wichtig. Und das will ich nicht.

Eine laute Stimme platzt in den Raum, redet von Leasing-Konditionen. Ich zucke zusammen. Mein Vater dreht leiser und schaltet zu anderen behinderten Serien weiter.

»Salih, kommst du morgen zur Mittagspause nach Hause?«, fragt Mama in so einem aufgesetzten Ton.

Ein Brummen ertönt aus dem Bauch meines Vaters.

»Wie bitte, Salih?«

»Ich weiß nicht«, sagt er und schaltet weiter. »Wieso?«

»Na, ich wollte fragen, was du essen magst. Ich bin morgen schon um halb elf mit der Arbeit fertig, Defne ist aus dem Urlaub zurück.«

Mein Vater macht wieder dieses Geräusch, das mich an einen schlafenden Bären erinnert. Er bleibt auf dem Nachrichtenkanal hängen. Ein kleiner Mann in Anzug schüttelt ganz viele Hände, in Ankara oder so.

»Ich könnte Bohneneintopf machen, das magst du doch, Salih.«

»Hmm.«

»Ich habe heute Joghurt gemacht. Morgen bringe ich frisches Brot aus der Bäckerei mit, dann können wir schön zusammen zu Mittag essen. Die Kinder sind auch da.«

»Ich kann nicht«, sage ich etwas zu laut und senke den Blick gleich wieder. »Ich gehe nach der BVB shoppen. Und dann direkt in die Bäckerei, um Defne abzulösen.«

»Shoppen, was shoppen? Du hast so viele Sachen, die du nie anziehst.«

Ich schaue Mama wortlos an.

»Was guckst du so, Hazal?«

»Ich brauche was für meinen Geburtstag.«

Sie schweigt und starrt auf die alle zwei Sekunden wechselnden Bilder im Fernsehen. Am Ende hat sie vergessen, dass am Samstag mein Geburtstag ist. Nicht, dass es mich wundern würde. Aber hoffentlich hat sie dann auch vergessen, dass ich bei Elma pennen wollte und sie Nein gesagt hat. Wahrscheinlich war das sowieso nur aus Reflex, weil das eben ihr Lieblingswort ist: nein.

»Kommt auf meine Route an«, sagt mein Vater. »Wenn ich um eins in der Nähe bin, komme ich zum Essen. Wenn ich vom anderen Ende der Stadt herfahren muss, lohnt es sich nicht.«

Seit zwanzig Jahren fährt mein Vater Taxi, und er sagt immer, er hätte jede einzelne Straße Berlins im Kopf abgespeichert, nicht so wie die jungen Fahrer, die alle nur noch mit Navi fahren. Ich bin zweimal in meinem Leben Taxi gefahren, also, das von meinem Vater nicht mitgerechnet. Beide Male waren in der Türkei, und ich habe dabei festgestellt, dass Taxifahrer übertrieben viel quatschen. Sie labern über den Verkehr, über das Wetter, über Politik, sie labern dich die ganze Zeit voll, ob du es willst oder nicht. Ich habe mich damals gefragt, ob das zu dem Job dazugehört und ob mein Vater bei der Arbeit auch soviel labert, obwohl ich mir das echt nicht vorstellen kann. Es würde aber erklären, warum er zu Hause immer schweigt. Weil alles schon gesagt und sein Laberakku leer ist. Ich meine, ich spreche seit der Sache mit dem Schlüssel und Gül und meinen Haaren auch nicht mehr viel mit ihm, und da war ich vierzehn. Ich hasse ihn inzwischen nicht mehr, aber irgendwie kommt seitdem kein richtiges Gespräch zustande, weil er eben wie gesagt meistens schweigt. Okay, es ist nicht so, dass er gar nichts sagt, ab und zu schimpft er über die Nachrichten. Und wenn er richtig gut drauf ist, manchmal beim Frühstück an einem seiner paar freien Tage oder wenn wir im Urlaub sind, dann erzählt er von seiner Kindheit in den Bergen am Schwarzen Meer. Wenn er von den Schafen spricht, die er gehütet hat, oder von dem Esel, mit dem er im Herbst täglich zwanzig Kilometer laufen musste, um irgendwelches Zeug, Getreide, glaube ich, von einem Dorf ins nächste zu bringen, wenn er all diese Dinge erzählt, die für mich nach einem schrecklich langweiligen Leben klingen, dann schaut er immer so ein bisschen glücklich und ein bisschen traurig, und ich kriege davon Tränen in die Augen. Als wäre das die schönste Kindheit gewesen, die man sich vorstellen kann, und als sei sein Leben als Erwachsener, mit den Sultan-Serien und den Deutschen, die er jeden Tag zum Flughafen karren muss, in Wahrheit total traurig.

Er legt die Fernbedienung neben sein leeres Çayglas und steht auf.

Mama schaut ihn misstrauisch an.

»Wohin gehst du? Ins Café?«

»Ich schaue mal, was die Freunde so machen.«

»Was sollen die schon machen? Schauen Fußball und rauchen den ganzen Tag.«

»Heute läuft kein Fußball«, sagt er und verschwindet im Flur.

»Gut, aber komm nicht so spät! Wenn du spät kommst, kann ich nicht einschlafen, hörst du?«

Ich bringe sein Glas in die Küche und warte, bis die Tür ins Schloss fällt. Dann schlendere ich zurück und lasse mich auf das Dreier-Sofa fallen. Mama dreht ihren Kopf zu mir, bringt sich in Stellung. Meine Lässigkeit nervt sie, und ich weiß, dass sie sich darauf vorbereitet, mich zurückzunerven. Ich lege mir noch zwei kleine Couchkissen unter den Kopf, damit ich es so richtig bequem habe, verschränke meine Hände unter den Kissen, schiebe das Becken ein bisschen vor, stöhne leise, aber laut genug, dass Mama es hören kann und immer tiefer und starrer in ihrem grauen Hass-Sessel kauert.

»Was?«, frage ich.

»Du armes Ding bist total müde. Dabei warst du heute nicht mal in der Bäckerei. Was hast du denn so Anstrengendes gemacht, hm?«

Ihr gespieltes Mitleid treibt mich in den Wahnsinn.

»Mann, da hab ich einen Nachmittag in der Woche frei und du gehst mir gleich auf den Sack deswegen.«

»Rede nicht in dem Ton mit mir, Hazal!« Sie streckt den linken Zeigefinger in meine Richtung und blickt mir ein paar Sekunden in die Augen. Dann schnalzt sie mit der Zunge und wendet sich kopfschüttelnd wieder dem Fernseher zu.

»Habt ihr in der Schule wenigstens Bewerbungen geschrieben?«

»Nö«, sage ich und schalte zu den deutschen Sendern weiter.

»Nein? Ich verstehe nicht, was ihr da den ganzen Tag macht, ich verstehe es wirklich nicht. Das ist reine Zeitverschwendung.«

»Was soll ich denn sonst machen?«

»Zu Hause bleiben und Bewerbungen schreiben.«

»Ach so, ja? Wie viele Bewerbungen habe ich dieses Jahr denn schon geschrieben? Fünfzig? Sechzig? Und wie viele Jobs habe ich? Einen halben, und der ist schwarz und im Laden von Onkel.«

»Pelin sucht eine, die ihr im Salon hilft. Die Haare waschen kann und den Laden sauber hält.«

Ich rolle mit den Augen.

»Ich war ehrlich zu Pelin. Ich habe gesagt: Hazal ist nicht die Klügste. Aber putzen und Haare waschen, das kriegt sie gerade noch so hin. Geh doch mal morgen vorbei, bevor du zur Bäckerei musst.«

»Mama, ich fasse es nicht. Du willst, dass ich Pelins Putzfrau werde?«

Ich zappe wieder zurück zu den türkischen Sendern, in der Hoffnung, etwas zu finden, das sie ablenkt.

»Ich will, dass du was Anständiges machst, Hazal. Diese Schule, RBB …«

»Das heißt BVB.«

»Dieses Scheiß-BVB soll dir doch helfen, die Ausbildung zu finden. Und was passiert? Nichts! Jeden Tag sitzt du da unnötig herum und hast schon wieder zwei Monate verplempert. Und du kannst nicht ewig in der Bäckerei helfen. Geh zu Pelin, da lernst du was und sie gibt dir mindestens fünf Euro.«

»Ja, da lerne ich die schuppigen Haare unserer Nachbarinnen zu waschen. Toll. Außerdem darf Pelin mich nicht mal ausbilden. Und die will bestimmt auch, dass ich schwarz arbeite. Nein Mann, da bleib ich lieber bei Onkel in der Bäckerei. Das ist wenigstens Familie!«

»Was weißt du schon von Familie? Redest mit mir, als wäre ich nicht deine Mutter, sondern irgendeine Fremde.«

Die Sultan-Serie geht gerade zu Ende. Eine junge Frau wird zum Sultan hereingelassen und verbeugt sich in Zeitlupe vor ihm. In der alten Version hätte die Kamera auf ihre Titten gezoomt. In der neuen zeigt sie nur ihre funkelnden Augen. Wer will sowas bitteschön sehen?

»Du hast keinen Respekt vor uns, schämst dich nicht mal, wenn dein Vater dir in den Ausschnitt schauen kann.«

»Ganz ehrlich …«, sage ich und mir fällt ein, dass Gül mal behauptet hat, Erdoğan hätte die Titten in der Serie komplett verboten. Wie soll sowas gehen?

»Du wirst bald achtzehn und verhältst dich wie eine Achtjährige, Hazal. Das kannst du vergessen am Samstag! Auf keinen Fall schläfst du bei Elma.«

Ich schaue sie schockiert an. Damit habe ich nicht gerechnet. Sie weiß es noch. Ich greife nach meinem Handy.

»Ich bin Samstag volljährig. Ich kann dann machen, was ich will«, sage ich und tippe mit gespreizten Fingern den Sicherheitscode ein.

»Du kannst nicht machen, was du willst. Wie kommst du denn auf die Idee?«

»Hallo? Menschenrechte?«, sage ich und hebe meine Arme fragend in die Luft.

»Ich scheiß auf deine Menschenrechte. Jetzt steh auf und hol mir einen Çay.« Sie nimmt das Teeglas und hält es fordernd in meine Richtung. Das Löffelchen schlägt klirrend gegen das Glas.

Ich hole Luft und starre auf die Ornamenttapete hinter ihr. Mama hat sie letzten Sommer ankleben lassen, damit der Raum größer wirkt. In Wahrheit macht sie den Raum viel kleiner, aber das darf ihr keiner sagen, sonst kommt sie auf noch beschissenere Ideen. Ich nehme das Glas und stampfe in die Küche. Das Stechen in meinem Kopf hat sich in ein Pochen verwandelt. Ich lehne mich mit dem Rücken gegen den Kühlschrank, schließe die Augen. Es pocht immer schneller und lauter. Ich mache sowieso, was ich will, sage ich mir. Es gibt keinen Grund, jetzt abzuhaten. Ich sinke auf den Boden. Ein kleiner Ananasmagnet fällt mit mir runter, die Fotos landen neben mir. Ich drücke meine Hände gegen das kühle Linoleum. Im Spalt unter dem Geschirrschrank kann man schmieriges Zeug erkennen, zu Kügelchen zusammengerollten Dreck. Typisch. Die ganze Wohnung stinkt nach neongelbem Bodenreiniger, aber unter den Schränken rollt sich der Schmutz zusammen, klebrig und schwarz.

Wäre Mama wenigstens so hart, wie sie jetzt tut, dann wäre alles ja okay. Aber in Wahrheit ist sie der schwächste Mensch, den ich kenne. Fünfzigmal wollte sie sich schon von meinem Vater scheiden lassen, und nicht einmal hatte sie die Eier, zu einem Anwalt zu gehen und sich wenigstens beraten zu lassen. Jedesmal fand sie eine neue Ausrede, warum sie keine Zeit hätte. Mal musste sie zum Hautarzt, mal Omas Teppiche schrubben. Nicht, dass ich scharf darauf wäre, dass sie sich trennen. Aber seit ich fünf war, versuche ich mich mit der Idee anzufreunden, weil Mama es immer aufs Neue heulend ihren Freundinnen am Telefon ankündigt. Und ich kann sie ja verstehen. Meine Eltern kannten sich kaum, als sie geheiratet haben. Mama war kaum neunzehn, da machten Oma und Opa schon Druck, von wegen Mama würde als alte Jungfer enden. Dann kam mein Vater um die Ecke, dem seine Eltern auch Druck machten. Die Familien lernten sich über Bekannte kennen und verstanden sich, also wurden die beiden gleich verlobt. Eine halbe Stunde durften sie sich vor der Hochzeit allein unterhalten, na ja, fast allein, denn Tante Semra musste wohl dabei sein, die war damals vielleicht zehn Jahre alt, und später quetschte Oma sie aus.

Jetzt bin ich fast achtzehn und warte immer noch darauf, dass sie sich scheiden lassen, und es passiert einfach nicht. Es wird nie passieren. Denn Mama weiß, dass sie es alleine nicht schaffen würde. Sie kann es einfach nicht. Ihr fehlt der Mut, und die Kohle. Für Hartz ist sie zu stolz. Sie macht nur halbe Schichten bei meinem Onkel in der Bäckerei und sagt jedes zweite Mal ab, weil sie angeblich krank ist. Dann frisst sie ihre Psychotabletten und hängt high auf der Couch ab, bis mein Vater kommt und was essen will. Einen anderen Job würde sie nie finden, sie kann ja nicht mal richtig lesen und schreiben. Nur Formulare kann sie ausfüllen, und die Kündigungen unterschreiben, die ich vorher tippe und im Späti ausdrucke. Nicht mal Ebrus Mutter ist so hilflos wie Mama. Die geht nämlich zwar auch zur Therapie und nimmt Tabletten, aber sie macht immerhin täglich ihre Arbeit, putzt den OP in der Charité. Und sie hat sich von ihrem Mann getrennt, weil der irgendeine Schlampe aus Reinickendorf vögelte. So etwas tut mein Vater natürlich nicht, glaube ich zumindest, und wenn, dann wäre er schlau genug, sich nicht erwischen zu lassen. Früher hat er Mama ab und zu geschlagen, aber das macht er jetzt nicht mehr. Trotzdem liebt Mama ihn nicht, weil sie sich von ihm nicht geliebt fühlt. Und er ignoriert sie. Sie sind unglücklich und schlafen jede Nacht im selben Bett. Manchmal ekelt mich das an, meistens ist es mir einfach nur egal.

Im Wohnzimmer regt sich was. Ich springe auf und gieße vorsichtig Tee ins Glas. Als ich es reintrage, hockt Mama vorgebeugt im Sessel und spielt Candy Crush. Sie ist so krass in ihr Samsung vertieft, dass sie einen Moment lang vergisst, dass sie mich verachtet, und ein leises »Danke« von sich gibt, als ich das Glas neben ihr auf der Konsole mit dem weißen Häkeltuch von Oma abstelle. Ich schleiche in mein Zimmer, schließe die Tür und stöpsele die Kopfhörer ein. Beyoncé schreit mir ins Ohr, dass sie *jealous* und *crazy* ist. Ich lege die weiße Wäsche zusammen, die Mama vom Wäscheständer auf mein Bett geschmissen hat. Dann fummle ich den Jointstummel von Eugen aus meiner Zigarettenschachtel und gehe auf den Balkon, stelle mich in die hintere Ecke, damit die neugierige Ayşe von nebenan mich nicht sieht. Die Sonne ist fast untergegangen, im Himmel hängen angeschwärzte Wolken. Nach vier, fünf Zügen ist der Stummel tot, und Beyoncé schreit nur noch *uuooouuh*. Ich schnippse ihn in die Blätter des Baums vor unserem Haus und frage mich wie jedesmal, ob das eine Linde ist. Drinnen kommt mir das Licht schrecklich hell vor, ich schalte es aus und knipse die gelbe Schreibtischlampe an. Der Laptop rattert wie ein Geschirrspüler und braucht ewig zum Hochfahren. Ich surfe nach Kleidern unter zwanzig Euro, bis ich höre, wie die Schlafzimmertür zufällt. Um sicherzugehen, dass Mama im Bett ist, strecke ich meinen Kopf aus der Tür. Alle Lichter sind aus.

Ich logge mich bei Skype ein. Mehmet ist online.

Hazal98: hey

Lunatic: warte kurz. ich ruf gleich an

Hazal98: ok

Ich springe zum Spiegel an der Kleiderschranktür und kämme mir ein paarmal schnell durchs Haar. Dann mache ich mir einen frischen Zopf. Ich überlege, ob ich mich umziehen soll, und werfe einen Blick in den Schrank. Als ich sehe, dass alle meine Sachen sauber gefaltet und nach Farben sortiert sind, klatsche ich die Tür wieder zu. Ich hasse es, wenn Mama in meinen Sachen herumschnüffelt. Ich ziehe den Ausschnitt meines Shirts zurecht, so dass zwei leichte Wölbungen sichtbar werden, und streiche mir mit dem kleinen Finger über die Augenbrauen. Bis Mehmet sich meldet, checke ich, ob er heute schon was auf Facebook gepostet hat. Da ist eine Karikatur mit einem dicken Mann im Pyjama und einer Frau mit Riesenlippen. Bevor ich die Sprechblasen lesen kann, ruft Mehmet an. Ich ziehe meinen Ausschnitt nochmal zurecht.

»Hazal?« Es dauert ein paar Sekunden, bis sich die groben Pixel verfeinern und ich ihn sehen kann. Seine Haare sind zerzaust. Das Bildschirmlicht spiegelt sich in seinen Augen. Hinter ihm ist alles schwarz.

»Hi. Wie geht's dir?«

»Gut. Ich bin erst seit zwei Stunden wach.« Er zündet sich eine Zigarette an.

»Wieso? Was hast du gestern gemacht?«

Die Frage ist mir sofort peinlich. Ich will nicht, dass er mich für neugierig hält. Mehmets Grinsen macht mich noch verlegener.

»Ich habe gelesen.«

»Ach so.«

Ich frage nicht, welches Buch, denn ich werde es sowieso nicht kennen und nichts darauf antworten können. Ich warte ab, bis er mich etwas fragt. Er bläst Rauch hinauf in den dunklen Raum und starrt eine Weile schweigend in die Kamera. Ich glaube, er ist stoned.

»Das Shirt steht dir gut«, sagt er.

»Danke.«

Er verzieht seine Lippen zu einem schrägen Lächeln, das von ganz vielen Bartstoppeln umrahmt ist. Meine Hände werden feucht. Mehmet ist der schönste Mann, den ich kenne. Dabei stehe ich überhaupt nicht auf blonde Typen. Früher fand ich, dass grüne und blaue Augen etwas Hinterfotziges haben. Aber in Mehmets blauen Augen ist so viel Tiefe. Als würde sich die ganze Welt darin verstecken. Man möchte in sie hineingehen und sich verlieren. Man bräuchte vielleicht nicht mehr zum Leben als dieses klare, kühle Blau.

»Was hast du heute gemacht, Hübsche?«

»Nichts Großartiges«, sage ich und checke mein Haar im Monitor. »Ich hatte Unterricht und habe danach ein paar Freunde getroffen.«

»Hm, cool«, sagt Mehmet und tippt auf seiner Tastatur herum.

Wir unterhalten uns über die Hitze in Istanbul, und dass es jetzt im Juli sicher noch heißer wird, und über den Regen in Berlin. Wenn wir kurz schweigen, habe ich jedesmal Panik, dass Mehmet sich langweilt. Ich frage dann nach seinen Freunden oder seinem neuen Job in der Autowaschanlage, den er wohl schon wieder schmeißen will, irgendwas, Hauptsache er spricht weiter und schläft nicht ein. Ich langweile mich nie, wenn ich mit Mehmet skype, mich interessiert alles, was er macht. Ich könnte ihm auch einfach stundenlang zusehen, wie er auf den Bildschirm starrt und an seinem Bart herumzupft.

»Wann kommst du mich besuchen?«, fragt Mehmet. Das fragt er in letzter Zeit öfter, als wollte er mich dazu überreden, nach Istanbul zu fliegen. Als wäre das meine eigene Entscheidung, und als wäre ich einfach zu beschäftigt gerade.

»Ich weiß nicht«, sage ich wie immer. »Ich muss mir was überlegen, wegen meinen Eltern.«

»Sag ihnen doch einfach, dass du ein bisschen Urlaub brauchst.«

»Klar. Die lassen mich nicht mal nach neun allein zum Späti laufen.«

Mehmet lacht und drückt seine Zigarette aus.

Hinter mir geht die Tür auf. Ich breche das Gespräch mit einem Klick ab und öffne ein neues Browser-Tab. Onur kommt rein und sofort riecht das Zimmer nach einem Fünfzehnjährigen, nach süßem, warmem Deo-Schweiß.

»Hey.«

»Mann, kannst du nicht anklopfen? Was platzt du einfach so rein?«

»Ich hab doch geklopft! Bist du schwerhörig?« Er schielt unauffällig auf das leere Tab auf meinem Bildschirm und zieht mit einem lauten Bremsgeräusch die Nase hoch.

»Laber keinen Scheiß. Wo kommst du her?«

Onur holt sein Bettzeug aus dem Schrank und tut so, als ob er die Frage nicht gehört hätte.

»Hallo? Wo warst du?«

»Unterwegs, Mann. Komm mal runter.«

Er geht ins Wohnzimmer. Ich folge ihm und helfe, das Dreier-Sofa auszuziehen. Wenn er sein Bett allein macht, sieht es am Ende immer so armselig aus, das Bettlaken hängt zur Hälfte runter und so. Ich stopfe es schnell richtig zwischen die Polsterflächen und klopfe noch das Kissen und die Decke aus. Onur schläft jetzt seit einem Jahr im Wohnzimmer, weil Mama, als er vierzehn wurde, beschlossen hat, dass wir zu alt sind, um im selben Zimmer zu pennen. Wir waren auch vorher schon zu alt dafür, aber aus irgendeinem Grund war ihr das plötzlich ganz wichtig. Erst haben sie und mein Vater sich überlegt, in eine größere Wohnung zu ziehen, und sich bei der Hausverwaltung etwas umgehört. Aber die Mieten waren ihnen zu hoch. Darum haben sie dann beschlossen, die Wohnung »übergangsweise« zu behalten. Ich glaube, mit »Übergang« meinten sie: bis ich heirate und Platz mache.

»Onur, ich wollte dich was fragen. Kannst du mir ein bisschen Kohle leihen?«

»Kommt drauf an. Wie viel brauchst du?« Er schmeißt

seine schwere Lederjacke auf das Sofa und löst mit konzentriertem Blick die Armbanduhr von seinem Gelenk.

»150 Euro.«

Ohne zu zögern, steckt er die Hand in seine Hosentasche und holt ein Bündel Scheine hervor.

»Alter, woher hast du so viel Kohle?«, frage ich.

»Von hier und da. Hab gespart.«

»Was gespart? Die zehn Euro Taschengeld, die du kriegst? Erzähl keinen Scheiß.«

»Willst du die Kohle oder nicht?« Er streckt mir drei Fünfziger entgegen.

»Machst du wieder Pakete, Onur?«

»Psst, sei leise, Mann. Du weckst die gleich auf.«

Ich flüstere: »Sag's mir, Onur, woher hast du die Kohle?«

Die Wohnungstür geht auf und fällt wieder zu. Onur schaut mich fragend an und wedelt mit den Scheinen. Bevor mein Vater im Türrahmen steht, schnappe ich zu und stecke das Geld in den Bund meiner Jeans.

»Was macht ihr?«, fragt mein Vater. Nicht, weil er wissen will, was wir machen, sondern um anzumelden, dass er zurück ist.

»Nichts«, antworten Onur und ich gleichzeitig.

Mein Vater geht ins Bad. Ich schaue Onur fragend an, er zuckt mit den Schultern.

»Wir reden morgen, Onur. Du wirst mir das erklären.«

»Nichts zu danken«, sagt er und grinst mich unverschämt an.

DREI

Elma steht an der Bushalte und macht eine Kopfbewegung, auf die Art: Ja, mich gibt es noch. Wir haben uns bestimmt zwei Wochen nicht gesehen. Sie ist mal wieder untergetaucht und hat auf meine Nachrichten nicht reagiert. Stattdessen hat sie auf Facebook lauter seltsame Statusmeldungen geschrieben, sowas wie: *life is a bitch, so learn to fuck it.* Was auch immer. Als dann heute Morgen bei mir der Wecker zum dritten Mal klingelte und ich schon beschlossen hatte, die BVB zu schwänzen, nicht, weil ich nicht aufstehen konnte, sondern weil ich mir beim Haarewaschen Zeit lassen wollte, und weil ich jetzt ja auch jeden Tag die Post von der Polizei abfangen muss, da hat Elma sich endlich gemeldet.

Sie zieht ihre Zigarette in einem Zug fast zur Hälfte runter, spuckt auf den Gehweg und kommt auf mich zugelaufen.

»Süße!« Mit einer Hand quetscht sie meine Backen zusammen, um mir einen kirschroten Kuss auf den Mund zu geben. Ihre hellbraunen Haare hat sie zu einem seitlichen Pferdeschwanz gebunden, ihr Parfüm ist schwer und riecht nach Zuckerwatte.

»Lebst du noch, Schwester? Wo warst du die ganze Zeit?«

»Viel zu tun, Süße«, sagt sie erschöpft und schmeißt die halbe Zigarette in eine Pfütze. »Nuri hat mir einen Job klargemacht.«

»Was?«

»An der Bar, nicht im Puff.«

»Ah.«

Ich dachte für einen Moment tatsächlich, Elma ginge jetzt auch noch auf den Strich. Elma neigt nämlich dazu, extreme Dinge zu tun. Zum Glück schmeißt sie meistens gleich alles wieder hin.

»Also, die Bar ist schon im Puff, aber im Erdgeschoss. Die trinken da nur und unterhalten sich mit den Freiern.«

Ich nicke, als wäre das okay und normal und gar nicht krass.

»Trotzdem darf das keiner wissen. Ist doch klar, oder? Vor allem nicht Ebru.«

»Scheiß auf Ebru«, sage ich und winke ab. »Aber denkst du nicht, dass dich da jemand von den Nachbarn früher oder später sieht?«

»Ach was«, sagt Elma, »die fahren zum Ficken doch nicht nach Schöneberg.« Sie zieht sich eine neue Zigarette aus ihrer Gürteltasche und zündet sie an. »Und wenn schon. Meinst du, die erzählen, dass sie im Puff waren, bloß um mich zu verpfeifen? Wär ganz schön blöd.«

»Hm.«

Meine Eltern dürfen davon auf keinen Fall Wind kriegen. Die rasten schon aus, wenn Nuri mich auf der Straße grüßt, obwohl wir uns noch aus der Schule kennen. Aber seit Nuri auf Rocker macht, hängt da immer etwas Komisches in der Luft, wenn er irgendwo auftaucht. Alle versuchen ihm irgendwie zu gefallen, bestellen ihm einen Çay oder fragen nach seiner Mutter. Andere versuchen, sich schnellstens aus dem Staub zu machen. Ob Nuri Elma den Job nur besorgt hat, weil sie Bosnierin ist? Oder hätte er auch mich in den Puff geschickt, wenn ich nach einem Job gefragt hätte? Wohl kaum.

Wir fahren nicht gleich nach Mitte, weil Elma erstmal in einer halben Stunde ihre Aknesalbe in der Apotheke abholen muss. Wir warten in dem Café, das bei der Seestraße neu aufgemacht hat. Da gibt es eine hohe Backsteinmauer um die Terrasse, man kann also in Ruhe abhängen und rauchen, ohne dass man von jedem Fußgänger abgecheckt wird. Viele Frauen aus unserem Block gehen deshalb dahin, aber um diese Uhrzeit sind die alle noch am Putzen oder bringen ihre Kinder zur Schule. Sie kommen überhaupt lieber abends, wenn auch dieser supergepflegte Typ da ist und für zehn Euro Kaffeesatz liest. Trotzdem setzen wir uns mit zwei Cappuccino so hin, dass wir sehen, wer reinkommt, falls doch plötzlich Mama oder eine ihrer Freundinnen auftaucht. Elma fragt nach der BVB. Ich sage, dass ich da nur hingehe, damit ich nicht zu Hause rumsitzen muss. Dass ich das Pflichtpraktikum in der Bäckerei bei Onkel mache, weil ich da immerhin bezahlt werde. Und dass es die ganze Zeit nur darum geht, wie man richtig Bewerbungen schreibt, und dass man bei Vorstellungsgesprächen den Leuten in die Augen schauen soll.

»Und wie schreibt man so eine richtige Bewerbung?« Elma schaut mich mit großen honigfarbenen Augen an. Ich wische ihr den Milchschaum aus dem Mundwinkel.

»Na ja, ich weiß jetzt, dass Sätze auf keinen Fall mit *ich* anfangen sollen. Und dass man ein paar Sachen über die

Firma googeln muss. Damit das nicht so klingt, als würde man dieselbe Bewerbung an Deichmann und Media Markt und andere Läden schicken, die nichts miteinander zu tun haben.«

»Aha«, sagt Elma. »Und sonst?«

Ich schüttle meine Creolen. »Sonst nichts.«

Elma neigt ihren Kopf zur Seite und kneift die Augen zusammen.

»Du schreibst nie *ich* am Anfang, und du machst so einen auf *Ich kenne die Firma,* und dann kriegst du eine Ausbildung, oder was?« Sie schaut mich ungläubig an.

»Oha, çüş.«

Ich halte den Zuckerstreuer über die Tasse, bis der Milchschaum unter einem schweren Kristallberg einsinkt.

»Und was ist mit deiner Kanakenfresse? Gibt es auch irgendwelche Tricks für das Foto?«

»Klar, das kann man photoshoppen«, sage ich und muss kichern. »Oder nein: Man schminkt sich einfach ab.«

Elma unterdrückt ein Lachen. »Was?«

»Deutsche gehen doch immer ungeschminkt zur Arbeit.«

»Stimmt. Wieso eigentlich?«

»Na, weil die bessere Haut haben, wegen dem ganzen Biozeug und so.«

»Klar«, sagt Elma und zückt ihr Handy. Sie betrachtet ihr verpickeltes Gesicht in der Spiegelung und spielt nervös mit der Zunge an ihrem Oberlippenpiercing herum.

»Die Nutten bei uns auf der Arbeit haben aber auch keine gute Haut«, sagt sie schließlich. »Und die kommen nie ungeschminkt.«

»Sind die denn deutsch?«

»Manche schon. Weißt du, der Job ist gar nicht so schlecht. Okay, die Typen sind eklig, wirklich superekling. Aber ich muss nicht nett zu denen sein, hat Nuri gesagt. Ich soll einfach Drinks machen und die Klappe halten. Den Rest machen ja die Nutten.«

»Und wie sind die?«

»Die Nutten? Ganz okay.«

»Redest du mit denen?«

»Klar.«

»Worüber denn?«

»Über Klamotten, über ihre Kinder, so ganz normale Sachen halt. Wenn kein Freier da ist, sind die eigentlich total entspannt. Manche sind sogar echt cool.«

»Und was sagst du deiner Mama?«

»Die weiß das«, sagt Elma.

»Im Ernst?«

»Klar. Die ist froh, wenn ich sie nicht mehr anschnorre.«

Wir zahlen, Elma lässt drei Euro Trinkgeld liegen. Wir gehen auf den Friedhof nebenan, um den Minijoint zu rauchen, den Elma aus ihrem Dekolleté zieht. Eine alte bucklige Frau in Blümchenkittel trägt eine Gießkanne an uns vorbei. Wir grinsen sie an und sagen gleichzeitig: »Guten Tag!« Sie nickt misstrauisch. Elmas Gesicht wird ganz streng, wenn sie den Rauch extralang in der Lunge behält, damit es mehr knallt. Ich stelle mich etwas näher zu ihr, damit ich ihr einen Kuss auf die Wange geben kann, und versuche mir vorzustellen, wie Elma an der Puffbar unter einer violetten Lichterkette raucht. Elma fragt mich über Mehmet aus: Worüber wir reden, wie oft wir skypen, ob wir planen, uns zu treffen. Ich antworte so kurz wie möglich, weil ich nicht weiß, was ich ihr davon erzählen soll und was nicht. Sie findet aber immer neue Fragen, und ich wundere mich, warum das alles sie so sehr interessiert. Denn eigentlich hat sie mir von Anfang an gesagt, was sie von der Sache hält, dass nämlich so eine Skype-Beziehung nichts ist, und dass Mehmet bestimmt nur mit mir quatscht, weil er ein Loser ist, der sich langweilt, und dass er nebenbei auf jeden Fall noch versucht, andere Mädchen zu treffen. *Wirklich treffen*, hat sie gesagt.

Klar, Elma sagt immer direkt, was sie denkt, und normalerweise ist das auch cool. Aber diesmal will ich es echt nicht hören, weil Mehmet anders ist und sie ihn gar nicht kennt. Von Beziehungen hat Elma sowieso keine Ahnung. Okay, sie hat uns in der Grundschule alles über Sex erzählt. Und mit alles meine ich wirklich alles, nicht nur, wie man es macht, sondern auch, wie Schwule und Lesben es machen, und was bei einer Geburt alles passiert. Einmal hat sie Gül, Ebru und mir im Matheunterricht eine Zeichnung rübergereicht, das muss in der vierten Klasse gewesen sein. Elma war gerade sitzengeblieben. Jedenfalls konnte man auf dem Papier kaum etwas erkennen außer diesem einen Wort in großen roten Buchstaben, von dem wir noch nie gehört hatten und das wir sofort wieder vergessen wollten, als wir lernten, was es bedeutet: »Dammriss«. Ebru hat das damals ziemlich fertiggemacht. Bis heute verdreht sie jedesmal die Augen, wenn irgendwer von Sex spricht. Aber ob Elma jemals einen richtigen Freund hatte, weiß ich eigentlich gar nicht. Eine Zeitlang hat sie von einem Typen erzählt, der angeblich auch Bosnier war, mit tätowierten Armen und einem Pitbull, und dann hat das doch nicht geklappt mit ihm. Aber ich habe seinen Namen vergessen, weil weder ich noch jemand anderes diesen Typen jemals gesehen hat.

Unten in der U-Bahn-Station reden wir nicht. Ich versuche, möglichst unstoned auszusehen, und setze meine Sonnenbrille auf. Elma liest die Verpackung ihrer Aknesalbe, und ich leere den letzten Schluck Redbull und zerdrücke die Dose so leise, wie es geht. Gegenüber hängt ein großes Filmplakat in Schwarzweiß an der Wand, auf dem eine Frau in einem Brautkleid mit Vögeln tanzt. »Hasret – Sehnsucht. Istanbul. Stadt der Geister, Träume und der rettungslosen Liebe«, steht darüber. Ich kriege Gänsehaut, als ich es anschaue. In der Bahn starren alle Leute um uns herum auf ihre Handys, obwohl der Empfang in der U8 echt scheiße ist. Schräg vor mir sitzt ein Typ, der rote Kopfhörer trägt. Er grinst aus dem Fenster in den dunklen Tunnel hinein. Irgendwas an ihm erinnert mich an Mehmet, obwohl er eine Kartoffel ist. Es muss sein Bart sein. Ich checke mein Handy, kein Empfang. Eine Junkie-Frau mit kratziger Stimme schreit durch den Wagen. Sie sagt, sie hat Hunger, und bittet um eine Spende. In ihrem abgeblätterten Kaffeebecher scheppert das Kleingeld. Elma streckt ihr zwei Zigaretten entgegen. Die Frau nickt, schiebt sich eine zwischen die braunen Zähne und die andere in die Brusttasche ihrer Jacke, aus der ein kleiner weißer Mäusekopf blinzelt.

Im H&M strömt uns frischer Raumsprayduft entgegen. Wir laufen direkt in den hinteren Teil, wo die reduzierten Klamotten hängen. Ich muss ein Kleid für meine Party finden, falls sie stattfindet. Bei uns gibt es zwar auch eine Filiale, aber da sind alle guten Sachen immer sofort ausverkauft. Die Leute stehen morgens schon mit ihren Kinderwagen Schlange, bevor der Laden überhaupt öffnet. Dann stürmen sie rein und reißen alles an sich, was nicht gestreift oder orange ist. In Mitte ist das anders. In Mitte ist morgens um zehn kaum was los, und die paar Frauen, die um diese Uhrzeit nicht bei der Arbeit sind, gehen supergelangweilt durch den Laden und streifen höchstens mal ein, zwei Kleider mit den Fingerspitzen, bis sie mit einer Dreier-Packung Socken wieder rausspazieren. Nach den reduzierten Sachen gucken die erst gar nicht. Ich klemme mir alle schwarzen Kleider in Größe 38 ohne Glockenform unter den Arm und gehe in die Anprobe. Elma schlendert mir gähnend hinterher. Die Angestellte in der Anprobe tut kurz so, als ob sie meine Kleiderbügel zählt, dann dreht sie sich wieder zurück zu dem Typen in Jogginghosen, der was von Unis und Professoren labert. Das erste Kleid, das ich anprobiere, findet Elma »zu tantig«, das zweite »zu normal«. Zum dritten, das mich eindeutig zu fett macht, schüttelt sie nur den Kopf. Beim vierten bleibe ich eine Weile für mich in der Kabine und drehe meinen Hintern dem Spiegel zu. Es ist aus leichtem Stoff, der an Seide erinnert, und am Rücken tief ausgeschnitten. Keine Ahnung, ob man sowas in Clubs trägt. In meinem Kopf spielen sich immer bloß Szenen ab, die ich aus Musikvideos kenne, und da tragen die Girls nur Bikini-Oberteile. Aber Elma weiß Bescheid und spitzt die Lippen, als ich schließlich den Kabinenvorhang aufziehe. Ich zahle mit Onurs Geld. Uns bleiben 123,01 Euro für die Party. Den Zwanzigeuroschein stecke ich Elma zu, damit sie den Wodka für morgen besorgt.

Ich weiß noch, wie Elma uns das Wodkatrinken beigebracht hat. Wir waren zwölf und saßen nach der Schule auf dem Penner-Spielplatz hinter der Kirche. Tief ausatmen, Shot runterkippen, nochmal tief ausatmen. Eine nach der anderen machten wir Kotzgeräusche und kämpften um Luft, und Elma hat uns krass ausgelacht. Sie musste so sehr lachen, dass sie irgendwann in Tränen ausgebrochen ist, und dann hat sie nicht mehr gelacht, sondern nur noch geweint. Wir haben gefragt: »Elma, was ist los?« Aber sie hat nur immer lauter geweint. Das war der Tag, an dem sie uns erzählte, dass der Freund ihrer Mama, der hässliche Merdzan, sie stalkt. Dass er ständig in ihr Zimmer kommt, wenn ihre Mama bei der Arbeit ist. Dass er sie komisch anschaut, dass er nicht aufhört damit. Dass sie sich schlecht fühlt dabei. Und dass er gesagt hat, sie solle nicht weinen, schließlich sei sie doch selbst schuld, und dass er sich in sie verliebt hätte, weil Elma im Sommer immer so kurze Röcke trug. Erst wollte sie ihrer Mama nichts davon erzählen, weil sie Angst vor dem hässlichen Merdzan hatte. Dann hat sie es sich anders überlegt. Ganz plötzlich, keine Ahnung wieso. Elmas Mama war außer sich. Als sie den hässlichen Merdzan in seinem fleckigen Unterhemd in ihrer Wohnung, auf ihrer Couch, auf das Thema angesprochen hat, hat der hässliche Merdzan sie einfach abgestochen. Also fast. Er hat ein paarmal zugestochen, aber Elmas Mutter hat überlebt. Sie musste zwei Wochen ins Krankenhaus und der hässliche Merdzan ging direkt in den Knast. In diesen zwei Wochen hat Elma bei uns gewohnt, das haben unsere Mütter so ausgemacht. Elma war supermies drauf in der Zeit, aber irgendwie war es voll schön mit ihr zu Hause. Wir haben die Nächte durchgemacht und von irgendwelchen

Jungs aus der Achten geschwärmt. Wir haben uns quer auf mein Bett gelegt, die nackten Füße gegen die kalte Wand gestemmt und »Umbrella« gesungen. *Ella, ella, ey.* Wir haben gebetet, dass Allah den hässlichen Merdzan mit allen tödlichen Krankheiten infiziert. Seitdem nenne ich Elma Schwester, weil sie die Schwester ist, die ich immer haben wollte. Mama war die ganze Zeit cool zu uns. Sie hat uns sogar erlaubt, ihren großen Schminkkasten zu benutzen. Aber als Elma wieder zu ihrer Mutter gezogen ist, hat Mama gesagt, dass ich nicht mehr bei Elma übernachten darf.

Als ich im Späti Kippen kaufe, achte ich gar nicht auf Elma und höre auch keine Kühlschranktür auf- oder zugehen. Aber an der nächsten Straßenecke schnippt sie plötzlich zweimal mit dem Finger und zieht aus ihrer rechten und linken Jackentasche jeweils eine Redbull-Dose. Ich bekomme Herzrasen, weil ich direkt an den Ladendetektiv von gestern denken muss, und schaue mich nervös um. Da ist natürlich keiner.

»Şerefe!«, sagt Elma lachend und drückt mir eine Dose in die Hand. Sie benutzt häufig türkische Wörter, die sie irgendwo aufgeschnappt hat. So Sachen wie »Wie läuft's«, »Prost« oder »Ich scheiße dir in den Mund und in die Nase«. Sie hatte eine Phase, in der sie es richtig ernst meinte mit dem Dazugehören zu uns, da hat sie auch kein Schweinefleisch gegessen, weil sie wie Gül, Ebru und ich sein wollte, obwohl ihre Mutter auf dieses Muslimding nicht so viel gibt. Mit der Zeit hat sie aber gemerkt, wie anstrengend es ist, eine Türkin zu sein, und wie bescheuert, da freiwillig mitzumachen. Während wir doch gar keinen Bock darauf haben, nach außen immer voll brav zu tun und alles, was Spaß macht, immer nur heimlich zu machen. Und von da an hat Elma sich nicht mehr wie ein türkisches Mädchen benommen, sondern wie ein türkischer Junge: laut, unverschämt und grundlos aggressiv.

»Süße, wann treffen wir uns morgen bei mir?«, fragt Elma und klopft gegen den Dosendeckel. »Sultan weiß Bescheid, oder?«

Elma ist die Einzige, die Mama beim Vornamen nennt. Alle anderen nennen sie Abla. Mein Vater nennt sie gar nichts.

»Na ja, sie findet das irgendwie nicht so geil, dass ich bei dir penne. Aber Tante Semra kommt morgen, die wird sie schon überreden.«

»Hat sich Ebru eigentlich gemeldet?«

»Ja, die will auch kommen«, sage ich. »Also, nur zu dir. Sie hat geschrieben, dass sie mit uns abhängt, bis wir in den Club gehen. Dann will sie nach Hause.«

»Soll sie. Aber nicht, dass sie wieder beleidigt ist, wenn Gül trinkt und fiese Sachen sagt«, sagt Elma und grinst mich böse an.

»Dir gefällt das doch, wenn die sich streiten, du Bitch.«

Elma zieht ihre rechte Augenbraue hoch und fuchtelt hektisch mit dem Zeigefinger herum, genauso, wie es Gül immer tut, wenn sie besoffen ist. »Mein Arsch ist voll geil, ihr Schlampen. Ihr braucht gar nicht so zu schauen! Ihr seid doch nur neidisch, weil ich Schwänze ohne Ende lutsche! Ihr habt doch keine Ahnung!«

Elma kann Gül so krass imitieren, dass ich vor lauter Lachen fast in die Hose mache.

»Was lachst du, he? Du Scheißjungfrau! Hast noch nie

deine eigene Muschi gesehen, weil du Angst vor ihr hast. Angst vor der Muschi, du Muschi!«

Elma steigert sich immer weiter rein. Ich halte mich an einem Stromkasten fest und lache Tränen. Während Elma große Bögen mit ihrem Zeigefinger macht und mit weit aufgerissenen Augen immerzu »Muschi, Muschi!« ruft, laufen zwei Mittetussis an uns vorbei und fangen an zu kichern. Sie sind beide blond und tragen beige Sommermäntel. Ärztetöchter. Die eine ist groß und schlank, die andere pummelig und weich. Elma erstarrt. Sie wirft ihnen einen schockierten Blick hinterher. Mir vergeht schlagartig das Lachen, weil ich sehe, dass Elma kurz davor ist auszuticken. Ihre Augen werden irre. Früher ist das oft passiert. Da hat sie auch mal jemandem grundlos die Nase gebrochen. Mittlerweile hat sie sich meistens im Griff. Aber jetzt nicht. Sie schaut mich heftig kopfschüttelnd an und schwenkt ihre Hand in Richtung der Tussis. Ich zucke nur beruhigend mit den Schultern, als wäre das keine große Sache. Doch als sich die Ärztetöchter zwanzig Meter entfernt haben, brechen sie so richtig in Lachen aus. Die Pummelige wirft sogar einen dummen Blick zurück zu uns. Vorsichtig stellt Elma die Redbull-Dose auf dem Stromkasten ab und schleicht ihnen breitbeinig hinterher. Ich eile ihr nach, stopfe meine H&M-Tüte hinten in den Hosenbund. Als Elma der Schlanken auf die Schulter tippt, dreht die sich um und schaut Elma irritiert an.

»Was gibt es zu lachen?«, faucht ihr Elma ins Gesicht.

»Wie bitte?«

»Was ihr so behindert lacht? Ich will mitlachen«, sagt Elma und dehnt ihren Hals, nach links und rechts.

Die Schlanke überlegt sekundenlang. »Sie hat mir gerade einen Witz erzählt«, sagt sie dann und grinst nervös. »Darf man denn nicht mehr lachen?«

Ich mustere die Pummelige. Sie wiegt zehn Kilo mehr als ich, aber an ihrer schlaffen Haltung kann ich sehen, dass sie nichts draufhat. Ich habe keine Lust auf Stress, aber notfalls kann ich sie umwichsen.

»Was ist das denn für ein Witz, Pummelchen?«, höre ich mich sagen. »Erzähl mal, wir wollen den auch hören.« Okay, vielleicht habe ich doch Bock auf Stress. In meiner Brust wird es ganz warm. Elma ballt ihre rechte Hand zu einer Faust und nickt der Schlanken voll psychomäßig zu. Die Pummelige räuspert sich und guckt sich ängstlich um. Wir sind mitten in einer todlangweiligen Wohnstraße, kein Mensch ist unterwegs. Die Schlanke scheißt sich auch ein, aber sie kann es besser verbergen.

»Komm Lilly, wir gehen«, sagt sie und wischt sich eine Strähne von der Stirn.

Elma packt sie am Unterarm und fragt: »Wohin? Die Lilly soll uns erst ihren Witz erzählen.«

»Ich kenne keinen Witz«, sagt die dicke Lilly. Ihr Mund zuckt. Die Schlanke rollt mit den Augen.

»Ach ja? Dann entschuldige dich«, sagt Elma und dreht sich zu der Schlanken um. »Und du auch. Sag Entschuldigung, damit ich dir nicht deine Scheißzähne aus dem Kopf breche.«

Die dicke Lilly wird rot im Gesicht. Die Schlanke wagt nicht mal den Versuch, ihren Unterarm zu befreien.

»Hallo? Seid ihr taub?«, fragt Elma.

»Aber wir haben überhaupt nichts getan«, sagt die Schlanke. Sie hält sich für superintelligent. Als ob ihr das jetzt irgendwas bringt.

»Wofür sollen wir uns denn entschuldigen?«, fragt sie.

»Für euer dummes Lachen, ihr Schlampen!«, schreie ich ihr ins Gesicht. Sie schließt die Augen. Ich habe sie aus Versehen angespuckt. Elma schaut mich zufrieden an.

»Entschuldigung. Ich entschuldige mich für uns beide«, sagt da das Pummelchen Lilly mit zittriger Stimme und macht einen Schritt nach hinten.

»Nein, ich will es von ihr hören«, sagt Elma und verdreht den Unterarm der Schlanken. Die stößt einen leisen Schmerzlaut aus und verzieht das Gesicht.

»Ich schwöre, ich brech dir den Knochen und hänge ihn mir um den Hals.« Elma rückt ganz nah vor ihr Gesicht. Ich muss grinsen bei dem Gedanken, wie sie mit einer Knochenkette durch den Wedding läuft.

»Es tut mir leid«, sagt die Schlanke leise.

Elma bewegt sich nicht. Sie schaut skeptisch. Dann lässt sie los. Sie sagt: »Verpisst euch, ihr Missgeburten.«

Die Tussis drehen sich um und laufen eilig los. Als sie um die Ecke sind, lachen Elma und ich uns tot.

»Nicht schlecht, Süße«, sagt Elma und klopft mir auf die Schulter. Dann zieht sie meinen Kopf an sich und küsst mich auf die Stirn.

Das letzte Mal habe ich mit Elma sowas gemacht, als wir fünfzehn waren. Da haben wir Julia aus der Parallelklasse die Haare rausgerissen, weil sie uns komisch angeguckt hat. Ich dachte, ich wäre inzwischen zu erwachsen für sowas. Bin ich aber nicht, zum Glück. Ich spüre wieder dieses Brennen im Bauch, dieses Gefühl, dass ich alles kann, wenn ich nur mit Elma unterwegs bin. Wenn ich allein bin, ist das nie so, da habe ich meistens nur Angst, genau wie im Hinterzimmer mit dem Detektiv im Drogeriemarkt. Ich habe Angst, dass meine Eltern mitbekommen, dass ich lüge. Ich habe Angst, dass sich Mehmet nicht in mich verliebt. Ich habe Angst, dass ich für immer auf der Ersatzbank rumsitze und auf das richtige Leben warte und das richtige Leben einfach nicht passiert. Aber mit Elma habe ich dicke Eier, weil ich weiß, dass ich mich auf sie verlassen kann. Mit Elma fühlt sich alles richtig an. Eigentlich kenne ich Gül schon viel länger als Elma, schon seit dem Kindergarten, aber wenn Gül auf ihrem Egotrip ist, dann würde sie mich für den nächstbesten Schwanz verkaufen. Und bei Ebru checkt man überhaupt nicht durch. Meistens denke ich, dass sie mich für einen schlechten Menschen hält, weil ich trinke und mit Jungs knutsche und so, und weil ich nicht an Gott glaube. Dabei würde ich nicht mal sagen, dass ich nicht an Gott glaube, aber Ebru denkt das sicher. Und wenn schon. Soll sie doch.

Als ich fünf Minuten vor meiner Schicht ankomme, sitzt Defne mit übereinandergeschlagenen Beinen vor dem Ventilator und cremt sich die Hände ein. In der Bäckerei ist es wie immer zehn Grad wärmer als draußen, auch am Nachmittag, obwohl da nicht mehr gebacken wird.

»Wie war der Urlaub?«, frage ich.

»Ach Schatz, es war ein Traum. Und jetzt ist er vorbei und ich sitze wieder in diesem Loch«, sagt Defne und wirft sich ihre geglätteten Haare dramatisch über die Schulter.

Ich binde mir eine frische Schürze um, reiche Elma einen Simit und sage, dass sie mich um sieben abholen kann. Sie nickt mir lächelnd zu. Sie ist immer noch high von der Sache mit den Ärztetöchtern. Ich auch. Das ist gut, die Schicht geht schneller vorbei, wenn ich eine Szene habe, die ich immer wieder in meinem Kopf abspielen kann. In der rechten Theke kreisen übertrieben viele Bienen über den klebrigen Nussschnecken. Defne schlüpft aus den Birkenstocks in ihre Pumps und sagt, ich kann den Bienengrill anmachen, wenn es mir zuviel wird. Den Umsatz vom Vormittag packt sie in eine Brötchentüte. Die Fünfzigeuroscheine zählt sie nochmal nach.

»Heute war gar nichts los«, sagt sie dann genervt und fächert sich mit einem Netto-Prospekt zu. Das hat nichts zu bedeuten, sie sagt immer, dass nichts los gewesen ist. An ihren Armen rasseln ihre Goldreifen. Ich frage mich, ob das immer noch die sind, die meine Oma ihr zur Hochzeit geschenkt hat. Mein Onkel hatte Oma monatelang angefleht, ihm zehn dicke Armreifen zu besorgen, weil Defne ihn sonst nicht heiraten wollte. Oma hat dafür den ganzen Schmuck verkauft, den Opa ihr zu ihrer eigenen Hochzeit geschenkt hatte. Weshalb Tante Semra immer noch Hass auf Defne schiebt, obwohl das schon fünf Jahre her ist.

»Wenn es am Nachmittag auch so ruhig bleibt, dann wisch doch mal die Regale aus, ja?«, sagt Defne und zupft ihr trägerloses Top zurecht. »Wir sehen uns morgen bei deinem Geburtstag!« Beim Rausgehen wirft sie mir einen Luftkuss zu.

Toll. Mama hat anscheinend die ganze Familie eingeladen, obwohl doch nur Tante Semra am Nachmittag kommen sollte. Eigentlich mag das Mama gar nicht, wenn so viele Leute bei uns sind. Sie sagt, unsere Wohnung ist zu klein dafür, aber es geht eher um den Stress, sie erträgt ihn nicht. Ich kann mir vorstellen, wie sie jetzt schon Schweißausbrüche beim Gedanken daran bekommt, wie der kleine Ümit durch das Wohnzimmer rennt und überall Kuchenkrümel verteilt.

Der abgemagerte Typ im Blaumann kommt wie jeden Tag um Viertel vor drei und bestellt einen Kaffee und ein Schokocroissant. Er setzt sich vor die Tür, um auf die Titten in seiner Bild-Zeitung zu glotzen. Nachdem ich sein Croissant dreimal fallen gelassen habe, aus Angst, dass mir eine Biene in die Hand sticht, schmeiße ich den Bienengrill an. Aus irgendeinem Grund werden die Viecher von dem blauen Licht in dem Gitterkasten angezogen, und wenn sie reinfliegen, platzen sie. Jedesmal zischt es dann kurz, und es riecht ein bisschen verbrannt. Letzten Sommer fand ich das so schrecklich, dass ich Albträume davon bekam. Inzwischen gefällt es mir, weil Platzen ein schöner Tod ist.

»Ist das frisch?«, fragt eine kleine schrumpelige Dame mit giftgrünem Lidschatten. »Ist das frisch? Ist das frisch? Ist das frisch?« Sie deutet auf jedes einzelne Brötchen und wiederholt die Frage immer wieder, und ich sage jedesmal Ja, bis sie fünf Schrippen für fünfunddreißig Cent nimmt. Mit zittrigen Händen zählt sie jeden Cent einzeln ab. Ich setze mein geduldiges Bäckereigesicht auf. Immer lächeln, sagt mein Onkel, wenn man immer lächelt, kommen die Kunden wieder. Das ist anscheinend seine Geheimwaffe gegen die vier anderen Bäckereien im Umkreis von hundert Metern. Sie alle verkaufen denselben Dreck, die Schrippen schmecken nach nichts und sind voll mit Luft und kommen sowieso vom selben Lieferanten. Aber bei uns gibt es eben noch ein Lächeln dazu, also lächle ich die kleine Schrumpeldame an, damit sie übermorgen hoffentlich wieder mit ihren verkackten fünfunddreißig Cent kommt. Nach zwei Stunden Nichtstun und Kuchenessen beginne ich, die Marmeladen, Nutellagläser, Milchpackungen und YumYum-

Nudeltüten auszuräumen. Ich wische die Regalbretter ab und stelle den Kram einzeln zurück. Danach heißt es wieder warten, bis es endlich halb sechs ist und ich mit dem Bodenputzen anfangen kann. Warten, bis ich eine Ausbildung habe und nicht mehr in diesen elendigen Laden kommen muss, für diesen Scheißjob, den eine hirnamputierte Eidechse genauso gut machen würde. Warten auf eine bessere, reichere, eigene Zukunft, die es nicht geben wird, weil ich sie längst verpasst habe. Und warten auf Elma. Um Punkt sieben ist sie da und bleibt rauchend vor der Tür stehen, weil der Boden noch nass ist. Ist auch besser so, denn ich zähle den Umsatz. Wenn Defne vorbeikäme und Elma neben der offenen Kasse sehen würde, würde sie morgen sicher behaupten, dass Geld in der Kasse fehlt. Einfach nur so, obwohl sie gar nicht wissen kann, wieviel Geld drin war. Der Bon ist nämlich immer falsch, weil wir nur jeden zweiten Einkauf eintippen, damit Onkel nicht soviel Steuern zahlen muss und Defne und den kleinen Ümit jeden Sommer drei Wochen lang in ein All-Inclusive-Hotel in Antalya schicken kann. Und die Steuern zahlt offiziell meine Mutter, der Laden läuft nämlich auf ihren Namen, weil mein Onkel insolvent gemeldet und Defne auf Hartz ist. Darum stecke ich mir nach jeder Schicht fünf Euro Kippengeld in die Hosentasche, anstatt sie aus dem Geldbeutel meiner Mama zu klauen. Den restlichen Umsatz schreibe ich auf einen kleinen gelben Zettel.

Wir schlürfen Caprisonnen und gehen zu Eugen, um schon mal das Gras für die Party zu besorgen. Elma hat sich umgezogen, weil sie danach direkt in den Puff muss. Die blaue Bluse wird sie später sicher aufknöpfen, denke ich. Sie trägt einen hellen Lippenstift. Er nimmt ihr die Härte aus dem Gesicht, sie wirkt fast mädchenhaft.

Wir müssen dreimal klingeln, bis Eugens Stimme an der Lautsprechanlage zu hören ist.

»Wer ist da?«

»Wir«, sagt Elma.

»Elma?«, fragt Eugen.

»Ja Mann, mach auf.«

Nichts passiert. Die Tür bleibt zu.

»Eugen?«

»Ich hab keine Zeit«, kommt seine Stimme.

Elma zieht die Augenbrauen zusammen.

»Wir wollen deine Zeit nicht, Alter«, sagt sie, »wir wollen nur dein Ot.«

»Ist Hazal dabei?«

»Ja«, sage ich, »hast du mich vermisst, Jevgenij-Schatz?«

Stille.

»Elma, komm alleine hoch.«

Elma und ich schauen uns an, zucken mit den Schultern.

»Eugen, du Affe, was willst du von mir?«, frage ich.

»Elma soll allein hochkommen. Ich muss mit ihr reden.«

»Okay okay, ich komme«, sagt sie und klopft mir auf den Arm.

Die Tür öffnet sich. Ich gehe mit rein, bleibe unten im Treppenhaus.

»Der schiebt wieder komische Filme«, flüstert Elma. »Ich komme gleich zurück.«

Ich höre Elmas Schritte bis in den fünften Stock, dann ein Klopfen. Die Tür geht auf und gleich wieder zu. Vielleicht hat Eugen wieder Kaktus gefressen und ist paranoid. Aber was hat das mit mir zu tun?

Nach fünf Minuten halte ich es nicht mehr aus und schleiche leise die Treppe hoch, um an der Wohnungstür zu lauschen. Ich kann nichts verstehen. Ein paar Sekunden vergehen. Dann geht die Tür auf und Elma steht vor mir. Ich spicke ihr über die Schulter und sehe, dass Eugens Fresse Matsch ist. Er hat ein blaues Auge, und eine Beule an der Stirn.

»Was ist passiert?«, rufe ich.

Elma macht »Psst« und zieht mich in Eugens Wohnung.

»Wer war das?«, frage ich.

Eugen schaut genervt an die Decke.

»Dein Bruder«, sagt Elma.

»Niemals!«

Eugen schüttelt nur den Kopf und steckt die Hände in die Hosentaschen.

»Eugen sagt, Onur, Bariş und Leyla sind gestern Abend hier reinmarschiert und haben sein Gras geklaut.«

»Und 1200 Euro«, sagt Eugen angepisst.

»Was? Du hast doch gestern gesagt, du bist pleite«, sage ich. In meinem Kopf rattert es, ich muss kurz nachdenken. An das Bündel Scheine denken, das Onur gestern Abend aus seiner Hosentasche gezogen hat. An das Geld, das jetzt in meiner Tasche steckt. An das Kleid in meiner H&M-Tüte. An meine Party morgen.

»Das Geld schulde ich meinem Dealer, Mann. Der bringt mich um«, sagt Eugen völlig fertig.

Elma sieht mich fragend an. Keine Ahnung, was ich sagen soll. Wir stehen eine Weile einfach im schmalen Wohnungsflur rum. Ich werde wütend. Auf Onur, diesen kleinen Spasti. Und auf Eugen, wie er da rumsteht und mich anguckt und fast am Heulen ist, dieser Idiot. Er weiß genau, dass ich nichts machen kann. Was soll ich schon tun? Wenn Onur weiß, dass ich hier abhänge, dann hat er was gegen mich in der Hand und wird mich ewig erpressen. Ein Glück, dass die drei gestern nicht gekommen sind, als ich mit Gül da war, um mir die Birne vollzukiffen.

»Was sagst du? Er war mit Leyla da? Das macht überhaupt keinen Sinn, du laberst Scheiße, Eugen«, sage ich.

»Halt's Maul, Hazal!« Eugen stampft wütend zur Küchennische.

»Mann, Eugen, beruhig dich mal«, sagt Elma.

»Komm, wir gehen«, sage ich zu Elma. »Ich lasse mich von dem Scheißrussen doch nicht beschimpfen.«

»Ja, haut doch ab«, ruft Eugen noch, bevor wir die Wohnungstür zuklatschen.

Unten zünden Elma und ich uns Zigaretten an und laufen Richtung Leo. Ich verstehe gar nichts mehr. Was hat Onur mit Eugen zu tun? Elma sagt nichts, checkt nur ihr Handy. Eine Frau in einem indischen Gewand lässt ihre Alditüte fallen. Ich starre sie an und sehe sie gar nicht, ich sehe nur Millionen kleine Lichtflecken.

An der U-Bahn sagt Elma, dass sie zur Arbeit muss.

»Der hat doch bestimmt wieder von Dima aufs Maul bekommen und traut sich nicht, uns das zu erzählen«, sage ich.

»Klar, wenn du meinst.«

Elma weicht meinem Blick aus und schaut zur großen Uhr an der Straßenkreuzung.

»Wie? Du glaubst ihm?«

»Na ja, ich glaube, er hat keinen Grund zu lügen, Hazal.«

»Nimmst du ihn jetzt in Schutz, oder was?«

Elma sagt nichts, verdreht nur die Augen.

»Was sollte denn die kleine Leyla da? Wollte der die vögeln oder was? Hatte er sie eingeladen?«, frage ich wütend.

»Das kann schon sein«, sagt Elma und streicht sich mit der Handfläche über den Kopf. »Ich muss jetzt wirklich los.«

Mir schießen tausend Bilder durch den Kopf, die ich niemals sehen wollte. Ich küsse Elma und beschließe, einen großen Umweg nach Hause zu laufen, über die Gerichtstraße. Um runterzukommen, bevor ich Onur und sein beschissenes Grinsen sehen muss.

VIER

Auf der dicken Schokoglasur kleben eine Eins und eine Acht aus gelbem Marzipan. Daneben sitzt ein hässlicher pinker Kopf mit Knopfaugen und einer Schnauze, soll wohl ein Glücksschwein sein. Einmal Schweinefleisch für alle, zur Feier des Tages. Der kleine Ümit beugt sich gierig über den Tisch und schreit: »Tante, wo sind die Kerzen?« Aber es gibt keine Kerzen, weil Mama das übertrieben findet, und mir ist das auch recht. Jeder weiß, dass ich weder Schokotorte noch Marzipan mag, und dass es einen Scheiß bedeutet, dass ich achtzehn werde. Trotzdem grinsen mich alle an, als ich die Torte aus Onkels Bäckerei anschneide, wünschen mir dann alles Gute für was auch immer und nehmen sich jeweils ein Stück auf ihre eckigen Porzellanteller. Sobald es verdrückt ist, wechselt das Thema auf gebrauchte Autos und das Fernsehprogramm. Nur Oma isst nichts, weil Ramadan ist und sie fastet. Sie ist die Einzige, die das noch Jahr für Jahr durchzieht. Mein Vater und mein Onkel gehen mit ihren Çaygläsern zum Rauchen auf den Balkon. In der Ecke im grauen Sessel sitzt Oma im Schneidersitz wie ein Indianerhäuptling. Immer weiter zählt sie die grünen Glaskugeln an ihrer Gebetskette ab. Defne zieht ein feuchtes Tuch aus ihrer gefälschten Michael-Kors-Tasche aus Antalya und wischt Ümit die Schokoflecken aus dem Gesicht.

»Hase, jetzt bist du erwachsen«, sagt Tante Semra ironisch, als wir die Kuchenteller in die Küche bringen. In ihrer Nähe riecht es immer nach Frühlingsblumen. Mit der flachen Hand fegt sie die Krümel von ihrem roten, knöchellangen Sommerkleid. Sie hat gut lachen. In ihr Leben mischt sich schon lange keiner mehr ein.

»Ja klar, ich bin sowas von erwachsen«, sage ich und halte das Besteck unter den Wasserhahn. »Und deshalb darf ich heute Abend auch nicht mit meinen Freundinnen feiern, sondern muss in meinem Scheißkinderzimmer rumhocken.«

»Mach dir keinen Kopf, Hase. Ich regel das.« Sie zwinkert mir zu und verschwindet zurück ins Wohnzimmer. Ich lasse das Geschirr im Waschbecken stehen und folge ihrem Blumenduft. Als ich den Raum betrete, fängt mich Defne ab und winkt mich zu sich auf das Zweier-Sofa.

»Schau mal, Hazal. Dreißig Minuten muss man joggen, um ein Stück Schokoladentorte zu verbrennen. Heftig, oder?«, sagt sie und hält mir ihr riesiges Handydisplay vor die Nase.

»Seit wann gehst du denn joggen, Defne?«, frage ich.

»Ich gehe nicht joggen. Aber ich habe mich doch vor einem halben Jahr im Fitnessstudio angemeldet.« Sie streckt ihre dünnen, braun gebrannten Arme aus, als würde sie sich zum Aufwärmen dehnen.

Mama fragt, ob jemand noch Çay möchte. Tante Semra sagt, Mama soll sitzen bleiben und sich ausruhen. Sie holt die Teekanne aus der Küche und stolpert fast über Ümit, der Motorengeräusche macht und mit wedelnden Armen wie bescheuert durch unsere Wohnung rennt.

»Kennst du Hard Candy am Kudamm? Das ist das Studio von Madonna«, sagt Defne stolz. »Da dürfen nur Frauen trainieren, und die haben eine Sauna und einen Pool und sogar ein Solarium.«

Das hat sie mir schon mal erzählt. Ich mache trotzdem ein interessiertes Gesicht.

»Ümit kann ich auch mitnehmen und bei der Kinderbetreuung abgeben, die ist gratis. Gut, oder?«

Oma fragt, wie spät es ist, und rechnet laut aus, wie lange es noch bis zum Sonnenuntergang ist, wenn sie wieder essen und trinken darf. Noch sechs Stunden. Sie nimmt die Fernbedienung und schaltet ihre Lieblingsserie ein. Es geht um diese arme Familie, die in einer Blechhütte lebt, und alle heulen die ganze Zeit, weil das Leben so grausam ist.

»Es gibt auch eine Bar, da machen die frische Säfte. Sieht total stylisch aus. Guck!« Defne zeigt mir Fotos von einer roten Bartheke, von einem Cocktailglas mit orange leuchtendem Inhalt und von sich selbst, wie sie mit dem Strohhalm zwischen ihren gespitzten Lippen posiert.

»Und was zahlt man für das Studio?« Ich stelle die Frage nur, weil ich weiß, dass Defne sie erwartet.

»Ach, total teuer eigentlich. Hundert Eurooo.«

Tante Semra macht ein angewidertes Gesicht und schlägt die Zeitung meines Vaters auf. Mama rührt Zucker in ihren Çay und sagt giftig, Defne könne sich das ja leisten.

»Aber dafür gibt es auch echt viele Kurse da«, sagt Defne und zählt sie an ihren frisch manikürten Fingern auf: »Pilates, Zumba, Hip-Hop, Yoga ...«

»Echt, Yoga? Hast du das mal gemacht?«, frage ich.

»Ach nein, ich war doch erst einmal dort«, sagt Defne und kratzt sich am Oberarm. »Letzten Winter, als ich mich angemeldet habe, habe ich ein bisschen herumprobiert. Danach habe ich nie wieder die Zeit gefunden. Du weißt ja, wie beschäftigt ich bin mit der Bäckerei und dem Haushalt und so. Aber vielleicht gehe ich nächste Woche wieder hin, mal sehen.«

»Yoga«, sagt Mama und rümpft die Nase. »Bevor du Yoga machst, fängst du besser an zu beten.«

»Semra, was ist Yoga?«, fragt Oma.

»Mutter, das ist wie Sport und Meditation zusammen«, sagt Tante Semra laut und deutlich, ohne von der Zeitung aufzuschauen.

Oma denkt kurz nach, ob sie fragen soll, was Meditation ist, lässt es aber sein und konzentriert sich wieder auf ihre Serie. Oma hat überhaupt keine Falten, weil sie in ihrem Leben noch nie geraucht oder Alkohol getrunken oder gearbeitet hat. Aber auch, weil sie eigentlich noch ziemlich jung ist, sie ist gerade mal zwei Jahre älter als Leonis Mutter, und Leoni ist so alt wie ich. Aber als Opa gestorben ist, hat sich Oma von heute auf morgen wie eine steinalte Frau verhalten, und darum behandeln sie alle auch so. Wenn wir mit ihr reden, schreien wir. Wenn sie etwas braucht, tragen wir es zu ihr. Sie muss sich eigentlich gar nicht mehr bewegen, obwohl sie noch topfit ist. Keine Ahnung, ob das gut ist, aber Oma mag es, bedient zu werden, und wir fühlen uns wie bessere Menschen, wenn wir es tun.

Mein Vater und mein Onkel kommen zurück ins Wohnzimmer. Sie wollen ins Café und verabschieden sich. Onkel wirft Defne einen fragenden Blick zu. Sie zieht eine perfekt gezupfte Augenbraue in die Höhe und sagt: »Sei um sechs zu Hause.«

Als sie weg sind, nimmt Oma ihr braunes Seidenkopftuch ab und behält nur das dünne weiße Tuch an, das sie immer darunter trägt. An den Seiten schauen ein paar hennafarbene Haare heraus. In sechzehn Jahren wird Mama genauso aussehen, denke ich. Sie haben auch beide dieselben traurigen Augen und dieses stur nach vorne stehende Kinn. Onkel kommt eher nach meinem Opa, mit den buschigen Augenbrauen. Tante Semra ist die jüngste der drei und sieht ganz anders aus, sie gleicht niemandem von uns. Sie ist viel dunkler, und deswegen sagt Mama manchmal »Kurdin« zu ihr, um sie zu ärgern. Nur dass Tante Semra das überhaupt nicht stört. Sie ist als Erste hier in Deutschland geboren, als meine Großeltern mit Mama und Onkel angekommen waren, und sie ist die Einzige, die studiert hat. Das sieht man ihr sogar im Gesicht an, über ihrem Nasenbein verläuft eine tiefe Denkfalte. Tante Semra hat in Mainz Sozialarbeit studiert und durfte dafür schon früh von zu Hause ausziehen. Als sie für die Arbeit zurück nach Berlin kam und eine eigene Wohnung gemietet hat, war das Gemecker gar nicht so groß. Aber weil sie mit Anfang dreißig immer noch nicht verheiratet ist, schauen alle sie immer ein bisschen mitleidig an. Obwohl ich glaube, dass sie gerne Single ist. Vor ein paar Jahren hatte sie sich mal verlobt, mit einem grauhaarigen Anwalt, der Ömer hieß und eine randlose Brille trug. Keine Ahnung, wo sie den gefunden hatte. Irgendwann hat sie sich von ihm getrennt, bestimmt war er ihr zu langweilig. Das hat Oma fertiggemacht, denn sie war Ömer-Fan. »Anständig« nannte sie ihn immer, und meinte damit »reich«. Sie hat alles getan, um Semra umzustimmen, es hat nichts gebracht. Und dann hat sie monatelang nicht mit ihr gesprochen.

Im Fernsehen läuft eine Werbung für »Gegen die Wand«. Sie zeigen ihn kurz vor Mitternacht auf einem türkischen Sender.

»Oh nein, dieser Film! Der ist so traurig, ich habe so unendlich viel geweint«, sagt Defne und zieht einen mitleidigen Schmollmund.

»Was? Das ist doch der letzte Schrott!«, ruft Mama wütend wie immer, wenn es um »Gegen die Wand« geht. »Das ist so unrealistisch, keine Türkin würde so Sachen machen wie die!«

Tante Semra muss kichern und fragt: »Abla, was meinst du denn?«

»Na, die heiratet irgendeinen Penner, damit sie herumhuren kann. Und die Eltern erlauben das auch noch, obwohl sie sehen, was das für ein Penner ist. Und dann auf einmal wollen sie angeblich Ehrenmord machen, und sie geht nach Istanbul, um dort mit dem Herumhuren weiterzumachen. Hallo? Wer lebt denn so? Wer von uns lebt so?«

Tante Semra kriegt sich vor Lachen nicht mehr ein und sagt schnaufend: »Das ist die beste Zusammenfassung von ›Gegen die Wand‹, die ich je gehört habe, Abla.«

»Das ist nicht witzig, Semra.« Mama schüttelt genervt den Kopf.

Sie hat den Film mit mir gesehen. Wir hatten ihn uns von den Nachbarn auf CD brennen lassen und uns Popcorn gemacht. Mama hat bis zum Ende nichts gesagt, und ich auch nicht, weil ich wie aufgeputscht war und irgendwie zum ersten Mal das Gefühl hatte, dass ich nicht unsichtbar bin. Als der Abspann lief, wusste ich: Irgendwas hat »Gegen die Wand« gerade mit mir gemacht, irgendwas ist jetzt für immer anders. Aber Mama hat nur mit der Zunge geschnalzt und »Allah Allah« gemurmelt, und dann behauptet, die hätten den Film nur gemacht, damit wir Türken schlecht dastehen. Punkt. Das war alles, was sie dazu zu sagen hatte. Ich habe sie nur wortlos angeschaut und mir den Film noch wochenlang heimlich zum Schlafengehen reingezogen.

Die Wohnungstür fällt zu, Onur schlendert rein. Der hat gerade noch gefehlt. Alle begrüßen ihn im Chor. Außer mir, ich starre auf den Fernseher und sehe einem Mädchen mit Knopfaugen beim Heulen zu. Gestern Abend sind wir uns nicht mehr begegnet, um Mitternacht war er immer noch nicht zu Hause. Er läuft direkt zu Oma und küsst ihr die Hand, dieser elendige Schleimer. Oma strahlt vor Freude und zwickt ihn in die Backen.

»Mein gutaussehender Junge«, sagt sie.

Dann kommt er zu mir rüber und gibt mir zwei halbherzige Küsse.

»Alles Gute, Abla. Dein Geschenk kriegst du morgen«, sagt er mit einem unverschämten Grinsen.

»Schon okay, du musst mir nichts schenken.«

Ich versuche, in meinem strengen Blick eine Andeutung zu verstecken, aber er beachtet mich gar nicht und fasst sich hungrig an den Bauch. Mama steht auf, um ihm ein Stück Torte zu bringen.

»Gibt es nichts Richtiges zu essen?«, fragt er und lässt auf dem Weg in die Küche seine Füße über das Laminat schleifen. Das Geräusch macht mich wahnsinnig. Defne verzieht sich mit ihrem iPhone in die Ecke und hinterlässt Sprachnachrichten für irgendeine ihrer hirnverbrannten Freundinnen. Tante Semra tippt mir auf die Schulter und zeigt mit den Augen in die Richtung von meinem Zimmer und dem Balkon. Möglichst unauffällig verschwinden wir mit ihrer winzigen Handtasche aus dem Wohnzimmer.

»Was ist los? Habt ihr Streit?«, fragt sie draußen und reicht mir eine Zigarette.

»Ich und Onur? Nö, wir sind immer so.«

Wir zünden unsere Kippen an und beobachten die Kellnerin vor der bulgarischen Kneipe auf der anderen Straßenseite. Sie hat die Figur einer Ballerina und bewegt sich wie ein dicker alter Mann, wenn sie zwischen den Tischen hin und her läuft. Ihre Schultern kleben fast an den Ohren, die dünnen Oberschenkel sind so weit geöffnet, dass sie sich nie berühren. Trotzdem schauen ihr alle männlichen Gäste auf den Arsch.

»Dein Onkel und ich waren früher auch so. Aber irgendwann war er mir so fremd, dass wir nicht einmal mehr streiten konnten. Genieß diese Zeit, du wirst sie vermissen.«

»Was meinst du?«, frage ich.

»Na, wenn man sich streitet, hat man sich wenigstens noch was zu sagen. Dein Onkel und ich, wir spielen uns gegenseitig nur noch was vor. Das ist das Einzige, was uns zusammenhält.«

Ich nicke, als ob ich verstehe, was sie meint. Sie neigt ihren Kopf und fährt sich mit der Zunge über das Muttermal auf ihrer Oberlippe.

»Solange man nur ehrlich zu sich selbst ist, ist alles andere okay«, sagt sie. »Es geht nur darum, den anderen überzeugende Lügen zu erzählen und sich nicht erwischen zu lassen. So funktioniert Familie. Immer sachlich bleiben.«

Sachlich. Sachlich ist so ein Wort, das nur Tante Semra benutzen kann. Aus irgendeinem Grund muss ich an den Esstisch in ihrer Wohnung denken, als ich das Wort höre. Es ist ein sehr alter Holztisch, mit dunklen Flecken und schmalen Ritzen in der Oberfläche, und kleinen Resten von hart gewordenem Kerzenwachs. Würde Mama den Tisch sehen, müsste sie ihn direkt abräumen und schrubben. Auf ihm liegen immer lauter Dinge, die eigentlich nicht auf einen Esstisch gehören. Da steht zum Beispiel ein kleiner Tontopf mit einem ballförmigen Kaktus, da liegen Bücher, eine Brille, Haarklammern, Feuerzeuge, Aspirin, Nagellackfläschchen, Steine und manchmal sogar Tampons, und Tampons sind krass, weil Tampons eigentlich immer versteckt werden, weil sie angeblich eklig sind, weil jeder weiß, was mit ihnen passiert, und weil, wer Tampons benutzt, auf jeden Fall Sex hat. Jungfrauen benutzen keine Tampons, das weiß jeder, und bei Tante Semra liegen sie von Zeit zu Zeit einfach so auf dem Esstisch, nicht in einer Schachtel, sondern offen, einzeln, Stück für Stück, wie auf einem Präsentierteller, wie weiße Patronen, die nur darauf warten, abgeschossen zu werden. Und das Besondere ist dann eben, dass dieser ganze Kram nicht einfach chaotisch auf dem Tisch herumliegt, sondern immer genau nach Größe und Farbe sortiert und nebeneinander angeordnet ist, als hätte jemand die Abstände vorher mit dem Lineal gemessen. Das ist so verrückt, denn bei uns und bei Defne und bei Oma wird immer alles in lauter Schränken und Schachteln versteckt, damit es aufgeräumt und ordentlich wirkt. Tante Semra packt also zwar alles aus und legt es offen hin, aber ganz chaotisch kann sie dann doch nicht sein, sie ordnet ihren Scheiß, weil sie dieses Türkinnending, dieses Schön-

und-ordentlich-Sein einfach nicht los wird. Dabei war von der Familie außer mir noch nie jemand bei ihr zu Hause. Nur mich lädt sie manchmal ein und kocht mir Nudeln mit Garnelen, weil sie weiß, dass ich die liebe und Mama so ein Essen niemals in ihrer Küche dulden würde, weil sie Garnelen für Käfer hält. Eindeutig bin ich die Einzige in der Familie, die Tante Semra versteht, weil keiner außer mir ihren Esstisch kennt.

»Was macht ihr heute Abend, Hase?«, fragt Tante Semra.

»Wir treffen uns erst bei Elma und danach wollen wir ausgehen.«

»Kommen auch Jungs?«

»Jungs?«

Sie zuckt mit den Schultern und drückt ihre Zigarette am Geländer aus.

»Hätten wir Jungs, müssten wir uns nicht erst drei Stunden schminken. Und dann zum Ausgehen bis ans Ostkreuz fahren«, sage ich, und Tante Semra lacht, als würde sie sich wünschen, dass das nicht mein Ernst ist.

»Ihr müsst aber aufpassen, ja? Wenn deine Mama mitkriegt, dass ihr ausgegangen seid, bringt sie nicht nur dich um, sondern auch mich.«

»Tante, mach bitte nur, dass sie mich heute bei Elma pennen lässt. Ich schwöre, sie wird nie erfahren, was wir in der Nacht angestellt haben.«

Sie zwinkert mir zu und holt ein kleines eingepacktes Geschenk aus ihrer Handtasche. Ich öffne das Papier vorsichtig, ohne es zu zerreißen. Es ist eine silberne Armkette, an der eine kleine gelbe Feder hängt.

»Ein Glücksbringer«, sagt sie.

Ich falle ihr um den Hals und freue mich wie ein Kind, weil sie die Einzige ist, die sich die Mühe macht, Geschenke für mich zu besorgen und einzupacken, Jahr für Jahr.

Als wir wieder drin sind, ist der kleine Ümit am Heulen, weil Onur ihn nicht an den Laptop lässt. Defnes Hände trösten ihn, ihre Augen werfen uns einen giftigen Blick zu.

»Seit ich aufgehört habe, ekelt mich dieser Zigarettengeruch nur noch an«, sagt sie laut genug, dass Mama und Oma es hören können.

»Dieses Miststück«, flüstert mir Tante Semra zu.

Defne küsst Ümit auf die Backe und sagt: »Schatz, deine Cousine Hazal will bestimmt mit dir malen.«

Der kleine Ümit hört schlagartig auf zu weinen und schaut mich aus kugelrunden Augen an, deren schwarzer Glanz mich an frisch geölte Oliven erinnert. Defne hat ihm vor kurzem Malstifte besorgt, damit er ab und zu auf keinen Bildschirm starrt. Wenn es um ihren Sohn geht, hat Defne manchmal ganz schön schlaue Ideen, trotzdem habe ich wirklich selten Bock, mich mit ihm zu beschäftigen. Ich kenne kein Kind, das so frech und verwöhnt ist wie Ümit. Er hätte definitiv mal eine Schelle oder einen Tritt verdient, hat ja Onur und mir auch nicht geschadet. Gerade weiß ich aber sowieso nichts Besseres anzufangen, also sage ich: »Pack die Stifte aus, Spiderman.«

Onur hat sich mit den Bohnen von gestern vollgefressen und hinterher noch zwei Stück Schokotorte verdrückt. Er schiebt das schmutzige Geschirr von sich und setzt sich zu Oma vor den Fernseher. Oma streichelt ihm über die Schulter, Tante Semra räumt den Tisch ab.

»Du kannst ruhig umschalten, mein Junge«, sagt Oma und reicht Onur die Fernbedienung.

Er bleibt bei der Wiederholung irgendeines Fußballspiels hängen, mit Mannschaften, von denen ich nie zuvor gehört habe. Oma steigt von der Gebetskette auf den Zikirmatik um. Das ist so ein winziges Gerät mit einer vierstelligen Nummernanzeige und einem kleinen Knopf. Wann immer Oma auf den Knopf drückt, sagt sie irgendwas auf Arabisch. Wenn sie tausend zusammen hat, darf sie sich was wünschen oder kommt in den Himmel oder so.

»Hazal, bring Onur einen Çay«, sagt Mama.

»Soll er doch selbst machen«, sage ich und drücke den gelben Filzstift so fest auf das Papier, dass die Stelle ganz weich wird.

»Ich mach schon, Abla«, sagt Defne und springt auf. »Heute ist doch Hazals Geburtstag.«

Mama schüttelt wortlos den Kopf, und Defne grinst mich an, als wären wir Verbündete, nur weil sie einmal den Çay bringt und ich mit ihrem hyperaktiven Sohn Obstgesichter ausmale.

Defne versucht das immer wieder. Sie will mit mir einen auf Freundin machen, schon seit sie mit meinem Onkel zusammenkam. Deshalb soll ich sie auch nicht Abla oder Tante nennen, sondern nur Defne. Und ich soll mit ihr über alles reden und so. Ein paarmal habe ich sogar versucht, mir vorzustellen, wie es wäre, mit Defne über Liebe und Sex und solche Sachen zu sprechen, ihr vielleicht sogar von Mehmet zu erzählen. Aber das würde ich natürlich nie tun. Wenn, dann würde ich es nur Tante Semra sagen, bloß bin ich mir bei Tante Semra sicher, dass sie es gar nicht okay fände und sofort versuchen würde, mir Mehmet wieder auszureden.

Defne dagegen würde bestimmt total cool reagieren und sich vielleicht sogar darüber freuen, dass ich verliebt bin und sowas wie einen Freund habe. Das Problem ist nur, dass Defnes Sympathie immer etwas Hinterhältiges hat, als könnte sie einen jederzeit verkaufen. Man kann gar nicht sagen, woran es liegt, aber irgendwas ist immer total fake an ihr. Bei ihrer Hochzeit zum Beispiel gab es diesen einen Moment: Defne küsste Onkel vor dem ersten Tanz direkt auf den Mund. Das fanden alle Gäste krass und billig. Alle Frauen haben Defne hintenrum als Schlampe bezeichnet, außer mir, ich wollte sie sogar anfangs in Schutz nehmen, habe das aber dann doch nicht gemacht. Denn irgendwas hat auch mich gestört, etwas hat in dem Moment einfach nicht gestimmt. Und das war Defnes Art beim Küssen. Defne hat meinen Onkel nicht geküsst, wie eine Frau einen Mann küsst, mit dem sie ihr Leben verbringen möchte, obwohl die Liebe eine brutale Sache sein kann. Sondern sie hat ihn geküsst, wie sie sich vorstellte, dass eine Frau einen Mann küssen sollte, von dem sie geliebt und verehrt wird. Vor allem aber küsste Defne ihn, und da hatten die anderen einfach recht, um Aufsehen zu erregen. Defne-Style eben.

»Oma, du hast schon lange keine Manti mehr gemacht. Ich würde so gerne welche essen«, sagt Onur und gibt Oma die Fernbedienung zurück, als seine Fußball-Wiederholung endlich zu Ende ist.

»Oh, natürlich mein Junge, das machen wir gleich Montagabend zum Fastenbrechen!«, antwortet Oma, die es liebt, andere zu bekochen und zu bedienen, wenn diese anderen Männer sind. »Ich bereite morgen Abend den Teig vor und Montag besorge ich frisches Hackfleisch.« Sie streichelt Onur wieder über die Schulter und fühlt sich sichtlich geehrt, dass ihr Enkel, dieser Bastard, ständig etwas von ihr haben will.

»Montag ist super«, schaltet sich Defne ein. »Da habe ich auch frei und kann dir helfen. Einen Teil kann ich mit nach Hause nehmen, bei uns gab es auch schon lange keine Manti mehr.«

»Mir helfen?«, ruft Oma und stößt ein unfreundliches Lachen aus. »Das letzte Mal, als du mir geholfen hast, waren die Manti so vollgestopft, dass sie im Wasser gleich auseinandergefallen sind. Man konnte das kaum essen!«

Defnes Gesicht friert ein. Mama schüttelt den Kopf.

Tante Semra zischt: »Mutter, muss das sein?«

»Aber es ist so. Defne versteht nichts vom Kochen«, sagt Oma amüsiert. »Das weiß doch jeder. Soll sie doch einkaufen und sich hübsch machen. Das ist das Einzige, was sie kann.«

Defnes Mundwinkel zucken, sie schaut Oma verbittert an und sagt: »Na gut, dann eben nicht.«

Wäre es nicht Oma, würde sich Defne niemals so anmachen lassen. Sie würde ein arrogantes Gesicht ziehen und doppelt zurückschießen, alle Dinge aufzählen, die ihr Gegenüber irgendwie verletzen und erniedrigen könnten, bis wer auch immer es bereuen würde, sich jemals mit ihr angelegt zu haben. Aber gegen Oma kann sie nichts sagen. Denn mit dem Häuptling fickt man nicht. Und vor allem nicht, wenn man vorhat, selbst irgendwann Häuptling zu werden. Deshalb beißt Defne sich auf die Lippen und fängt hektisch an, Ümits Stifte in das kleine Spiderman-Mäppchen zu stopfen.

»Komm, Ümit, es ist spät geworden. Lass uns schnell nach Hause, damit wir Papa etwas zu essen machen.«

Oma zuckt mit den Schultern und schaut grinsend zu Onur.

»Mein Sohn, was machst du nur, wenn du später eine Frau heiratest, die wegen allem immer gleich beleidigt ist? Meinst du, du erträgst das?«

»Ich weiß nicht, Oma«, sagt Onur und schmeißt sich ein paar Erdnüsse in den Mund. »Ich kann mich ja scheiden lassen, wenn's mich stört.«

»Ja, mein Junge. Aber du musst aufpassen, dass du keine Kinder mit ihr bekommst, bevor du sie richtig kennst. Wenn ihr Kinder habt, ist es schwierig, sie wieder loszuwerden.«

»Mutter«, sagt Tante Semra angepisst. »Dir fehlt nur noch ein Schwanz. Keine Frau würde so sprechen, wie du es tust.«

Mama macht ein angestrengtes Gesicht und nickt vor sich hin. Aber Oma lächelt nur zufrieden, weil Tante Semras Satz für sie ein Kompliment ist.

Defne schnappt sich ihre gefälschte Michael-Kors-Tasche und verschwindet mit Ümit in den Flur. Ich springe auf, um sie zur Tür zu bringen.

»Reg dich nicht auf«, sage ich, »Oma hat einfach Hunger. Du weißt doch, ihr Diabetes.«

Defne schüttelt nur den Kopf, ihre Augen sind feucht. Sie bindet Ümit die Schuhe, steckt mir einen Umschlag mit zwanzig Euro zu und geht, ohne ein Wort zu sagen.

Tante Semra macht auf Eiszeit und sitzt angepisst auf der Couch herum. Aber Oma beachtet das gar nicht, sie widmet sich wieder dem Fernseher. Mama sagt, wenn jemand noch Çay will, setzt sie jetzt frisches Wasser auf.

Als Onur auf Toilette geht, laufe ich in mein Zimmer und stehe herum, bis er wieder rauskommt. Ich winke ihn rein und schließe die Tür hinter uns.

»Du wolltest mir noch erklären, woher die vielen Scheine kommen, die du gestern in der Tasche hattest.«

»Wollte ich?«, fragt er.

Ich blicke ihn misstrauisch an. Er dreht sich genervt zur Tür, aber ich halte sie mit einer Hand zu.

»Was willst du, Mann?«

Für einen Moment habe ich das Gefühl, ein bisschen Angst aus seinem aggressiven Ton rauszuhören. Ich warte.

»Ich hab ein paar Sachen verkauft, okay?«, sagt er genervt.

»Was für Sachen?«

»Sachen halt.«

»Drogen?«

»Nein Mann, was für Drogen?«, fragt er. Er schaut sich um, als suchte er ein Loch, in das er sich verkriechen kann. Dann sagt er viel zu schnell und viel zu selbstverständlich: »Wir haben ein paar Pakete gemacht, okay? Das war die letzte Bestellung, ich schwör's, das machen wir nicht mehr.«

»Aha, die letzte Bestellung«, sage ich und weiß, dass es keine Pakete waren und dass es auch keine Bestellungen mehr gibt. Aber ich kann schlecht sagen, dass ich mit Eugen gesprochen habe, dass wir Freunde sind und dass ich fast täglich bei ihm abhänge und mir das Gehirn hohlkiffe. Und ich kann auch nicht sagen, dass ich sauer auf Eugen bin, ja, ich bin sauer auf ihn, viel mehr als auf Onur und sein dummes Grinsen, weil Eugen so ein Opfer ist und sich ständig von irgendwelchen Leuten verarschen und verprügeln lässt. Jetzt fangen also mit Onur und seinen Freunden schon die Kleinen aus der Nachbarschaft damit an, die gehört haben, dass es bei Eugen was zu holen gibt. Was soll das, ich meine, kann Eugen sich nicht auch mit irgendjemandem anfreunden, der ihn beschützt, mit Dima oder irgendeinem von den großen Russen? Wieso hängt er nur mit Muschis wie uns rum, die nichts machen können, gar nichts, nicht mal, wenn der eigene Bruder Scheiße baut? Nicht mal sagen kann ich etwas, und Elma hat mich gestern so vorwurfsvoll angesehen, und ich weiß überhaupt nicht, was ich machen soll.

Und jetzt halte ich Onur also eine Predigt übers Klauen und muss dabei so tun, als würde ich ihm die Nummer mit den Paketen abkaufen. Als hätten Onur und seine Freunde wieder Markenklamotten aus dem Internet in leerstehende Wohnungen auf die Namen von längst Ausgezogenen bestellt, immer unter 300 Euro, weil man dann nicht im Voraus zahlen muss, und eigentlich zahlt man nie, weil das Paket dann einfach beim Nachbarn abgegeben wird. Und weil man es beim Nachbarn dann ohne Probleme abholen kann, wenn man die kleine Leyla mit den Rehaugen hinschickt, deren Haut so zart und hell ist, dass sie nicht unbedingt wie eine Türkin aussieht, sondern alle möglichen Nachnamen tragen könnte, Maier, Selimovic, Öztürk, Youseef, egal. Mit Leylas Rehaugen haben Onur und seine blöden Freunde Geld gemacht, gutes Geld, bis die Kleine irgendwann erwischt wurde und ihr Bruder sie grün und blau geschlagen hat. Und jetzt haben sie es gelassen und beklauen stattdessen einfach Eugen und hauen ihm aufs Maul, wahrscheinlich wieder, indem sie die kleine Leyla vorschicken, bei der jeder schwach wird. Und ich? Ich tue so, als wüsste ich das alles nicht und als wäre Eugen nicht mein Freund, und als wäre ich eine große türkische Schwester, die Klauen scheiße findet.

Onur macht ein verständnisvolles Gesicht und sagt: »Okay Abla, ich mach das nicht mehr.« Er geht aus dem Zimmer, ich schließe die Augen und konzentriere mich auf das Schwindelgefühl in meinem Nacken.

Tante Semra spickt durch den Türspalt.

»Hase, komm mal, deine Mutter ruft dich.«

Ich schleppe meine müden Beine in die Küche. Mama leert die Spülmaschine, obwohl das mein Job ist. Sie macht ein konzentriertes Gesicht und schaut mich nicht an.

»Hazal, sei morgen früh um acht zu Hause.«

Sie macht so ungewöhnlich sanfte Bewegungen, man hört die Teller kaum klirren. Es sieht aus, als würde sie die Maschine nur leeren, damit sie sich nicht nutzlos vorkommt.

»Ich fühle mich unwohl, vielleicht musst du dann in der Bäckerei für mich einspringen.«

Ich nicke, aber sie sieht es nicht. Vielleicht kann sie die Bewegung spüren. Manchmal ist das doch so, man schaut nicht hin, aber man weiß, was jemand anderes neben einem macht. Wahrscheinlich liegt das an der Luft, wahrscheinlich hinterlässt mein Nicken einen leichten Zug in der Luft, einen zarten Windstoß, der selbst Mama erreicht. Vielleicht ist sie gar nicht so abwesend, wie ich immer denke.

Ich umarme sie fest und gebe ihr einen Kuss auf die Wange. Ihr Körper gibt leicht nach, aber er erwidert nichts. Sie wischt sich mit dem Handrücken den unsichtbaren Kussabdruck weg.

»Aber das ist das einzige und letzte Mal, hörst du?«, sagt sie. »Du weißt, es gehört sich eigentlich nicht, dass du woanders schläfst. Du bist zu alt für sowas, Hazal.«

FÜNF

I'ma ruin you cunt!
I'ma ruin you cunt!
I'ma ruin you cunt!

Elma, Gül und ich springen wie drei Gestörte in Elmas Zimmer herum und rufen immer wieder den einzigen Satz, den wir aus »212« kennen, während Ebru mit geschlossenen Augen tanzt und ihre Zeigefinger zum Beat bewegt, der so laut durch die Wohnung knallt, dass bald die Nachbarn klopfen müssten. Ebru hat ihr pflaumenblaues Kopftuch abgelegt, nachdem wir versprochen haben keine Fotos mehr zu machen. Es liegt sauber gefaltet auf der Kante von Elmas Bett, daneben ein Berg aus schwarzen, grauen und transparenten Klamotten, aus denen sich Elma ihr Outfit für heute Abend zusammensuchen will.

»Hey, ich hab keinen Wodka mehr! Wo ist mein Wodka, ihr Fotzen?«, ruft Gül und schwenkt ihr Glas in der Luft.

Als sich Elmas Mutter vor eineinhalb Stunden verabschiedete, damit wir die Wohnung für uns haben, war es Gül, die ihr mit braver Miene versicherte, dass wir es auf keinen Fall übertreiben werden. Nun zuckt sie mit den Schultern wie so ein monströser Gangsta-Rapper, und füllt ihr Longdrinkglas zur Hälfte mit purem Wodka. Sie gießt ein paar Tropfen Tonic darüber, nimmt einen großen Schluck und fängt an, heftig zu twerken, so dass ihr ganzer Drink in drei großen Wellen auf den Teppich schwappt.

»Gül, pass mal auf!«, ruft Ebru.

»Was?«, schreit Gül und lässt ihre riesigen Hüften immer schneller kreisen, das leere Glas in der Hand.

»Du hast den ganzen Teppich versaut!«, ruft ihr Ebru mit großen Handbewegungen zu.

»Ich kann dich nicht verstehen!« Gül schließt die Augen und wirft ihre langen Haare durch die Luft, immer wieder, als wolle sie ihren Kopf in eine andere Dimension befördern. Sie kann den Rhythmus nicht mehr halten, verliert das Gleichgewicht, torkelt drei Schritte zurück und fällt seitlich auf das Bett. Sie liegt da wie eine gestrandete Meerjungfrau.

Elma hält sich den Bauch und sackt lachend zu Boden. Ihr frisch aufgetragener Mascara läuft ihr in Strömen die Wangen runter.

»Ich fass es nicht!«, ruft Ebru und tänzelt mit hektischen Schritten in die Küche, einen Lappen holen.

Elma lacht noch lauter auf, zeigt mit dem Finger in Richtung Küche und sagt: »Sie ist so … Sie ist so angepisst!«

Ich fange auch an zu lachen, weil ich merke, wie ich es vermisst habe, zu viert abzuhängen, mit einer angepissten Ebru, die immer dann die Nerven verliert, wenn etwas außer Kontrolle gerät. Ich hätte sie gern dabei gehabt, als wir am Tag der Deutschen Einheit bei Gül Ecstasy gefrühstückt haben. Sie hätte eh nichts genommen, und trotzdem wäre sie die gewesen, die sich am seltsamsten verhalten hätte. Ebru scheint die ganze Zeit über in ihrer Blase zu sitzen, von der aus sie jeden sieht und kennt, in die aber niemand zu ihr eintreten kann. Deshalb kann man auch nie nachvollziehen, warum sie so überreagiert und ganz plötzlich total angepisst ist oder traurig oder beleidigt. Ebru scheint alles immer ein bisschen stärker zu spüren als andere, vor allem Negatives, und Ebru ist immer allein, selbst wenn sie mit uns ist. »Einsamkeit kann man nicht teilen«, hat sie an Weihnachten mit ängstlichen Augen zu mir gesagt, und für einen Moment habe ich geglaubt zu verstehen, was sie damit meint. Ebru hat sich schon früher immer wieder zurückgezogen, und Elma ist ja auch ein bisschen so, aber immerhin spricht Elma über ihre Probleme. Ebru aber behält alles immer für sich, keine Ahnung, was bei ihr abgeht. Das ist jedenfalls so, seit sie letztes Jahr nach dieser Facebook-Nummer ihren Ausbildungsplatz verloren hat und danach entschied, sich zu verhüllen und fünfmal am Tag zu beten. Das war heftig, denn alle waren vorher total stolz auf Ebru gewesen, weil sie die Erste in unserer Klasse war, die direkt nach dem Abschluss ein Angebot hatte, und auch noch als Zahnarzthelferin. Und dann, puff, war alles verloren. »jeder bekommt das, was er verdient #fuckcharliehebdo«, hat sie geschrieben, und Dr. Klinger hat es gesehen und gesagt, dass sie sie nicht länger ausbilden kann. Seitdem sitzt Ebru zu Hause. Und die Blase, in der sie sitzt, wird immer enger, wir sehen sie manchmal wochenlang nicht. Ein Wunder, dass sie heute gekommen ist. Ich beobachte, wie sie eifrig Elmas Kinderzimmerteppich schrubbt und ihr dabei Millionen kleine Gedanken über das Gesicht huschen, an dem alles winzig ist außer den Mandelaugen. Gedanken, die mit uns und dem Jetzt und dem Teppich wahrscheinlich überhaupt nichts zu tun haben. Ihre Stirn legt sich in Falten und glättet sich wieder, ihr schmaler Brustkorb bläst sich mit unnötigen Sorgen auf. Sie wirft ihren geflochtenen Zopf über die Schulter, und ihre Augen suchen unauffällig nach Güls halbtotem, hügeligem Körper, der noch immer seitlich über Elmas Bett hängt. Ein Grinsen geht über Ebrus Lippen, kaum erkennbar, aber ich sehe es. Sie schaut ein letztes Mal konzentriert auf den feuchten Fleck vor sich auf dem Boden und ruft dann: »Komm Hazal, Gül wird dich nicht mehr schminken können. Ich mach das.«

Sie bringt den Lappen weg. Ich klicke die Musik leiser, krame meinen Schminkbeutel aus der Handtasche und setze mich vor den Wandspiegel. Elma hat sich bis auf den Slip ausgezogen, spaziert singend durch die Wohnung und probiert nacheinander ihre Kleider an. Sie hat nie ein Problem damit, nackt vor uns herumzulaufen, wir alle kennen den Leberfleck neben ihrer rechten Brustwarze. Ich dagegen gehe zum Umziehen immer ins Bad und verschließe die Tür. Elma findet das so merkwürdig, dass sie manchmal sagt, ich hätte wohl einen Penis und wolle ihn mit niemandem teilen.

»Ich sehe aus wie meine Mutter«, sage ich entsetzt, als Ebru den letzten Lidstrich korrigiert hat und mir den Handspiegel reicht.

Sie zuckt mit den Schultern und sagt: »Ja, stimmt.«

Gül steht wortlos auf und geht zur Toilette. Wir hören röchelnde Kotzgeräusche. Sie kommt wieder raus, läuft in die Küche und macht sich noch einen Drink.

Elma trägt ein hautenges Minikleid, das zwischen Brust- und Schambereich durchsichtig ist. Sie fragt: »Ist das zu nuttig?«

Ebru hält sich kichernd die Hand vor den Mund.

Bevor wir die Wohnung verlassen, kippt sich jeder außer Ebru noch einen Shot rein. Wir drehen ein letztes Mal »212« auf, Gül tanzt nur noch in Zeitlupe. Elma sprüht sich vom Haaransatz bis zu den Füßen mit Parfüm ein und reicht dann mir den Flakon. Danach greift sie mir von hinten an die Hüften, und ich mache ihr einen Lapdance im Stehen.

Elma kann als Einzige von uns in High Heels laufen, ohne sich zum Affen zu machen. Gül hält sich bei jedem Schritt an der Wand fest. Ich fühle mich, als würde ich zum ersten Mal auf einem Surfbrett stehen. Wir packen drei Paar flache Ballerinas in Güls Riesenhandtasche, für den Fall, dass wir es später auf unseren Nuttenschuhen nicht mehr aushalten. Im Treppenhauslicht merke ich plötzlich, wie leicht mein Kopf und wie warm meine Backen sind. Ebru, Gül und Elma singen »Happy Birthday«, und die alte Libanesin aus dem ersten Stock streckt ihren Kopf aus der Tür, um uns zu sagen, dass wir die Fresse halten sollen, weil ihr Mann Krebs hat.

An der Ecke zur Müllerstraße nimmt mich Ebru in den Arm und flüstert mir ins Ohr, ich soll auf Gül aufpassen. Wir machen ein Selfie zu viert, auf dem mein Gesicht nur halb zu sehen ist. Ebru knöpft ihr Baumwolljäckchen zu, rückt ihr Kopftuch zurecht, und wir schauen ihr hinterher, als sie mit verschränkten Armen nach Hause läuft. Elma, Gül und ich versuchen, so schnell wie möglich zur U-Bahn zu kommen, bevor uns jemand aus der Nachbarschaft in unserem Aufzug trifft. Wir haben Glück, nur Bahar vom Gemüseladen kommt uns entgegen. Sie macht ein verwundertes Gesicht und pfeift uns zu. »Macht nichts Unanständiges!«, ruft sie uns auf Türkisch nach, und dann auf Deutsch: »Viel Spaß!« Auf der Rolltreppe frage ich mich, ob ich schon auf die Ballerinas umsteigen soll. Unten fährt die U6 ein, mit wackeligen Schritten erwischen wir sie.

»Gib mal einen Schluck«, sagt Elma und greift nach der Tonicflasche, in die wir den Rest Wodka umgefüllt haben.

Jeder in der U-Bahn schaut in eine andere Richtung, keiner kennt keinen, außer uns und außer dem Pärchen, das nur schweigend Händchen hält, als hätte es gerade eine schwere Zeit hinter sich. Aus den Kopfhörern des schwarzen Typs im Vierer neben uns kommt so laut Techno, dass Gül mitnickt.

An der nächsten Haltestelle steigen drei Kanaken ein, etwa in unserem Alter. Der Kleinste mit dem Undercut spielt den Clown der Gruppe. Er stupst seine Freunde an und zeigt in unsere Richtung. Sie fangen an, wie kleine Muschis zu tuscheln, es sieht danach aus, als würden sie über Gül lästern. Elma streckt ihnen die flache Hand entgegen und schüttelt genervt den Kopf. Gül dreht sich zu ihnen um und mustert sie eine Weile.

»Uh, der mit dem roten Hemd ist heiß«, sagt sie und zupft ihr Dekolleté zurecht.

»Bitte, Gül«, sage ich. »Der ist hässlich wie die Nacht.«

»Ich stehe auf große Nasen. Große Nase heißt größer …« Sie blinzelt uns verliebt an.

Elma verzieht ihr Gesicht, als müsste sie gleich kotzen, und schaut sich in ihrem Handydisplay an. Sie fährt sich mit den Fingerspitzen über die trockenen Aknehügel, die selbst unter den fünf Schichten Make-up noch zu erkennen sind.

»Oh Gott, die sprechen ja Arabisch. Und die wissen

nicht, wie man Kottbusser Tor ausspricht!«, flüstert Gül und reißt ihre Augen ängstlich auf. »Das sind Fluchtis!«

»Na und?«, fragt Elma. »Eben fandest du die noch heiß.«

»Eben dachte ich auch noch, dass das Türken sind. Fluchtis sind voll pervers! Weißt du nicht, Köln und so?«

»Halt's Maul, Gül. Du laberst echt Scheiße. Köln war voll erfunden von der Bild-Zeitung«, sagt Elma wütend, weil ihre Mutter auch als Flüchtling nach Deutschland kam.

»Ja, ja, wenn du meinst.« Gül schaut misstrauisch zu den Typen hinter sich. »Aber ich habe heute eh keine Lust auf Terroristen! Heute will ich was Blondes. Da gibt es doch sicher einen Haufen Touris in dem Club?«

»Bestimmt«, sage ich.

»So ein Engländer vielleicht.«

»Engländer?«, fragt Elma. »Wie kommst du auf den Scheiß?«

»Die sind groß und meistens voll gut gebaut. Und ich will mein Englisch aufbessern.«

Elma und ich grinsen uns an.

»Was ist denn so witzig, ihr Fotzen?«, fragt Gül und lallt schon ein bisschen.

Wir steigen an der Friedrichstraße aus und laufen durch den Pissegeruch hoch zum S-Bahnsteig. Mehrere Gruppen stehen mit Bierflaschen herum und unterhalten sich laut über Merkel und Mietpreise. Links von uns sprechen drei Typen und ein Mädchen eine Sprache, die sich wie Spanisch anhört oder Italienisch. Das Mädchen trägt ein buntes Hippiekleid und hat einen viel zu kurzen Pony. Sie flirtet in alle Richtungen, es ist nicht klar, auf wen sie steht. Sie könnte jeden der Typen haben. Vielleicht steht sie aber einfach nur auf sich selbst.

In der S-Bahn erzählen wir einander bescheuerte Geschichten aus der Schulzeit. Wie Gül aus dem Unterricht geflogen ist, weil sie in Mathe zu Herrn Lenz gesagt hat, er soll ihr nicht auf die Titten starren. Oder wie Elma angeblich dabei gesehen wurde, wie sie Drogen im Blumenkübel versteckt hatte, und der Rektor unseren Hausmeister alle Kübel ausschütten und die ganze Erde durchsuchen ließ. Er fand natürlich nichts, aber seine Arme sahen danach aus wie angeschissen. Oder wie ich nach meinem ersten Selbstmordversuch mit kurz geschorenen Haaren und hässlichen Seidentüchern um meine Handgelenke gewickelt zum Sportunterricht kam und unsere lesbische Sportlehrerin, die Eso-Mayer, meinte: »Das ist ja ein toller Look, Hazal!« Ich kriege fast Atemnot, als Gül das gutmütige Gesicht der Eso-Mayer imitiert. »Ich liiiiiebe Seidentücher!«

Als wir am Ostkreuz die Rolltreppe verlassen, bleibt Elma vor der gelb blinkenden Lichterkette im Fenster einer hässlichen deutschen Kneipe stehen.

»Lasst uns noch einen Schnaps trinken, bevor wir in den Club gehen«, sagt sie und läuft in den Laden, ohne auf Antwort zu warten. Gül und ich folgen ihr. Innen richten sich natürlich sofort alle Blicke auf uns. Ziemlich alte Männer mit rötlichen Gesichtern und schweren Bäuchen sitzen da, sie sehen einander alle so ähnlich, als wären sie verwandt. Zwei Frauen mit dicken Tränensäcken sind auch da, ihre Haare fisselig, die Brüste schlaff. Es riecht nach kalter Asche und Bier. Elma baut sich an der Bar auf, um Shots zu bestellen. Gül schnappt sich einen Holzstuhl und blickt neugierig um sich. Ich gehe zur Jukebox in der Ecke des Raums und versuche herauszufinden, wie die funktioniert.

So etwas gibt es nur in Filmen, habe ich immer gedacht. Keine der kleinen Platten, die sich beim Rumdrücken auf den Knöpfen mit drahtigen Geräuschen von links nach rechts schieben, sagt mir irgendetwas. Auf den meisten sind Schlagersänger mit lustigen Frisuren aus den siebziger Jahren abgebildet, und alle haben sie anscheinend entweder eine Blume in der Hand oder sitzen vor deutschen Bergen im Gras oder beides. Ich wähle die erste Platte ohne Schlagertypen. Darauf sieht man einen Schwarzen in einem schicken grauen Anzug, mit Einstecktuch und Zahnpastalächeln, Marvin Gaye, geiler Name. Für fünfzig Cent kaufe ich »I Heard It Through The Grapevine«. Der Sänger beginnt zu jaulen. Die Melodie ist fröhlich, aber in seiner Stimme liegt viel Schmerz. Mir gefällt sie. Sie klingt nach Trennung. Ich lehne mich mit dem Rücken gegen die gelbliche Wand zwischen Jukebox und Toilette und tippe eine Nachricht an Mehmet. *Happy birthday to me.*

Ich schicke einen Smiley hinterher. Und dann noch das Foto, das Ebru von mir gemacht hat, bevor wir losgingen.

Elma und Gül sitzen inzwischen an der Bar und leeren mit zusammengezogenen Gesichtern einen Shot auf ex. Dass Mehmet nicht an meinen Geburtstag gedacht hat, finde ich überhaupt nicht schlimm. Ich habe es nur einmal erwähnt, vor ein paar Wochen, und er könnte es natürlich auf Facebook gesehen haben. Aber wahrscheinlich ist er zu beschäftigt, oder er findet Geburtstage lächerlich. Mit achtundzwanzig ist das bestimmt nicht mehr so wichtig. Plötzlich ist mir die SMS total peinlich. *Happy birthday to me,* was für eine behinderte Scheiße. Ich versuche, nicht daran zu denken, und setze mich zu Elma und Gül. Sie drücken mir auch ein Shotglas in die Hand. Der Wodka ist warm und geht nur mühsam runter. Elma hat Gül anscheinend von ihrem neuen Puffjob erzählt, denn Gül stellt ihr Fragen zu Blowjobpreisen und spielt dabei nervös an ihren Haaren herum. Der schlechtgelaunte Mann mit dem Schnurrbart hinter dem Tresen nickt Elma zu und stellt uns drei Redbull hin. Wir trinken auf mich, aufs Erwachsenwerden und »auf Elmas neuen Job«, weil Gül sich das wünscht. Dann trinken wir noch einen Shot und küssen einander auf die Lippen, und beim letzten Mal versucht Elma, mir die Zunge reinzustecken. Ein Shotglas und noch eines klopft gegen das Holz des Tresens und wir lachen uns tot, ohne zu wissen, worüber. Die beiden Alkis neben uns zeigen ihre schlechten Zähne und rufen »Prost!« Ein anderes Lied läuft, ich glaube, auch von Marvin Gaye. Diesmal ist es ein ruhiger, superleichter Song, der auf seltsame Weise total zu diesem Laden passt und dann irgendwie auch gar nicht. Er passt zu dem orangefarbenen Licht, zu den Rauchschwaden über uns, zu den gekrümmten Rücken am Tresen, zu den müden Augen, die sich darüber freuen, dass sie heute Abend mal etwas Neues zu sehen bekommen, und deshalb ständig zu uns herüberschielen. Aber irgendwie ist hier alles dann doch zu kalt, zu hart, zu deutsch für die Melodie, die sich wie eine sanfte Fleecedecke um unsere Schultern legen will. Ich klemme einen Zwanzigeuroschein unter eines der leeren Gläser, und wir stehen auf.

»Elma, ich will dich mal was fragen«, sagt Gül vorsichtig, als wir uns vor der Tür Kippen anstecken und dann langsam in Richtung Club losstöckeln. Es hat ganz leicht geregnet, vielleicht nur Sekunden, während wir in der Kneipe waren. Der Boden glänzt feucht, aber es gibt keine Pfützen.

»Was denn, Schatz?«, fragt Elma.

»Wie ist das denn so, wenn man …« Gül zieht an ihrer Zigarette. Ihre Stimme hört sich nüchterner an als vorhin, aber ihr Gesicht hat den zufrieden-verwirrten Zug eines besoffenen Penners. »Also, wie fühlt sich das an, mit einem Mann?«

»Wie fühlt sich was an? Was meinst du?«, fragt Elma und spuckt auf den Boden.

»Na, du weißt schon«, sagt Gül. »Im Bett. Also so richtig, nicht nur oral.«

Ich gebe mir Mühe, überhaupt keine Reaktion zu zeigen, und ich merke, dass Elma dasselbe tut. Wir laufen im selben Tempo weiter, ohne einander anzuschauen, als wäre gerade das Normalste auf der Welt passiert. Als würde Gül nicht endlich zugeben, dass sie noch Jungfrau ist.

»Na ja«, sagt Elma. »Stell dir vor, jemand steckt dir einen Finger in die Nase.«

»Fick dich«, sagt Gül genervt.

Elma bleibt stehen und schaut Gül schulterzuckend an.

»Im Ernst«, sagt sie, »stell dir vor, der stochert mit seinem Finger in deiner Nase herum. Immer wieder, die ganze Zeit. Genauso fühlt sich das an. Es ist echt nichts Besonderes, aber irgendwie unangenehm.«

Gül macht ein nachdenkliches Gesicht und geht weiter, ohne einen Kommentar. Keine Ahnung, ob sie enttäuscht oder erleichtert ist. Und ich weiß auch nicht so recht, was ich von Elmas Antwort halten soll.

Wir biegen in eine leere Straße ein, die von blau beleuchteten Fabrikgeländen umrahmt ist. Ich checke auf meinem Handy, in welche Richtung wir müssen. Gül hat sich bei Elma untergehakt und erzählt ihr von einem Typen mit einem Oberkörper wie Hulk, den sie jeden Morgen im Späti trifft.

»Da vorne muss es sein«, sage ich und laufe ein bisschen schneller voraus. Das mit den Schuhen klappt inzwischen besser, mein Körper gewöhnt sich daran, dass das gesamte Gewicht auf den Zehenspitzen lastet.

Als ich am Baumarkt um die Ecke biege, kann ich ihn sehen. Es ist ein riesiger, grauer Klotz ohne Fenster, fast unheimlich. Vor dem großen Tor stehen bestimmt dreihundert Leute Schlange.

»Scheiße«, sagt Elma, als sie und Gül mich erreichen. »Das wird ewig dauern, bis wir da reinkommen.«

Gül löst sich aus Elmas Arm und läuft mit kleinen, trippelnden Schritten auf die Schlange zu, wie eine Motte in Richtung Licht, eine balletttanzende Motte. Wir gehen ihr hinterher und hören den dumpfen Bass aus dem Inneren des Klotzes lauter werden. Die wartenden Leute trinken Schnaps, hören Musik von ihren Handys, umarmen sich, sprechen seltsame Sprachen, lachen, schreien, stehen gelangweilt herum und beobachten die anderen durch dicke Brillengläser. Wir stellen uns ganz hinten an.

»Warum tragen die alle Turnschuhe?«, fragt Gül angewidert.

Ich zucke mit den Schultern. Elma spielt aufgeregt mit der Zunge an ihrem Oberlippenpiercing herum.

»Wow, riecht ihr das?«, fragt ein Mädchen mit schneeweiß gefärbtem Haar gleich vor uns. »Das ist ja wie in einer Parfümerie.«

Keiner außer mir hört es. Elma tippt auf ihrem Handy herum, Gül sagt, sie will vorne an der Tür schauen, wie schnell es vorangeht. Ich checke, ob Mehmet mir geantwortet hat, aber da ist nichts. Zwei ganz in Schwarz gekleidete schlanke Jungs stellen sich hinter uns und trinken aus kleinen Schnapsfläschchen. Sie tragen beide Lederjacken, die ihnen unheimlich gut stehen. Wie Models aus einer Fashionwerbung. Der eine hat dunkel funkelnde Augen und einen sauber getrimmten Vollbart. Der andere mit der Glatze wirkt härter, er hat eine Hasenscharte und eine eckige Tätowierung am Hals, die ich nicht richtig erkennen kann.

»Hast du mit Onur gesprochen?« Die Frage kommt aus dem Nichts. Elma hat seit gestern Abend nichts mehr zu der Sache mit meinem Bruder und Eugen gesagt. Aber ich hatte schon in ihrer Wohnung das Gefühl, dass da was Fragendes in ihren Augen war.

»Nein«, sage ich und wünsche mir, dass das Thema damit für heute erledigt ist, nicht wegen Eugen, sondern weil ich es nicht aushalte, wenn Elma mir etwas vorwirft.

»I totally like your dress!«, höre ich den bärtigen Typen hinter uns sagen. Er schaut zu Elma. Ich stupse sie an.

»Der redet mit dir.«

»Was?«

»Your dress is amazing. I love it!« Er grinst Elma breit an.

»Ähm, thank you«, sagt Elma mit einem Gesicht, das ich nie zuvor an ihr gesehen habe. Als wäre sie verlegen, wegen dem Englisch.

»Wo ist Gül?«, fragt sie mich.

Ich stöckle ein paar Schritte von der Schlange weg und sehe in der Ferne einen großen Hintern.

»Ich schau mal nach ihr, die scheint ziemlich am Ende.«

Während ich an der Menge vorbeilaufe, fühle ich mich

beobachtet, aber ich weiß nicht, ob die Leute wirklich schauen, weil ich mich nicht traue, zurückzuschauen. Vielleicht bin ich ja auch nur paranoid. Das Laufen fällt mir wieder schwerer, weil der Boden nicht asphaltiert ist. Ich gebe mir Mühe, nicht umzuknacksen. Der hölzerne Geruch eines Joints weht an mir vorbei, Haschisch. Ich stelle mir vor, wie es wäre, da drinnen im Club mit Mehmet zu tanzen. Wodka-Bull zu trinken und zu knutschen, wie ein ganz normales Paar. Als ich näher komme, sehe ich einen großen blonden Lockenkopf neben Gül. Er und sie flirten. Heftig. Er könnte sechzehn sein. Seine Freunde beobachten die beiden mit kritischen Blicken, Gül nimmt die Hand des Lockenkopfs und drückt sie auf ihre Brüste.

»Gül, was los?«, frage ich und greife sanft nach ihrem Arm.

Sie strahlt mich an und sagt: »Hazal, guck mal, das ist François! Er ist aus Frankreich!«

Ich nicke ihm zu, er grinst. Er wirkt total zugedröhnt, aber vielleicht sieht er auch immer so aus wie ein kleiner zugedröhnter Achtklässler. Seine Haut ist leichenblass, unter den Augen hängen dunkle Ringe.

»Komm mit, Gül. Ihr seht euch doch drinnen gleich wieder.«

Ich ziehe sie mit nach hinten zu Elma, sie winkt François mit gespreizten Fingern zu.

»Er ist Franzose, Hazal, französisch und so«, sagt sie wieder.

»Ja, Schatz, ich habe es verstanden. Aber du musst schon ein bisschen bei uns bleiben.«

»Aber klar. Heute gehöre ich nur dir, Hazal«, sagt sie und schielt immer noch nach François.

Als wir zurück sind, trinkt Elma gerade aus einer kleinen Schnapsflasche von einem der Lederjungs.

»Elma, you are the best«, sagt der Glatzköpfige und stößt ein unecht klingendes Lachen aus.

»Schaut mal, das sind Paul und Eric«, sagt Elma und deutet auf die beiden. »And this is Hazal. And this is Gül.«

Der Bärtige reicht mir seine zierliche Hand und beugt sich leicht nach vorn. Gül schüttelt verwirrt den Kopf.

Elma erzählt Paul und Eric mit Händen und Füßen, dass ich heute Geburtstag habe und dass wir das feiern wollen. Die beiden gratulieren mir und erzählen, dass sie aus Amerika kommen. Die Namen ihrer Heimatstädte vergesse ich sofort wieder, weil sie nicht New York oder Miami sagen. Sie fragen, ob wir schon mal in dem Club waren. Bevor ich antworten kann, sagt Elma: »Yes yes, sometimes we come, we dance here.«

Der Glatzköpfige sagt, er sei nur wegen Eric mitgekommen. Eigentlich möge er den Club nicht so sehr, weil es da zuviel von irgendwas gebe, keine Ahnung von was, ich verstehe das Wort nicht. Eric rollt mit den Augen und sagt, das stimme überhaupt nicht. Die beiden fangen an, so schnell zu diskutieren, dass ich nicht mehr mitkomme. Aber ihre Bewegungen sind dabei total merkwürdig, so schnell und abgehackt wie in alten Filmen, Charlie Chaplin oder so. Der bärtige Eric zeichnet mit seinen zierlichen Mädchenhänden beim Sprechen Spiralen in die Luft. Alle seine Sätze hören sich nach Fragen an, und jeder endet mit »right?«. Der glatzköpfige Paul verschränkt die Arme und schaut gelangweilt um sich. Er sieht aus wie ein abgefuckter Nazi und hat die Körperhaltung einer alternden Filmdiva. Ab und zu blickt er Eric überheblich an und ruft: »Shut the fuck up!«

»Are you gay?«, fragt Gül plötzlich mit einem misstrauischen Blick.

Elma haut ihr gegen die Schulter und sagt: »Alter, lass das.«

Mir ist die Frage auch sofort peinlich. Und dass Gül besoffen genug ist, sie zu wiederholen.

»No no, really, are you gay?«

Paul und Eric erstarren für einen Moment. Sie schauen einander schockiert an. Dann zuckt Paul mit den Schultern und sagt: »Good morning, honey.«

Gül kriegt sich nicht ein vor Lachen, und Paul und Eric lachen mit. Eric reicht ihr ein neues Schnapsfläschchen, und sie prosten sich zu. Gül kippt den halben Inhalt auf ex runter, spuckt ihn lachend wieder aus, wischt sich den Mund ab und sagt: »Thank you, honey.«

Elma und ich beobachten die drei, als würden sie einen Sketch aufführen. Gül erzählt Paul und Eric von François, mit irgendwelchen Sätzen, die sie in R&B-Songs aufgeschnappt hat. »He is so damn fine«, sagt sie immer wieder, und: »I like the way he moves.«

Paul und Eric schauen sie mit verliebten Augen an. Gül versucht, den Restschnaps zu leeren, spuckt ihn aber auch wieder nur aus, schmeißt dann das Fläschchen auf den Boden und läuft einfach davon.

»Was macht die Irre?«, fragt Elma.

Nach fünf Minuten gehe ich nach ihr schauen und finde sie wieder bei dem französischen Achtklässler. Ihre Hände hängen in seinen weichen Locken, seine um ihre fleischigen Hüften. Sie schieben ihre Zungen ineinander.

Ich tippe Gül auf die Schulter. Sie sagt, wir sollen nach vorne kommen und uns mit François' Freunden anstellen, damit wir schneller reinkommen. François sagt: »Oui, oui«, und wirft einen ängstlichen Blick in Güls Bombendekolleté.

Ich stöckele zurück. Elma ist inzwischen sichtlich genervt von Eric, der nicht aufhört, sie und Paul vollzulabern. Ohne zu protestieren kommt sie mit nach vorn zu Gül und dem Achtklässler. François' Freunde ignorieren uns und sprechen weiter Französisch miteinander. Sie dürften alle in unserem Alter sein, aber sie wirken schrecklich jung. Das Mädchen mit der Bobfrisur und dem orangefarbenen Lippenstift, die Magersüchtige mit der seltsamen Halskette um die Stirn und der kleine Junge, der wie François' Kopie in Schwarz aussieht. Sie wirken genervt von uns, nein, eigentlich wirken sie genervt von sich selbst. Sie drehen sich eine Zigarette nach der anderen und plappern die ganze Zeit arrogant vor sich hin. Sie halten sich für was Besseres, diese Loser. Gül und der Achtklässler hören nicht auf zu knutschen, mal zarter, dann wieder heftiger. Manchmal sieht es so aus, als würde Gül ihn gleich ganz auffressen, und Elma und ich können einfach nicht weggucken.

Je näher wir der Tür kommen, desto nervöser werde ich. Ich bin besoffen, aber mein Kopf ist immer noch zu klar für die Situation hier. Immer wieder werden Leute an der Tür abgewiesen. Sie gehen dann sofort wortlos zurück, an der gesamten Warteschlange entlang, mit hängenden Schultern und leeren Augen. Ich dachte immer, nur reine Männergruppen werden nicht reingelassen. Aber auch Frauen laufen zurück, Paare, Kurzhaarige, Tussis, alle möglichen Leute, ich erkenne keine Logik dahinter. Kurz bevor wir endlich an der Tür ankommen, sagen die Franzosen irgendwas zu François. Sie diskutieren kurz, dann erklärt François

Gül und uns, dass zu große Gruppen nicht reindürfen und sie und wir also lieber getrennt gehen. Elma und mir ist das recht. Die Franzosen sind zuerst dran. Der linke Türsteher mit der krummen Nase betrachtet sie und macht ein Gesicht, als ob er François gleich zwei aufs Maul geben will, nur um ihn weinen zu sehen. Er dreht sich zu seinen Kollegen um und quatscht mit ihnen. Er ist ein Riese, bestimmt über zwei Meter groß, mit einem Rücken wie ein Stier. Eine Weile stehen die Franzosen nur so da, ohne ein Wort zu sagen. Sie starren zum Türsteher hoch und betteln ohne Worte, wie kleine Hundebabys. Nach einiger Zeit dreht er sich endlich wieder zu ihnen zurück. Er will ihre Ausweise sehen. Sie halten sie alle schon bereit in ihren Händen, es sind solche kleinen blauen Karten.

»Habt ihr das gesehen? Lasst uns unsere Ausweise auch schon mal rausholen«, sage ich.

»Bleib locker, Hazal. Wir sind doch keine Opfer«, sagt Elma und zündet sich eine Zigarette an.

Gül beobachtet François und trägt dabei ihren Lippenstift nach. Sie verschmiert die Seiten komplett, ich lecke meinen Daumen feucht und korrigiere den Rand. Die Franzosen dürfen rein. François winkt Gül zu und verschwindet durch das Tor. Der Türsteher dreht sich zu uns. Er widmet uns einen konzentrierten Blick, als wir zu ihm vorlaufen. Gül läuft einfach weiter, will an ihm vorbei. Der Türsteher streckt seinen Riesenarm wie eine Schranke aus und sagt: »Moment mal.«

Er mustert uns viel länger als die Franzosen. Elma schaut nicht zurück. Sie blickt rauchend um sich, als wäre er ihre Aufmerksamkeit nicht wert. In ihren Augen leuchtet das gelbe Licht der Laterne über uns. Der Türsteher dreht sich zu den anderen Türstehern, die neben ihm ganz klein und dünn wirken, obwohl sie es nicht sind. Ich versuche zu hören, wovon sie sprechen, aber der Bass aus dem Club ist zu laut. Ich höre nur eine Art Gelächter, ganz tief und irgendwie ätzend, höhöhö. Er wendet sich wieder uns zu und schaut mir in die Augen.

»Heute nicht, ist zu voll.«

Krass. Sein Ton ist eine Wand aus Beton. Da gibt es nichts zu verhandeln.

»Wie bitte?«, fragt Elma irritiert.

»Heute nicht, hab ich gesagt. Es ist zu viel los, da können nicht alle rein.«

»Wir sind nicht alle«, sagt Elma.

Er zuckt mit den Schultern.

»Wir haben zwei Stunden gewartet.« Jetzt klingt Elma angepisst.

Er winkt uns mit seiner Hand weg und sagt: »Die Nächsten, bitte.«

»Aber unsere Freunde sind drin!«, ruft Gül.

Ich klopfe ihr auf die Schulter und flüstere: »Lass Elma das mal regeln.«

Elma sucht den Blickkontakt zu dem anderen Türsteher, dem eine Augenbraue fehlt. Sie fragt, was das soll.

Er sagt: »Heute nur Stammgäste.«

»Und wir sind keine Stammgäste, oder was?«

Seine Augen wandern an ihr auf und ab.

»Sieht nicht so aus.«

Elma wirft ihren Kopf genervt zur Seite und fängt an, hektisch von Nuri zu erzählen, dass sie für ihn arbeitet, im La Magique, und dass ihn doch alle Türsteher kennen. Aber der Typ grinst nur und sagt: »Schönen Abend noch.«

Wir stellen uns an die Seite, Elma kramt ihr iPhone raus. Nuri geht nicht ran. Sie versucht es nochmal. Gül redet endlos davon, dass sie sich François' Nummer nicht notiert hat.

»Hallo? Nuri? Ich bin's!« Elma geht ein paar Meter weg. Sie telefoniert abseits der Laterne, wir sehen nur ihre Silhouette, die High Heels, die kräftigen Waden, den wild gestikulierenden Arm. Und dann erstarrt sie auf einmal und nimmt das Handy vom Ohr. Sie bleibt im Dunkeln stehen, schüttelt nur den Kopf. Nach ein paar Sekunden läuft sie zurück zu uns, den Blick ins Leere.

»Was ist? Was hat er gesagt?«

Sie zieht eine Zigarette aus ihrer Handtasche und schaut zu Boden.

»Er sagt, wir hätten hier sowieso nichts verloren und sollen nach Hause gehen.« Ich gebe ihr Feuer, sie zieht eine Augenbraue hoch. »Und er sagt, ich soll ihn nie wieder wegen so einer Scheiße anrufen.«

»Dieser Bastard«, sage ich.

Gül schaut verwirrt um sich. »Okay, was jetzt? Soll ich mit dem Türsteher rummachen?«

SECHS

In der Nacht, in der ich Mehmet zum ersten Mal geschrieben habe, gab es ein paar Blocks neben unserer Wohnung eine Schießerei. Die Schüsse habe ich nicht gehört, aber am nächsten Tag gelesen, dass ein Internetcafé in der Müllerstraße überfallen worden war, von fünf Männern in Rockerkutten, und dass es zwei Tote gegeben hatte. Nuri war keiner der Männer. In einem Überwachungsvideo, das auf Youtube gelandet ist, sieht man die fünf einfach ins Hinterzimmer marschieren, hört ein paar Schüsse, und dann marschieren sie wieder raus. Aber das ist gar nicht so wichtig. Wichtig ist, dass ich damals in der Nacht nicht schlafen konnte, weil mich die Sirenen der Bullen geweckt haben. Also saß ich vor dem Laptop und hing auf Facebook rum. Ich klickte mich durch die Profile unter »Personen, die du vielleicht kennst«. Normalerweise tauchen da Leute auf, die ich tatsächlich kenne, aber mit denen ich nichts zu tun haben will. Wie Vincent, das Opfer von meiner alten Schule, oder Fatma, die behinderte Tochter von Mamas Cousine, die sich für die klügste und schönste Person der Welt hält, obwohl sie ein schreckliches Pferdegebiss hat und ausgewaschene Klamotten vom Pakiladen trägt.

Bei den Vorschlägen erschien das Profil von einem Meh Met aus Istanbul. Sein Foto zeigte ein halbvolles, in der

Mitte zersprungenes Rakiglas. Ich ging auf das Profil und sah, dass dieser Meh Met weder auf meine Schule gegangen noch mit mir verwandt war, und dass wir außerdem überhaupt keine gemeinsamen Freunde hatten, weshalb ich mir echt nicht erklären konnte, warum Facebook ihn mir vorgeschlagen hatte. Ich sah mir seine restlichen Fotos an. Comics, Bilder von Sonnenuntergängen, irgendwelche Photoshopmontagen mit einem fußballspielenden oder geldzählenden Erdoğan. Ganz unten fand ich schließlich ein Foto von ihm. Er schaute nicht direkt in die Kamera, sondern leicht nach links, als wäre er ein bisschen neben der Spur. Die Haare und der Bart hatten einen schmutzigen Blondton, und die eisblauen Augen erzählten Stories, Stories ohne Ende. Ich fand ihn überhaupt nicht mädchenhaft wie sonst alle blonden Männer, vielleicht lag das an seinem breiten, kantigen Kinn. Unter den wenigen Posts, die für Nicht-Freunde sichtbar waren, gab es auch ein paar deutsche Kommentare, und das machte mich so richtig neugierig. Und brachte mich am Ende dazu, ihm zu schreiben. Mein Türkisch ist zwar okay, aber wenn ich mit Türken aus der Türkei spreche, komme ich immer ins Schwitzen. Und erzähle nur Scheiße.

Kennen wir uns?
Er antwortete nach ein paar Minuten.
Wollen wir uns kennen? :)

So fing es an. Unser Gespräch endete erst am Morgen, als die Müllabfuhr die gelben Tonnen vor der Tür leerte. Wir sprachen von Tupac, von deutschen Frauen, von Gras und von Mehmets Abschiebung. Er erzählte ganz offen davon.

Es kam irgendwie überhaupt nicht so opfermäßig rüber. Natürlich war die Abschiebung eine ziemlich große Sache für Mehmet, aber sie machte ihn nicht fertig, im Gegenteil, er meinte sogar, sie sei seine Rettung gewesen. Ihm sei es danach so gut gegangen wie nie zuvor. Ich habe später viel darüber nachgedacht und mich gefragt, ob das in dieser Nacht nur Gelaber von ihm war und er sich die Dinge einfach schönredete, weil es für ihn sowieso kein Zurück mehr gibt. Macht man ja oft so. Oder ob er es wirklich ernst meinte. Er schrieb jedenfalls, früher sei er ständig deprimiert gewesen und habe nie verstanden, wieso. Erst als er in Istanbul gelandet war und von null anfangen musste, machte alles plötzlich Sinn für ihn. Er habe früher Nasen gebrochen, Menschen beklaut, sei nie richtig zur Schule gegangen. Eigentlich habe er dabei immer nur das gemacht, was die ganze Welt von ihm erwartet hatte. Er, Mehmet aus Frankfurt-Sossenheim, habe Scheiße gebaut, weil er nichts anderes zu tun hatte. Weil er sich die ganze Zeit am falschen Ort aufgehalten habe. Er nannte es ein »Missverständnis des Universums«, dass er in Deutschland geboren worden war, als Mehmet. Weil da gar kein Platz war für ihn. Weil alle Stühle besetzt und alle Lücken ausgefüllt waren. Keine Jobs, keine Kohle, nur unerträgliches Gelaber bei irgendwelchen Behörden. Er sagte, für ihn sei es so, als hätte er sein Leben lang durch eine verschmierte Linse gesehen, und plötzlich, als er mit leeren Händen, gebrochenem Türkisch und ohne Freunde in Istanbul stand, war die Linse sauber. Alles wurde klar. Zum ersten Mal sah er richtige Farben.

Das mit der verschmierten Linse geht mir seitdem ziemlich oft durch den Kopf. Ich weiß auch nicht. Vielleicht habe ich das auch, vielleicht merke ich es nur nicht, weil ich mich schon so sehr daran gewöhnt habe. Oder ich merke es doch, aber nur manchmal, so wie jetzt, während wir langsam zurück zum Ostkreuz laufen und um uns die Lichter der Straßenlaternen zu Tupfern verschwimmen. Während das Klackern unserer Absätze durch die Weiten der Abstellplätze hinter den Fabriken hallt. Während der Drang, von hier wegzukommen, so groß ist, dass keine von uns auf die Idee kommt, die Schuhe zu wechseln. Während Gül besoffen und laut darüber nachdenkt, wo wir noch hingehen könnten, und im nächsten Moment schon wieder nicht über die Sache an der Tür hinwegkommt.

»Wären wir aus Polen oder Spanien oder so, und hätten wir so dreckige Turnschuhe an, wären wir bestimmt reingekommen. Diese Bastarde!«

Elma und ich sagen kein Wort und vermeiden es, einander anzuschauen. Aber wir fühlen es, wir fühlen dasselbe. Es ist so da und es ist so heftig, dass man es fast anfassen kann. Wut. Meine ist so groß, dass sie nicht in mich hineinpasst. Sie droht meine Haut zu sprengen, mich von innen aufzuessen und wieder auszuspucken und wieder aufzuessen. Meine Wut berührt Elmas Wut, kocht und wuchert gemeinsam mit ihr, lässt sich von ihr immer weiter anstacheln. Die letzten Meter vor dem Ostkreuz stolpern wir nur noch. Gül holt endlich die Ballerinas aus ihrer schweren Tasche, schmeißt sie heftig auf die deutschen Pflastersteine. Wir halten uns aneinander fest und steigen von den Nuttenschuhen runter.

»Diese Missgeburt von Türsteher, wie er uns angeschaut hat. Hat nur noch gefehlt, dass er uns ins Gesicht lacht. Dieser elendige Hurensohn!«

Gül wird immer lauter, um unsere Stille zu übertönen. Wir gehen durch die stinkende Unterführung. Ich starre zu den Lichtern in der Ferne, zu den Metallbögen über unseren Köpfen, Gül labert und labert. In der S-Bahn ist kaum etwas los, und wenn schon, in mir kocht die Wut so heftig, dass nichts zu mir durchdringen kann. Ich ziehe unsichtbare Wände hoch und puste sie wieder um. Die Nacht zerfällt in Millionen einzelne Legosteine. Aber mit jeder Haltestelle klärt sich meine Sicht ein bisschen mehr.

Die Bahn wird voller. Ich beginne, Umrisse von Personen zu erkennen, Stimmen zu hören, Münder zu riechen. Die Gesichter um uns herum, sie sind alle satt. Sie haben alle Ziele, die sie ansteuern, Türen, die sich für sie öffnen. Sie haben Dinge und Menschen, an denen sie sich festhalten können. Sie besitzen Kram, sie verreisen, sie schlafen in Doppelbetten mit ihren Liebhabern, die ihnen dann morgens Kaffee kochen, sie lesen nicht die Bild-Zeitung, sie kaufen nicht bei Primark, sie haben Ansprüche und Abschlüsse und Jobs und schwere hölzerne Pfeffermühlen. Ihre Haare sind glatt, ihre Hände weich, sie haben sich noch nie den Damenbart entfernt, sie feiern Weihnachten, und zwar nicht, weil sie die Geschenke mögen, sondern wegen den Kerzen und dem Geruch von Tannenbäumen. Mit achtzehn waren sie schon in allen Clubs der Stadt, mit zwanzig gehen sie nur noch in Bars und trinken Wein, und irgendwann trinken sie Whisky.

»Wir brauchen mehr Wodka, mehr Redbull, sonst

kacken wir ab, wie so Opfernutten! Hallo? Hört ihr mich? Macht doch mal Ansage!«

Gül winkt uns und weiß danach nicht mehr, wo sie ihre beiden Hände hintun soll, sie stützen ihren Kopf ab, sie fahren ihr durchs Haar, sie zupfen ihr viel zu enges Kleid zurecht. Sie ist genervt von unserem Schweigen und davon, dass wir nicht wissen, wo wir hingehen. Dabei wissen wir es, wir gehen nach Hause. Wo sollen wir denn sonst hin? Wir gehen immer nach Hause. Aber nicht, weil wir nach Hause wollen, sondern, weil wir immer nach Hause müssen. In unsere kleinen Schachteln mit den niedrigen Decken, in denen unsere Familien leben, wo die Teppichfarbe zur Couch passt und wo es von jedem Teller zwölf Stück gibt, zwölf tiefe, zwölf flache und zwölf kleine. Wo man die Schuhe ausziehen muss und flauschige Pantoffeln trägt, weil das Laminat kalt ist und man ja später keine Kinder bekommt, wenn die Füße frieren. Und wir müssen doch Kinder bekommen, irgendwann, was sollen wir denn sonst tun?

»Leute, lasst uns was starten, wir haben nur heute! Wann dürfen Hazal und ich schon wieder die ganze Nacht wegbleiben?«

»Es reicht, Gül. Halt endlich die Fresse.« Elmas Stimme kommt so unerwartet, dass ich erschrecke. Ihre Worte schnüren mir die Luft ab. Ich mag es, wenn ich nicht atmen kann, es ist ein bisschen wie tauchen, nur ohne das Stechen in der Nase.

Gül schaut beleidigt aus dem Fenster. Dann dreht sie sich zu mir, ganz aufgeregt, als sei ihr etwas unheimlich Großartiges eingefallen.

»Hazal, lass uns Eugen anrufen. Der ist doch immer

wach! Wir besorgen Alk und feiern bei ihm weiter. Ganz unter uns, scheiß auf alle. Was meinst du, he?«

Ich tue so, als ob ich sie nicht höre und zähle die restlichen Haltestellen auf dem Plan mit dem Verkehrsnetz ab. Zwei Haltestellen bis zum Umsteigen noch, fünf Minuten höchstens.

»Hazal! Soll ich ihn anrufen?«

Vielleicht steige ich auch nicht mit Elma und Gül um, vielleicht bleibe ich in der S-Bahn sitzen und fahre einfach irgendwohin, wo ich allein bin. Ich hole mein Handy raus. Es ist 3.41 Uhr. Keine SMS von Mehmet. In vier Stunden muss ich zu Hause sein und duschen und mir Mamas Migränegelaber anhören und dann ihre Sonntagsschicht in der Bäckerei übernehmen, die härteste Schicht, obwohl sie nur drei Stunden geht. Aber sonntags ist in drei Stunden mehr los als an anderen Tagen in zwölf, weil sonntags alle frühstücken, und zwar nicht nur die glücklichen Familien, in denen gesprochen und gelacht wird, sondern auch die kaputten und abgefuckten Familien, als würde diese eine Stunde in der Woche alles zusammenhalten. Reichst du mir die Marmelade, du Hurensohn? Willst du noch ein Brötchen, Nutte?

»Hazal hat Eugen verkauft. Er will uns nicht mehr sehen«, sagt Elma und steht auf. Die Bahn hält an der Friedrichstraße.

Wir steigen aus und laufen Richtung Rolltreppe.

»Ich verstehe nicht, warum du so eine große Sache daraus machst«, höre ich meine Stimme zu Elma sagen.

Sie bleibt ruckartig stehen und blickt mich angewidert an.

»Eine große Sache?«

»Alter, was soll ich denn zu Onur sagen? Gib Eugens Kohle zurück, sonst klatsch ich dir eine? Meinst du, der hört auf mich?«

»Ist doch egal, ob er auf dich hört«, sagt Elma. »Ist doch egal, ob er die Kohle zurückgibt. Hauptsache, du sagst was.«

Ich schüttle ungläubig den Kopf. Das macht alles keinen Sinn.

»Dir geht es immer nur um deinen eigenen Arsch, Hazal. Du hast einfach nur Schiss, zu Eugen zu stehen. Wie oft hat uns Eugen ausgeholfen? Wie oft hat er Kram für uns erledigt?«

»Er hat zwei Handys für mich repariert. Das macht ihn nicht zu meinem besten Freund«, sage ich schulterzuckend.

»Ach ja?«, fragt Elma. »Und wo gehst du immer hin, wenn es dir beschissen geht? Wo kannst du umsonst kiffen und hast deine Ruhe, wenn dir alle auf den Sack gehen?«

Ich stehe kurz einfach da und laufe dann weiter, weil ich nicht weiß, was ich antworten soll. Ich schaue auf den Boden und konzentriere mich darauf, nicht auf die Fliesenrillen zu treten. Wir sind doch nur angepisst wegen dem Türsteher. Sie weiß überhaupt nicht, was sie labert.

»Scheiß auf Eugen, Hazal. Im Ernst, mir geht es nicht einmal um ihn. Aber manchmal muss man halt die Klappe aufmachen, auch wenn das Abfuck bedeutet. Weil, wenn du nichts sagst, heißt das, dass du alles okay findest. Nichts anderes. Aber du, du würdest nie ein Risiko eingehen. Wer weiß, wahrscheinlich ziehst du morgen dasselbe mit mir ab.«

Einen Meter vor der Rolltreppe bleibe ich ruckartig stehen und drehe mich um zu Elma. Gül steht wie ein Schatten hinter ihr und beobachtet uns mit angestrengten Augenbrauen.

»Elma, was laberst du da? Du bist doch meine Schwester.«

Elma rollt mit den Augen und läuft an mir vorbei auf die Rolltreppe. Ich habe keine Ahnung, wo ihre seltsamen Sätze herkommen. Aber ich kann mir plötzlich auch selbst nicht mehr erklären, wieso ich Onur nicht zur Rede gestellt habe, was mich davon abgehalten hat. Dass er nicht wissen darf, dass ich mit Eugen abhänge und kiffe? Was würde überhaupt passieren, wenn Onur es wüsste? Er würde mich ständig damit erpressen, es meinen Eltern zu erzählen. Aber würde er es ihnen denn wirklich erzählen? Schwer zu sagen. Über die Wahrscheinlichkeit habe ich mir nicht so richtig Gedanken gemacht. Die dürfen das nicht wissen und Ende. Der Scheiß läuft doch automatisch im Kopf. Ich habe ja auch darüber nachgedacht, Onur damit zu erpressen, dass ich meinem Vater und Mama erzähle, wie er Eugen abgezogen hat. Aber im Vergleich zu einer kiffenden Tochter, die in irgendwelchen Dealerwohnungen mit Russen abhängt, ist ein klauender Sohn natürlich voll okay. Das ist klar. Keine Ahnung, vielleicht hat Elma ja recht. Vielleicht geht es mir echt nur um meinen eigenen Arsch. Vielleicht fühlt es sich mittlerweile so gemütlich an, allen etwas vorzuspielen, dass ich einfach nicht mehr checke, wer ich eigentlich bin. Ich meine, das erste, was ich nach dem Sprechen gelernt habe, war das Lügen. »Du darfst deinem Vater nicht immer alles erzählen«, hat mir Mama gesagt, an dem Tag, an dem sie mir das einzige Mal einen Heliumluftballon gekauft hat. Am Gesundbrunnen, er sah aus wie ein Delfin. Ich war vielleicht vier, und Mama war am Vorabend nicht zu

Hause gewesen, und davon hatte ich am Küchentisch geredet. »Solange man nur ehrlich zu sich selbst ist, ist alles andere okay«, hat Tante Semra heute gesagt, aber was heißt das schon? Wer ist dieses *man*? Und wer war das vorgestern im Hinterzimmer des Drogeriemarkts? Das war keine Rolle. Ich habe nicht das weinende türkische Mädchen gespielt, das Angst vor seinen Eltern hat, vor der Abschiebung, vor sich selbst. Dieses Mädchen, das bin ich.

Gül und ich warten draußen unter dem gelb leuchtenden Lotto-Logo, Elma kauft im Bahnhofskiosk Kippen. Gül sperrt ihre Augen weit auf und sucht meinen Blick.

»Was ist los, Mann? Erzähl doch, erzähl ruhig«, flüstert sie immer wieder.

Ich habe einen Kloß im Hals und versuche, nicht zu weinen. Mein Blick geht zum Himmel, damit die Tränen wieder zurückfließen. Sie stehen mir schon in den Augen, diese dummen Mädchentränen, sie dürfen nicht rauskullern. Ich atme tief aus und denke an nichts. Das hilft. Nach ein paar Sekunden sind sie weg, getrocknet oder abgeflossen, egal, Hauptsache sie sind nicht mehr da.

Elma kommt mit drei Schnapsfläschchen aus dem Kiosk. Wir stellen uns vor den Eingang der U-Bahn-Station und rauchen eine, leeren die Fläschchen mit zusammengezogenen Gesichtern. Der wievielte Schnaps war das heute? Die Rolltreppe steht still, wir stampfen mit schweren Schritten runter. Ich laufe voraus, hinter mir ist Elma, ganz hinten Gül. Ich laufe an der Bahnanzeige vorbei, noch sieben Minuten, bis die U6 kommt. Ich laufe weiter das leere Gleis entlang, die beiden folgen mir, wir laufen im selben Tempo, unsere Beine halten einen gemeinsamen Rhythmus. Die Ballerinas machen klebrige Geräusche, bei jedem Schritt hört es sich an, als würde einer ein Pflaster abziehen, oder einen Enthaarungswachsstreifen. *Ziakk. Ziakk.* Der einzige Mensch am Gleis ist ein Typ um die zwanzig, Student. Er trägt einen gestreiften Jutebeutel und eine komische Brille mit kleinen runden Gläsern. Er lächelt mich besoffen an. Ich ignoriere ihn und gehe vorbei. Ich gehe im selben Tempo weiter, aber die Schritte hinter mir werden immer langsamer.

»Was grinst du so, du Affe?« Ich bleibe stehen, drehe mich um und sehe, wie sie den Studenten mit beiden Händen schubst. Elma.

Der Student taumelt zurück. Er verliert seinen Jutebeutel. Er bückt sich, um ihn aufzuheben. Dann rückt er seine Brille zurecht und verschränkt die Arme. Er lächelt wieder.

»Du hast ja ein scharfes Kleid an. Kommt ihr von einer Hochzeit?«

»Bist du behindert, oder was?« Elma schubst ihn noch einmal.

Gül kichert sich in die Handflächen und schaut aufgeregt zu.

»Ich steh auf dominante Frauen«, lallt der Student. »Soll ich dir meinen Schwanz zeigen?«

Elmas Mund öffnet sich. Es arbeitet in ihr. Ich stehe mindestens fünf Meter entfernt von ihnen, aber ich kann sehen, wie ihre Augen irre werden. Ihre Haut glänzt. Sie holt mit dem rechten Arm aus und gibt ihm eine Faust ins Gesicht.

Der Student taumelt nach hinten, sein Rücken knallt gegen den BVG-Automaten. Mit einem Klirren landet seine Brille auf dem Boden.

Elma tritt ihm in die Eier. Der Student stößt einen quiekenden Schrei aus. Er legt die Hände über seinen Schoß. Hätte Elma noch die Nuttenschuhe an, wäre da jetzt alles Matsch.

»Schlampe!«, sagt er und macht ein paar Schritte zur Seite. Er wedelt mit der Hand durch die Luft, halb schützend und halb angreifend. Elma weicht locker aus, seine Hand streift ihr Haar.

Ich renne auf ihn zu und will den Studenten umwichsen, aber er hält sich an mir fest. Es ist wie eine erzwungene Umarmung von der Seite, ich spüre seinen Atem in meinem Gesicht. Eine von den beiden zerrt wohl an ihm, denn sein Griff wird lockerer. Ich löse meinen Ellbogen und ramme ihn in seinen Magen. Elma wirft ihn auf den Boden. Er landet auf den Knien. Mein Fuß tritt ihm ins Steißbein. Dieser Tritt, das bin ich.

Elma verpasst ihm einen Kick gegen den Hinterkopf. Der Student rollt sich zusammen, verzieht sein Gesicht. Er liegt da wie ein Käfer. Armselig und klein.

»Ich fick dich, du Hurensohn. Hörst du, ich fick dich!«, hallt es durch die U-Bahn-Station.

Jetzt treten wir zu dritt auf ihn ein. Der Student windet sich auf dem Boden, mit eingezogenem Kopf und beiden Händen auf seinen Eiern.

Sein Körper ist schwer und fest wie ein Stein. Es fühlt sich an, als würde ich immerzu gegen einen Betonklotz treten. Irgendwann werden wir müde davon. Gül packt ihr Handy aus und hält es auf den Studenten. Stößt ein verrücktes Lachen aus. Elma zündet sich eine Zigarette an und legt die rechte Hand erschöpft auf ihre Hüfte.

Ich schließe die Augen. Als ich sie wieder öffne, gibt der

Student ein seltsames Stöhnen von sich. Er greift mit beiden Händen nach Elmas Knöchel, hält sich fest, zieht an ihr. Sie verliert das Gleichgewicht und landet neben ihm auf dem Boden. Er rappelt sich hoch. Gül versucht ihm einen Tritt zu verpassen, die Kamera immer noch auf ihn gerichtet. Mit einem schwachen Klaps haut er ihr das Handy aus der Hand. Es landet auf den Gleisen. Gül springt aufgeregt zur Seite, guckt auf ihr Handy runter. Und ich, ich stoße den Studenten. Ich stoße ihn von hinten, mit beiden Händen, dem Handy hinterher. Es fühlt sich an, als bräuchte ich gar nicht so viel Kraft dafür, als wäre es ein ganz leichter Stoß. Ein Stoß an der richtigen, passenden Stelle. Der Student fällt. Und fällt und fällt. Und prallt auf wie ein Sandsack. Sein Kopf macht ein ploppendes Geräusch, als er gegen die Schiene knallt, und dann liegt er einfach da, auf den Gleisen und auf diesen braungrauen Steinen, die überall um die Schienen herum liegen, warum auch immer, und bewegt sich nicht mehr. Und wir bewegen uns auch nicht. Elma hat sich hochgerappelt und steht neben mir. Es ist ganz still. Der Student ist nur noch ein schlafender Körper. Aus seinem Schädel tropft es ganz langsam, ein roter See. Gül läuft auf Zehenspitzen bis zur Bahnsteigkante direkt über ihm. Sie bückt sich, um ihn sich genauer anzusehen. Dann dreht sie sich um und sieht zu mir hoch. Ich weiß nicht, wieso. Warum schaut sie mich so an? Ich versuche, irgendwas in ihrem Blick zu lesen, Angst, Freude, Wut, aber da ist nichts, gar nichts.

Elma läuft ein paar Schritte weg und schaut sich hektisch in der Station um. Gül rennt ihr nach.

Ich höre meinen Namen. Ich weiß nicht, wer ihn ruft. Kenne ich die Stimme?

Sie rennen beide zurück zu mir. Elma nimmt mich an der rechten Hand, Gül an der linken. Wir sind wie diese Menschenketten aus dem Fernsehen, wenn irgendwo Krieg ist. Wir sind die kleinste Menschenkette der Welt. Auf der Bahnanzeige steht: »U6 Alt-Tegel in 1 min«. Wir rennen die Rolltreppen hoch. Wir kommen wieder auf der Friedrichstraße raus. Gül hält sich keuchend am Geländer fest. Elma schaut sich um, zeigt mit ausgestreckter Hand in Richtung Brücke.

»Nicht rennen. Schnell laufen, aber nicht rennen«, sagt Elma mit klarer Stimme. Elma weiß, wie man sich bei Katastrophen verhält, sie weiß sowas einfach.

Auf der Brücke winkt sie ein Taxi heran. Gül und ich steigen hinten ein. Der Fahrer ist nicht mein Vater.

»Wedding. Turiner Straße 51.«

Ich drücke meine Nase gegen die bläuliche Fensterscheibe. Mein Atem beschlägt das Glas.

Im Radio läuft Metropol FM. Türkischer Rasierklingenblues. Ein Mann singt: *Es gibt keinen Menschen ohne Fehler …*

Ich sehe die Friedrichstraße zur Chausseestraße werden, die Chausseestraße zur Müllerstraße.

Liebe mich mit meinen Fehlern …

Die gesamte Taxifahrt geht geradeaus.

Der Taxifahrer dreht die Musik lauter, weil keiner spricht.

Liebe mich …

Wir biegen das erste Mal ab. Nach rechts.

Wir sind da. Elma reißt mir meine Handtasche aus dem Schoß und bezahlt den Fahrer. Draußen ist es nicht mehr so dunkel wie vor zehn Minuten.

Elma schließt ihre Haustür auf. Wir schleichen auf unseren Ballerinas die Treppe hoch, trauen uns nicht einmal, das Licht anzuknipsen.

Elma öffnet die Wohnungstür. Wir gehen leise in ihr Zimmer und setzen uns auf die Gästematratze, die Elmas Mutter auf dem Boden für uns vorbereitet hat.

Wir atmen nur, bewegen uns nicht. Elmas Ikea-Nachttischlampe wird nach und nach heller.

Elma steht auf, zerrt sich das Kleid vom Leib. »Ich hole uns Wasser«, flüstert sie und verschwindet halbnackt im dunklen Flur.

»Schlaf du mit Elma im Doppelbett. Ich nehme die Gästematratze«, sage ich leise zu Gül. Gül zuckt mit den Schultern und legt sich auf das Bett.

Elma kommt mit einer großen grünen PET-Flasche zurück und beginnt, sich abzuschminken. Ich lege mich unter die Decke, im Kleid. Der Bezug riecht nach Weichspüler. Ich schließe die Augen und sehe Formen aus Licht. Sie zerfließen ineinander, wie verdünnte Wasserfarben.

Gleich darauf knipst Elma das Licht aus. Ich wundere mich, wieso Gül nicht spricht, Gül hat doch immer was zu sagen. Bestimmt ist sie einfach erschöpft. Mein Herz pocht schrecklich laut. Das tut es wahrscheinlich schon die ganze Zeit, aber ich bemerke es erst jetzt, weil ich abwesend war, weil ich mich nicht konzentriert habe. Jetzt konzentriere ich mich. Ich konzentriere mich auf meinen Herzschlag, auf meinen Atem, auf den Atem von Gül und Elma. Eine der beiden atmet sehr schwer, bestimmt Gül. Ich konzentriere mich weiter, auf die Lichtformen vor meinen Augenlidern, die immer schwächer werden. Ich konzentriere mich auf die Wärme, die durch meinen Bauch strömt. Sie fühlt sich an wie eine Wärmflasche. Wie spät ist es überhaupt? Die Rollos sind unten, es dringt kein bisschen Licht in den Raum. Ich setze mich auf und taste in der Dunkelheit nach meiner Tasche. Da ist etwas Rauhes, das ist sie. Ich krame mein Handy raus. 4.37 Uhr. Ich stelle den Wecker auf halb sieben, lege mich wieder unter die Decke, schließe die Augen. Ich bin überhaupt nicht müde. Mein Kopf ist so klar, als müsste ich gleich nochmal in die mündliche Abschlussprüfung. Mein Name ist Hazal Akgündüz, mein Thema lautet: Überleben. Ich reiße die Augen wieder auf, greife nach meinem Handy und schreibe eine Nachricht an Mehmet. Ich lösche sie wieder, Panik in meiner Brust. Ich schiebe mein Handy unter das Kopfkissen und versuche, nicht an den Schädel in dem roten See zu denken. Mein Mund ist trocken, er schmeckt nach Alk und Zigaretten. Wenn ich jetzt noch einmal aufstehe, um Wasser zu trinken, werde ich niemals einschlafen. Güls schwerer Atem wird gleichmäßiger, sie schläft. Ich frage mich, ob Elma noch wach ist. Diese Frage und Güls Atem sind die einzigen Hinweise darauf, dass da noch zwei andere Personen im Raum sind. Und dass ich überhaupt hier bin. Die Dunkelheit ist ein großes Schiff, das mich weit wegträgt. Ich bin allein, und zwar schon immer. Als ich klein war, hatte ich diesen Albtraum von einer Riesenschnecke im Treppenhaus, die sich langsam und triefend nach oben bewegte, um in unsere Wohnung im ersten Stock zu kriechen und mich aufzufressen. Manchmal fällt mir der Traum beim Einschlafen wieder ein. Vielleicht ist er meine früheste Erinnerung. Ich war da zwei oder drei, und als ich aufwachte, hatte ich so einen seltsamen Geruch in der Nase, an den ich mich noch viel besser erinnern kann als an das Aussehen der Riesenschnecke. Der Geruch erinnert an Gas, nur dass er milder ist. Er sticht nur ganz leicht. Aber ganz leichtes Stechen ist viel unerträglicher als ein dicker fetter Stich. Als wir in der Schule zum ersten Mal von Auschwitz hörten, habe ich mir vorgestellt, wie ganz viele Menschen mit diesem Geruch in der Nase friedlich eingeschlafen sind und in ihren Träumen von einer Riesenschnecke aufgefressen wurden. Deshalb macht mir die Riesenschnecke Angst. Aber auch sie ist ein Teil von mir, sie ist ein Teil von Hazalia. Meiner inneren Welt, aus der diese Stimme dringt, mit der ich oft rede. Dort liegt auch dieses Messer, mit dem mein Vater immer das Fleisch geschnitten hat. Und dort liegen meine Haare, meine langen schwarzen Locken, sie liegen in unserem Duschbecken. Mama hat sie da reingelegt, weil sie nicht wusste, wohin damit, nachdem sie mir abgeschnitten worden waren, weil ich meinen Schlüssel vergessen hatte. In Hazalia ist immer Nebel, in Hazalia riecht es immer ganz leicht nach Gas. In Hazalia läuft die ganze Zeit »Umbrella« auf Repeat, zwei kleine Mädchen singen es, sie liegen nebeneinander auf dem Bett und stützen ihre nackten Füße an der kalten Wand ab. Sie singen nur den Refrain, weil sie nur den Refrain auswendig können. *When the sun shines we shine together, told you I'll be here forever, you can stay under my umbrella. Ella.* Und vielleicht liegen von jetzt an auch der Schädel und der rote See dort in Hazalia. Ja, ganz sicher liegen sie dort. Denn er ist tot. Entweder er ist verblutet, oder sein Schädel ist Brei, oder die U-Bahn hat ihn zerschrammt. Wie auch immer es gelaufen ist. Der Studentenkörper ist tot.

TEIL ZWEI

SIEBEN

Ich weiß nicht, wo ich bin.

Nur einen Moment lang, gleich fällt es mir ein, aber gerade noch nicht, gerade versuche ich zu begreifen, dass ich schon wieder aufwache.

Ich starre eine weiße Zimmerdecke an, in den Ecken schlängeln sich dünne Risse. Mein Kopf liegt auf einem Kissen, das sich wie ein benutztes Taschentuch anfühlt. Im Fenster hängt die Vormittagssonne, streitsüchtig knallt sie ihre Strahlen auf die rechte Betthälfte. Ich liege links. Ich rieche den Aschenbecher voller Jointstummel, der auf einem hässlichen Plastiktisch steht, daneben ein halbvolles Glas Milch. Draußen kreischen Möwen, der Verkehr rauscht. Ich bin in Istanbul, Bezirk Kadıköy, Viertel Caferağa, Straße Serasker, über dem Männercafé mit den pfeiferauchenden Opas und der Aufschrift: »C A F E«, vierter Stock, Mehmets Bett. Mehmet ist bei der Arbeit, in der Autowaschanlage.

Ich bin aufgewacht, weil ich aufs Klo muss. Aber ich bin nicht sicher, ob Mehmets Mitbewohner schon weg ist. Und ich will niemandem begegnen, bevor ich mein Gesicht gewaschen und mir die Zähne geputzt habe. Alles andere bringt Unglück, sage ich mir. Jetzt höre ich irgendwen telefonieren, der Mitbewohner ist also nicht weg. Hätte er wenigstens feste Zeiten, ich meine, einen Job oder so, dann wüsste ich, wie lange ich noch warten muss. Aber er ist Student, und Studenten machen bekanntlich alles, außer zur Uni zu gehen. Ein bisschen halte ich es noch aus. Die letzten drei Tage hatte ich meine Ruhe, weil er verreist war und ich die Wohnung für mich allein hatte, wenn Mehmet arbeiten war. In der Nacht sollte er zurückkommen, aber dann marschierten vorgestern ein paar Islamisten in den Flughafen und sprengten sich selbst in die Luft, und deshalb meinte Mehmet, der Flug von seinem Mitbewohner würde sicher verschoben. Ich habe die Daumen gedrückt, dass er nicht kommt, das hat aber wohl nichts gebracht. Wie hieß er noch gleich? Fällt mir nicht ein. Auch egal, ich hoffe nur, der ist entspannt und macht keine Faxen, weil ich mich hier so breitgemacht habe. Oder weil er denkt, ich bin voll die Nutte, dass ich einfach so mit irgendeinem Typen ins Bett hüpfe, den ich nur über Facebook kenne, ohne zu heiraten und nichts. Gül würde sagen, es gibt nur zwei Arten von türkischen Männern: Die, die dich ficken wollen, um dir anschließend eine zu klatschen. Und die, die dir eine klatschen, weil du dich von jemand anderem ficken lässt. So oder so ähnlich sagt sie das immer. Also, Mehmet passt in keine von beiden Schubladen, deshalb komme ich ja mit ihm klar. Und vielleicht tickt sein Mitbewohner genauso. Wenn nicht, könnte es ganz schön ungemütlich werden hier in der Wohnung. Obwohl, dann hätte ich wenigstens einen Grund, endlich ein bisschen rauszugehen. Wenn ich heute wieder nur zu Hause bleibe und am Abend nichts zu erzählen habe, hält mich Mehmet noch für depressiv.

Das Istanbul, das ich bisher kennengelernt habe, erstreckt sich nur bis zum Mini-Supermarkt am Straßenende. Ich hatte Hunger. Das war das einzige Gefühl, das mich seit Montag aus dem Bett brachte. Der Laden war extrem eng, vollgestellt mit einer Million Kekssorten in verstaubten Aluverpackungen, und er roch nach früher, nach all den Sommerferien, die ich alle zwei Jahre seilspringend und kaugummikauend bei meinen Cousinen in Bursa verbracht habe. Ich nahm zwei große Packungen Kekse mit, Fertiggerichte, Nudeln und Putzmittel. Danach habe ich stundenlang die Küche und das Klo geschrubbt, so lange, bis ich mich nicht mehr davor geekelt habe, zu essen und zu pinkeln. Gestern Abend habe ich dann zum ersten Mal für Mehmet gekocht, Tütensuppe. Ich habe alle Gewürze reingeschmissen, die ich im Küchenschrank gefunden habe. Ich glaube, sie hat ihm trotzdem nicht geschmeckt. Aber er hat es sich nicht anmerken lassen, er ist ein ziemlich höflicher Typ.

Ich habe viel Zeit am Fenster verbracht, während Mehmet bei der Arbeit war. Ich habe die breitbeinigen Angestellten vom Elektroladen gegenüber beim Herumstehen beobachtet und die Opas unten beim Tavlaspielen und die tätowierten Kellner von der Bar an der Ecke, die auch tagsüber geöffnet ist und die die ganze Straße mit Amy-Winehouse-Liedern beschallt, bis am Abend eine beschissene Sängerin auftritt, die dann nochmal dieselben Amy-Winehouse-Lieder nachsingt. Ich habe auch Frauen beobachtet. Frauen, die mit Kinderwagen oder Einkaufstüten oder Anwaltsroben die Straße runterlaufen. Junge Frauen, alte Frauen, dicke Frauen, Studentinnen, Zigeunerinnen, Tussis, Emos,

Nutten, Mütter, Verschleierte. Ich habe den Müllmann gesehen, wie er mehrmals am Tag die Tüten vor den Haustüren einsammelt. Und ein paar dürre Jugendliche, die nicht wie Müllmänner gekleidet waren, aber auch Müll einsammelten, um ihn in schwere, hohe Stoffwagen zu stopfen, die sie hinter sich herzogen wie riesige Rucksäcke auf Rollen.

Ich kann nicht mehr. Meine Blase fühlt sich an wie eine überreife Wassermelone. Ich springe auf und drücke mein Ohr gegen die Tür, um herauszufinden, ob der Mitbewohner gerade im Flur ist. Ich höre nichts. Vorsichtig öffne ich die Tür und schleiche zum anderen Ende des Gangs. Die Klotür ist nicht abgeschlossen, aber als ich sie aufreiße, steht da ein Typ inmitten der schimmeligen rosa Fließen und zielt mit seinem Schwanz in Richtung Plumpsklo. Schimmel lässt sich einfach nicht wegputzen.

»Sorry«, rufe ich viel zu laut und klatsche die Tür wieder zu. Ich renne den Gang zurück in Mehmets Zimmer und tanze von einem Bein aufs andere. Ich muss so dringend, dass ich gar nicht richtig dazu komme, mich für das zu schämen, was gerade passiert ist. Ich buchstabiere Akgündüz, immer wieder und ganz schnell, so wie ich es als Kind immer getan habe, wenn ich an Winterabenden vor unserer Haustür stand und Angst vor der Dunkelheit hatte.

Ich höre die Klotür aufgehen und springe sofort wieder in den Flur. Der Typ, dessen Schwanz ich gesehen habe, schaut mich verwundert an. Ich rufe: »Sorry nochmal!«, und renne an ihm vorbei. Als ich ein paar Minuten später erleichtert aus der Toilette komme, bin ich allein in der Wohnung. Es ist irre schwül. Ich öffne alle Fenster und Türen, klemme

Hausschuhe und Geschirrtücher darunter, damit ein bisschen Wind durch die Wohnung zieht. In der Küche setze ich einen Kaffee auf und schalte das rote Plastikradio ein. Die gelben Fettflecken an den Wänden sind alle weg, vom Schrubben habe ich seit gestern Muskelkater im Oberarm. Aber dieser verdammte Hippiegeruch ist immer noch da. Dabei riechen hier alle Putzmittel nach Chlor, nicht einmal das konnte den süßlich-gammligen Gestank killen. Ich ziehe den wackeligen Holzstuhl ans Fenster, strecke meine Beine über das Fensterbrett und zünde mir eine Zigarette an. Das Fenster schaut direkt auf den Balkon des Nachbarhauses. Dort wohnt eine verrückte alte Frau mit einem lustigen Brillengestell und drei Katzen, sie hängt gerade die Wäsche auf. Vielleicht ist sie gar nicht verrückt, keine Ahnung. Sie scheint jedenfalls allein zu wohnen, und soweit ich weiß, ist das hier sehr ungewöhnlich für eine Frau in ihrem Alter. In Bursa würde es das nie geben. Ich höre ein Zischen, der Kaffee läuft über. Ich renne zum Herd und drehe die Flamme aus. Im Radio läuft Sezen Aksu. Ich schalte es lauter, setze mich zurück ans Küchenfenster und zünde mir noch eine Kippe an. Sezen Aksu hat die traurigste Stimme der Welt. Ich glaube, ich bin verliebt.

Als ich Sonntagabend aus dem Bus stieg, erkannte ich Mehmet sofort. Mein Blick klebte einfach gleich an ihm. Wie er da stand, rauchend und auf sein Handy starrend. Er hatte exakt denselben müden Blick wie auf seinen Fotos bei Facebook, als hätte er nächtelang nicht geschlafen. Ich drehte mich um und tat so, als würde ich nach jemand anderem Ausschau halten. Er sollte mich zuerst ansprechen. Aber als er nach ein paar Minuten nicht einmal gemerkt hatte, dass der Flughafen-Bus längst angekommen und wieder abgefahren war, ordnete ich mein Haar und lief doch auf ihn zu. Er war mindestens zwei Köpfe größer als ich, trug ein dünnes Goldkettchen um den Hals und schwitzte extrem. Sein Körper war viel magerer, als ich ihn mir vorgestellt hatte, fast kindlich. Noch bevor ich etwas sagen konnte, sah er auf und lächelte mich schief an. Um seine Augen legten sich tausend kleine Falten.

»Hazal«, sagte er und schloss mich in die Arme, als hätten wir das schon eine Million Mal gemacht.

Er nahm mir meine Tasche ab und fragte, ob ich hungrig war. Wir gingen in einen kleinen Sandwichladen mit weißen Plastikhockern vor der Tür. Er zahlte. Beim Bestellen hörte ich Mehmet zum ersten Mal Türkisch sprechen. Man hört sofort, dass er in Deutschland aufgewachsen ist, obwohl er sich viel besser als ich ausdrücken kann. Aber seine Aussprache klang genau wie meine. Bloß war ich so aufgeregt, dass ich sowieso kaum reden konnte, und deshalb froh, dass er mir die ganze Zeit von irgendeinem Freund erzählte, der vor ein paar Jahren bei einer Demo im Gezi-Park festgenommen worden war. Die Wurst in meinem Sandwich schmeckte seltsam, ein bisschen so, wie ich mir Eselfleisch vorstelle. Und sie war lila, aber ich aß trotzdem ganz auf. Und hoffte, dass Mehmet bald das Thema wechseln würde, ohne mir irgendeine Frage zu stellen, die mit Demos oder Politik oder so zu tun hätte.

Oben in der Wohnung machte er so etwas wie ein beschämtes Gesicht. Auf dem Boden reihten sich leere Bierflaschen aneinander. Überall lagen schmutzige Teller mit Essensresten herum, die anscheinend als Aschenbecher benutzt wurden. Mehmet entschuldigte sich leise dafür, dass er nicht aufgeräumt hatte, aber irgendwie war mir klar, dass es hier immer so aussah. Und das erleichterte mich. Bei diesem Chaos schien nämlich unmöglich, dass hier jemals andere Frauen ein- und ausgingen. Ich stellte meine Tasche auf dem klebrigen Flurboden ab und setzte mich zu Mehmet an den vollgekritzelten Küchentisch. Er zündete die krumme Kerze an und drehte einen makellosen Joint. Im Kerzenlicht bemerkte ich erstmals die Narbe, die an seiner Schläfe verlief. Sie machte ihn gefährlich und doch auch irgendwie verwundbar. Nach ein paar Zügen vergaß ich, dass ich fast dreißig Stunden nicht geschlafen hatte und bestimmt ziemlich beschissen aussah. Ich fing an, ihm alte Geschichten von Elma und mir zu erzählen, und wir lachten gemeinsam, so wie es verliebte Paare in Filmen immer tun.

»Hazal?«, fragte er mich irgendwann. »Bist du jetzt mein Baby?«

Ich errötete. Er setzte sein schräges Lächeln auf und strich mit den Fingerspitzen nicht über meine Hand, aber über die Tischfläche, nur wenige Millimeter von meiner Hand entfernt.

Irgendwann fragte ich nach der Toilette, um mich frisch zu machen. Als ich zurückkam, stand Mehmet im Flur. Er sah mir tief in die Augen, griff nach meinen Hüften und drückte mich gegen die Wand.

Der Ezan ruft zum Mittagsgebet. Ich schalte das Radio aus und gehe in Mehmets Zimmer, mich umziehen. Meine Sachen liegen zerknittert im Koffer. Mehmet hat versprochen, dass er mir Platz in seinem Schrank machen wird, aber bisher war er immer zu müde dafür. Ich bin nicht sicher, wie man sich als Frau in dieser Gegend so anzieht. Deshalb nehme ich etwas Schlichtes: eine Jeans und eine weite gelbe Bluse, in der man nicht schwitzt. Sicher ist sicher. Meine Haare stecke ich hoch, Schminke trage ich nur ein bisschen auf und greife nach dem Schlüssel, den mir Mehmet gegeben hat, weil ich jetzt sein Baby bin. Unten drehen sich die rauchenden Opas neugierig nach mir um. Ich versuche so zu wirken, als hätte ich einen Plan, wo ich hingehe, und laufe erstmal in die Richtung, die ich kenne. Mir fällt ein, dass die Bushaltestelle, an der Mehmet auf mich wartete, nah am Hafen war. Ich will das Meer riechen.

Tagsüber wirkt die Gegend viel unfreundlicher als nachts. Die Gesichter, die mir begegnen, sehen alle entweder überarbeitet oder gelangweilt aus. Taxifahrer fluchen laut aus ihren Wagenfenstern. Aus den Billigläden mit Zehn-Lira-Schuhen pumpen Technoversionen von alten türkischen Popsongs. Meine gelbe Omabluse bringt überhaupt nichts. Die Blicke der Typen, die teetrinkend vor ihren Schuhläden abhängen, fühlen sich an wie Drohungen. Alle tragen sie gefälschte Armanishirts und scharf getrimmte Frisuren. Ich weiß nicht, woran, aber sie merken, dass ich nicht von hier bin. Ich senke den Kopf und laufe schneller. Es ist aber auch unmöglich, in dieser Stadt nicht paranoid zu werden. In allen türkischen Filmen und Serien, die in Istanbul spielen, werden früher oder später Frauen vergewaltigt, in allen. Manchmal passiert es in einem Club, manchmal zu Hause. Manchmal in der Schule, manchmal auf offener Straße. In einigen Filmen werden sie anschließend abgestochen, in anderen vorher unter Drogen gesetzt, in vielen werden sie vom Vergewaltiger auf den Strich geschickt oder geheiratet. Die vierspurige Straße, die zum Wasser führt, hat sich inzwischen in einen langen wirren Zopf verwandelt. Die Autos kommen nicht voran und versuchen trotzdem alle, die Spur zu wechseln. Zwischen den Autos läuft ein winziger Junge mit Plastikwasserflasche und Fensterabzieher herum, er klopft an die Autoscheiben. Als ein Fahrer zu hupen beginnt, machen es ihm alle nach. Ich halte mir die Ohren zu.

Am großen Platz vor dem Hafen stehen zwei riesige Boxen, aus denen Volksmusik dröhnt, in einer Sprache, die Kurdisch sein könnte. Ein paar Leute tanzen voll peinlich im Kreis herum, andere stehen dabei und filmen sie. Würden sie nicht alle Jeans und Turnschuhe tragen, ich würde denken, dass sie eine Hochzeit feiern. Ich laufe an Blumen verkaufenden Zigeunerinnen vorbei, dann an vielen kleinen Häuschen, in denen Leute sich mit Zeitungen zufächern und wahrscheinlich auf die nächste Fähre warten, die über den Bosporus zur europäischen Seite fährt. Ein Wasserverkäufer stellt sich am Ausgang für die ankommende Fähre bereit, neben ihm eine Styroporbox voller Wasserfläschchen. Er richtet seinen knochigen Oberkörper auf wie ein Opernsänger und beginnt in ewiger Wiederholung zu singen: »Wasser! Eiskaltes Wasser!« Überall wehen türkische Fahnen, winzige Papierfähnchen, mittelgroße Stofffahnen, übertriebene Monsterflaggen. Zwischen ihnen erscheint immer wieder ein Plakat mit dem Erdoğan-Gesicht. Aber nicht so, wie man ihn normalerweise kennt, nicht väterlich lächelnd oder winkend oder mit der rechten Hand auf der Brust. Stattdessen blickt er streng in Richtung Himmel, irgendwie hartnäckig. »Wir feiern das 563. Jahr des Fetih«, steht links von seinem Porträt. Ich frage mich, was das sein soll, »Fetih«.

Hinter den Anlegestellen lande ich in einem Park mit bunten Sportgeräten, die alle aussehen, als habe sie seit Jahren keiner mehr benutzt. Manche sind richtig kaputt, es fehlen die Pedale oder der Sitz, bei anderen weiß ich überhaupt nicht, was man mit ihnen anstellen soll. Ich setze mich auf eine kühle Stahlbank im Schatten und rauche eine. Zwei ältere Damen in teuren Neonjogginganzügen ziehen eilig über die Promenade. Auf den Felsen am Wasser hockt ein Angler in der prallen Sonne, hinter ihm in der Ferne die Silhouetten von irgendwelchen riesigen Moscheen. Ich starre rüber zu ein paar Jugendlichen, die mit Bier und Sonnenblumenkernen unter einem Baum liegen. Sie verarschen eine Zigeunerin, die ihnen Rosen für jeweils zwei Lira andrehen will. Sie sehen glücklich aus, sorgenfrei. Ich frage mich, was Elma wohl gerade macht. Die letzten drei Tage habe ich es geschafft, fast gar nicht an sie oder an Gül oder an irgendwen anderen zu denken, den ich in Berlin zurückgelassen habe. Und auch als ich sie mir alle jetzt vorzustellen versuche, Elma unter dem blauen Licht der Puffbar, Mama hysterisch auf ihrem Dreier-Sofa, Eugen völlig stoned vor der Playstation, wirken sie wie Figuren aus einer Fernsehserie. Wie Figuren, die ich kenne, aber die gar nichts mit mir oder meinem Leben zu tun haben. Die alle nur für sich allein existieren und wahrscheinlich ihre eigenen Erklärungen dafür haben, warum ich weggegangen bin, Erklärungen, die ihnen eben in den Kram passen. Egal. Wie auch immer. Ich habe niemandem Bescheid gegeben, bevor ich ging. Ich habe nicht mal darüber nachgedacht,

Elma etwas zu sagen, als ich am Morgen nach der Sache aus ihrer Wohnung schleichen wollte und sie völlig verschlafen aus ihrem Zimmer kam. Sie trug ihr weites Dumbo-T-Shirt und flüsterte: »Gehst du schon?« Ich nickte. Sie nahm mich in den Arm, strich mir mit beiden Händen über den Rücken und drückte mich immer fester. Kurz fühlte es sich an, als wäre ich den Tränen nahe. Sie roch nach Prada Candy und Schnaps.

Ein ekelhafter Gestank weht mir in die Nase. Es riecht eindeutig nach Scheiße. Aber keiner im Park verhält sich so, als sei das ungewöhnlich. Nach ein paar Minuten wird es unerträglich, ich stehe auf und laufe zurück in Richtung Straße, weil der Geruch irgendwie vom Wasser zu kommen scheint. Ich beschließe, mir ein neues Handy zu besorgen, damit ich wenigstens für Mehmet erreichbar bin. Er fand es schon seltsam genug, dass ich keines dabeihatte, als ich ankam. Ich habe ihm natürlich nicht erzählt, dass ich es auf dem Weg nach Tegel ausgeschaltet und weggeschmissen habe. Ich sagte nur, es sei kaputt.

»Wie lange bleibst du eigentlich?«, hat Mehmet dann gestern Abend gefragt. Wir warteten gerade darauf, dass der Stream lud. »Scarface«, sein Lieblingsfilm. Ich hatte auf dem kleinen Kuchenteller Kekse mit Schokofüllung gestapelt und Mehmet ein Glas kalte Milch gebracht, weil er das abends immer trinkt.

»So zwei, drei Wochen vielleicht«, sagte ich etwas unsicher. »Also, wenn das okay ist …«

Er zuckte nur mit den Schultern und stopfte sich einen Keks in den Mund. Nachdem er die Keksbrocken mit einem großen Schluck Milch aufgeweicht hatte, wischte er sich die Krümel aus den Mundwinkeln und sagte: »Von mir aus musst du gar nicht gehen.«

Gar nicht gehen, was das wohl heißt? Ob er will, dass ich bleibe, weil er mich auch liebt? Oder ob er gecheckt hat, dass ich sowieso nicht vorhabe, zurückzukehren? Es ist nicht einfach, zu verstehen, was in Mehmets Kopf vorgeht. Oft wirkt er so, als wäre er mit den Gedanken irgendwo anders. Selbst wenn er sich mit mir unterhält, klingt es, als kämen seine Worte von ganz weit weg. Als wäre da eine Wolkenwand zwischen uns, die nur manche Sätze durchdringen lässt und andere verschluckt. Als wäre Mehmet dauerstoned, auch wenn er nichts geraucht hat. Entweder ist ihm alles egal, oder er ist einfach völlig cool mit allem. Vielleicht ist das ja dasselbe. Oder vielleicht bilde ich es mir auch nur ein, keine Ahnung. Aber eines weiß ich sicher: Niemals käme Mehmet auf die Idee, dass ich jemanden vor die U-Bahn geschmissen habe. Dass ich einen Mann getötet habe. Weil er mich ganz anders sieht. Selbst wenn ich mich vor ihn setzen und es ihm erzählen würde, Wort für Wort, mit allen Details: Er würde mir nicht glauben. Es wäre einfach zu krass für ihn. Und das ist ein Gefühl, das ich gegen nichts auf der Welt eintauschen möchte. Er denkt, er wäre stärker, er denkt, er muss mich beschützen und meine Tasche tragen. Aber in Wahrheit ist alles völlig anders. In Wahrheit hat er keine Ahnung.

Meine Hände sind verschwitzt, als ich vor dem Handyladen stehe. Ich reibe sie an meiner Jeans trocken und schaue mir die gebrauchten Modelle im Schaufenster an. Bevor ich reingehe, versuche ich, in meinem Kopf einen

Satz vorzubereiten, damit ich nichts falsch sage oder etwas komisch ausspreche. Mit Mehmet spreche ich ja auch nur Deutsch. Gestern habe ich schon wieder einen Bogen um den Gemüsestand in unserer Straße gemacht, weil ich keine Lust hatte, mit dem Händler zu quatschen. Im Supermarkt kann man einfach wortlos an der Kasse anstehen, da muss man keine richtigen Gespräche führen. *Ich möchte ein gebrauchtes Handy, ich möchte ein gebrauchtes Handy*, sage ich lautlos zu mir selbst, bis der Verkäufer aus dem Laden kommt. Er hat graue Locken, seine Augen wirken freundlich, fast onkelhaft. So sieht kein Vergewaltiger aus.

»Kann ich Ihnen helfen?«

»Ich möchte ein gebrauchtes Handy.«

»Kommen Sie doch herein«, sagt er und macht eine kleine Verbeugung, deutet in den Laden.

Drinnen bläst mir die Klimaanlage eiskalt entgegen. Der Mann mit den Locken zeigt mir die gebrauchten iPhones, die an der Wand befestigt sind. Neben uns stehen zwei weitere Kunden, eine Frau mit schlecht blondierten Haaren und ein gebräunter Mann im rosa Hemd, sie erzählen einem anderen Mitarbeiter von ihrem Urlaub in Antalya. Ich sage, dass ich kein Smartphone möchte, und muss das Wort dreimal wiederholen, bis Onkel Lockenkopf mich versteht.

»Ah, Sie wollen kein schlaues Telefon? Verzeihen Sie. Natürlich haben wir auch ganz alte Modelle.«

Ich spüre, wie meine Wangen glühen. Er schließt eine Schublade auf, in der ein Haufen Plastikhandys mit winzigen Tasten und grauen Displays herumliegt. Ich greife ein abgenutztes Nokia heraus und frage nach dem Preis.

»Die meisten Hotels haben dichtgemacht dieses Jahr, weißt du?«, sagt die Frau mit den schlecht blondierten Haaren zu Lockenkopfs Kollege. »Wegen den ganzen Anschlägen kommen keine Touristen mehr. Wir mussten wochenlang suchen, bis wir etwas Gutes gefunden haben.« Sie klingt ein bisschen wie diese Frauen, die sich jeden Nachmittag bei der türkischen Version von »Shopping Queen« gegenseitig anbitchen und einen auf reich machen, obwohl sie es ihrem Geschmack zufolge auf keinen Fall sind. »Und dann, kurz bevor wir nach Antalya fahren, versöhnt sich die Regierung mit Putin. Und was sehe ich, als ich in unserem 5-Sterne-Resort ankomme? Russen! Überall Russen!« Sie schüttelt den Kopf und macht ein angewidertes Gesicht. Sie sieht nicht, wie der Mitarbeiter unauffällig ihrem Ehemann zuzwinkert. Wir schon.

»Russinnen«, flüstere ich Onkel Lockenkopf zu und verdrehe die Augen. Onkel Lockenkopf grinst mich an wie eine Verbündete. Aus irgendeinem Grund denken Türken nämlich, dass alle Russinnen die ganze Zeit nur ficken wollen, und deswegen haben türkische Männer bestimmt nicht ganz so viel gegen Russland wie türkische Frauen. Lockenkopf fragt, ob ich auch eine neue SIM-Karte brauche. Ich nehme die, deren Nummer auf 110 endet, und zähle sechzig Lira auf den Glastresen.

Draußen fühlen sich meine Füße auf einmal ganz leicht an. Ich gehe nicht, ich schwebe an den Schuhläden vorbei, direkt zum Gemüsestand. Der Verkäufer mit dem dicken Bauch und den Minibeinen brüllt »Bitteschön bitteschön bitteschön«, ohne mich anzusehen. Ich nehme einen Kopfsalat mit, ein paar halbmatschige Tomaten, Zwiebeln. Er wirft alles in eine braune Tüte und sagt nur: »Sieben Lira.« Ab heute esse ich Salat. Jeden Tag werde ich kommen und frisches Zeug bei diesem Fettwanst kaufen. Ich beschließe, fünf Kilo abzunehmen, nein, zehn. Ich will so dünn und knochig werden wie Elvira in »Scarface«. Defne hat mir mal von diesem türkischen Ex-Topmodel erzählt, das auf Youtube Pilates-Unterricht gibt. Das probiere ich nachher aus. Ich werde all die Dinge tun, die ich mir immer vorgenommen und aufgeschoben habe. Weil ich in Berlin zu faul und benebelt und feige war. Weil ich jemand anderes war. Ich muss mir dringend einen Job suchen, vielleicht in einer Bar, in der man viel Trinkgeld macht. Mein Vater hätte niemals geduldet, dass ich nachts arbeite, und dann auch noch umgeben von irgendwelchen besoffenen Männern, Vergewaltigern, scheiß auf die. Und scheiß auf meinen Vater, was hat der jetzt zu melden? Nichts. Wie so ein asoziales Opfer sitze ich seit drei Tagen zu Hause herum. Dabei muss ich nur die Tür aufmachen und stehe in der schönsten Stadt der Welt. Und kann machen, was auch immer ich will. Was ist nur los mit mir? Ich denke, ich war einfach nur müde. Ja, das war es, ich habe Schlaf gebraucht, musste mich erholen. Jetzt bin ich wach. Mein Kopf ist so klar, als hätte ich drei Redbull gekillt. Was kostet ein Tattoo? Ich habe noch knapp 700 Euro von dem Tagesumsatz, den ich aus der Bäckereikasse in meine Handtasche fallen ließ, damals vor drei Tagen, kurz bevor ich flog. Mama hat sich gefreut, dass ich ihr trotz Geburtstag die Sonntagsschicht freiwillig abnahm, und Defne hat sich gefreut, dass ich so gut arbeitete, obwohl ich die Nacht vorher feiern war. Ich bot Defne an, den Laden ausnahmsweise allein zu schließen. Alles zu putzen und die Abrechnung fertig zu machen, damit sie und Onkel früher Feierabend machen könnten. Ahnungslos zuckte sie mit den Schultern, nahm ihre Clutch und klopfte meinem

Onkel Mehl vom Bauch. Das Geldbündel, das ich schon vorher am Morgen aus Onurs Lederjacke gezogen hatte, während er daneben mit offenem Mund auf der Couch schlief, dieses Opfer, habe ich später in Eugens Briefkasten geschmissen und bin dann los nach Tegel. Eigentlich wollte ich auch einen Teil vom Bäckereigeld bei Eugen einwerfen. Aber dann habe ich gedacht: Scheiß drauf, das reicht. Scheiß auf Eugen. Der soll froh sein, dass er überhaupt etwas bekommt. Seine Mutter ist tot, wir haben es kapiert. Soll er halt klarkommen und sich einen verfickten Job suchen wie jeder andere Mensch auch. Ich habe es so satt, mich die ganze Zeit vom Geheule der anderen runterziehen zu lassen. Ein Schuhverkäufer mit glatt gegeltem Haar wirft mir durch die Scheibe ein perverses Lächeln zu. Ich wende den Blick nicht ab, sondern lächle zurück und streife langsam in seinen Laden. Ganz langsam.

ACHT

Mehmet hat die linke Hälfte des Kleiderschranks für mich frei gemacht. Ich sehe das als Zeichen dafür, dass er mich bei sich behalten will, und freue mich. Die Klamotten und hartgewaschenen Handtücher und löchrigen Bettlaken, die er herausgezerrt hat, liegen nun als Haufen in der Ecke des Raums, in der vorher die Gitarre stand. Die Gitarre hat er an das Bett gelehnt. Es ist nur eine Frage der Zeit, bis das wackelige Metallgestell die Gitarre umwirft. Spätestens morgen früh, wenn Mehmet sich wieder auf mich legt und mir mit einer Hand den Mund zuhält, wird sie mit einem lauten Knall zu Boden fallen. Die Saiten werden nachvibrieren. Aber das sage ich ihm nicht. Denn ich hoffe, sie geht kaputt. Gitarren sind sowas von schwul.

Der Ezan ruft zum Abendgebet, die Sonne geht gleich unter. Ich nehme meine Sachen aus dem Koffer, falte sie sorgfältig und lege sie in meine neue Schrankhälfte. Dabei versuche ich, mich möglichst elegant zu bewegen, also weiblich, aber nicht mütterlich: nicht wie eine Haushälterin, sondern wie eine Schauspielerin, die sich für eine Haushälterin ausgibt. Mehmet sitzt in seinem weißen Unterhemd abgemagert am Laptop und zockt Poker, nippt an seinem Glas Milch. Ab und zu kommt das Klirren von Münzen aus den Lautsprechern. Die Narbe an seiner Schläfe glänzt vom Schweiß, wie ein Glitzerstiftstrich.

»Spielst du eigentlich um Geld?«, frage ich, um ein Gespräch anzufangen. Es vergeht lange Zeit, bis Mehmet es überhaupt bemerkt. Ich wiederhole meine Frage. Er sagt: »Nur ein paar Lira«, ohne sich vom Bildschirm abzuwenden.

Nichts ist so, wie ich es mir vorgestellt habe. Mehmet ist süß und verpeilt und riecht immer wie frisch geduscht, selbst wenn er es nicht ist. Aber er ist ständig bei der Arbeit, und wenn er nach Hause kommt, schafft er es höchstens, mir einen Kuss zu geben, bevor er müde vor dem Laptop zusammensackt. Er spricht häufig davon, dass er gerne boxen geht, kleine Konzerte von komischen Bands besucht, Bücher über Russen liest. Dass er aber irgendeine dieser Sachen tatsächlich macht, habe ich noch nicht gesehen. Womöglich fehlt ihm die Zeit. Mehmet muss nämlich sieben Tage die Woche arbeiten. Ich dachte erst, er verarscht mich, bis er mit todernster Miene sagte: »Hazal. Wer in der Türkei keine Kreditkarte hat, muss sich zu Tode arbeiten.«

Über Deutschland spricht Mehmet kaum, was mir natürlich recht ist. Nur ab und zu erwähnt er Dinge aus seiner Kindheit, kleine Sachen. Dabei wirkt er immer ein bisschen wehmütig. Er erzählt zum Beispiel von den Nike-Sneakers, die alle haben wollten, als er zur Hauptschule wechselte, und davon, wie rassistisch seine Lehrer waren, Standard. Von seiner Familie erzählt er gar nichts. Ich weiß nicht, ob es die überhaupt noch gibt. Auch über die letzten Jahre bevor er nach Istanbul kam und über die Abschiebung schweigt er inzwischen. Und ich frage nicht nach. Mehmet und ich haben sowas wie ein stilles Abkommen: Wir gehen uns nicht auf den Sack mit unnötiger Neugier. Wir fragen nichts, was gestern betrifft, und auch nicht, was für morgen geplant ist. Wir leben beide im Jetzt. So viel ist klar.

Im Bett dagegen ist die Sache komplizierter. Beim ersten Mal, an dem Abend, an dem ich ankam, schossen mir tausend Fragezeichen durch den Kopf. So auf die Art: Das ist es also? Das? Darum macht die ganze Welt so ein Theater? Dieses bedrückende Gefühl, dass irgendwas zuviel ist und irgendwas komplett fehlt? Mehmet verdrehte die Augen, gab einen tiefen Laut von sich und kehrte mir zum Schlafen den Rücken zu. Ich wusste in dem Moment überhaupt nicht, wie ich mich fühlen sollte. Und ich weiß es immer noch nicht. Meistens konzentriere ich mich darauf, mich nicht zu schämen und entspannt zu bleiben und kein schlechtes Gewissen zu haben. Dieses schlechte Gewissen ist so ein beschissenes Türkinnending. Trotzdem erwarte ich so richtig, dass Mehmet sich an mich schmiegt und es ganz dringend will, sobald er von der Arbeit kommt. Keine Ahnung, wieso. Ich habe mir in der Apotheke die Pille besorgt, als mir einfiel, dass Defne sie immer in der Türkei kauft, weil es billiger ist und man hier kein Rezept braucht dafür. Bevor Mehmet nach Hause kommt, dusche ich und massiere meine Arme und Beine mit Pfirsichlotion, ziehe mir eines seiner frisch gewaschenen Männershirts über, trage darunter nur Unterwäsche und sonst nichts. Damit er sofort erahnen kann, dass ich jederzeit bereit bin, dass er bloß zugreifen muss. Nur passiert das irgendwie nie. Bis auf das erste Mal will Mehmet es immer nur am Morgen, wenn ich noch schlafe. Er weckt mich quasi damit, ohne Vorwarnung, und ich erschrecke jedesmal aufs Neue darüber. Ein paarmal bin ich nachts aufgewacht und habe gemerkt, dass ich meine Hände schützend zwischen meine Schenkel presste, und dann dachte ich nur: Okay, jetzt bist du völlig gestört, Hazal.

»Mehmet, mich juckt etwas am Rücken. Was ist das? Schaust du mal?«

Ich wende ihm meinen Hintern zu und lüfte das Männershirt bis über die Brust. Ein billiger Trick, den ich mir nur ausgedacht habe, um zu sehen, ob wir es auch hinkriegen, wenn ich bei vollem Bewusstsein bin. Ich warte, bis seine Hand endlich meinen oberen Rücken berührt, langsam heruntergleitet, über den BH-Verschluss bis zu meiner Lende.

»Da ist nichts«, nuschelt er und zieht seine Hand wieder weg, um sie neben dem Laptop abzulegen.

Ich spüre eine Aufregung in den Beinen und marschiere in die Küche, um sie loszuwerden. Der Typ, dessen Schwanz ich gesehen habe, sitzt am Küchentisch und schaut überrascht. Gestern ist er gar nicht mehr aufgetaucht. Heute wusste ich, dass er zu Hause ist, aber wir haben es den ganzen Tag geschafft, uns in der Wohnung nicht zu begegnen. Mir schießt Blut in den Kopf, wie übertrieben peinlich. Jetzt sind wir also quitt, diesmal trage ich keine Hosen. Ich springe schnell wieder zurück in Mehmets Zimmer, ziehe mir eine Jeans an und merke erst auf dem Rückweg in die Küche, wie bescheuert auch das ist. So wirke ich wie eine verklemmte Jungfrau. Aber ohne Hose wäre ich wie eine Nutte gewesen. Gibt es denn immer nur diese beiden Möglichkeiten? Ich bin verwirrt und strecke dem Mitbewohner möglichst selbstbewusst meine Hand entgegen.

»Ich bin Hazal.«

Er steht halb auf, gibt mir einen festen Händedruck.

»Halil.«

Kein Lächeln, kein »Willkommen« oder »Wie geht's?« oder »Was machst du hier?«. Dafür schaut er mir lange in die Augen. Seine haben die leuchtende Farbe von etwas, das ich aus meiner Kindheit kenne, aus den Sommerferien. Mispelkerne. Er fragt, ob ich einen Kaffee möchte. Ich nicke und schenke mir ein Glas Wasser ein, weil ich nicht weiß, was ich eigentlich in der Küche suche. Halil steht am Herd und rührt. Sein Teint ist dunkel, sein Rücken mittelbreit. Er ist eher athletisch als supermuskulös. Vielleicht schwimmt er oder sowas.

Ich setze mich dort an den Küchentisch, wo Halil die kleine Tasse für mich abstellt, ihm direkt gegenüber. Der Kaffee schmeckt bitter.

»Der Kaffee ist aus Mardin. Die trinken ihn dort dunkel.«

»Kommst du von dort?«, frage ich.

»Ja. Ich war die letzten zwei Wochen dort, meine Eltern besuchen.«

Sein leichter Dialekt erinnert mich an Darsteller aus Serien, die im Osten spielen. An die ärmeren Figuren. Er klingt dörflich, hart, irgendwie vertraut. Das macht es leichter für mich, einfach draufloszusprechen, auch wenn meine Sätze kindlich und unperfekt klingen.

»Er ist lecker«, sage ich.

Halil studiert mein Gesicht. Mich irritiert die Stille zwischen uns. Ich frage: »War es schön in Mardin?«

Nun blickt er mich verwundert an.

»Schön?« Er richtet sich auf, neigt den Kopf zu beiden Seiten, als wollte er seinen Nacken dehnen. »Jeden Tag fliegen Häuser in die Luft. In Mardin herrscht Krieg. Die Menschen leben seit Monaten in Zelten. Was soll daran schön sein?«

Sein Gesicht zeigt keinen Ausdruck, zumindest keinen, den ich verstehen kann.

»Sorry«, sage ich. »Das wusste ich nicht.«

»Wie, du wusstest das nicht? Wo lebst du? Auf dem Mond?«

Ich zucke mit den Schultern und trinke die winzige Kaffeetasse bis zum pulvrigen Satz aus.

Als Mehmet gestern anfing, mir wieder von seinem Freund zu erzählen, der bei dieser Demo festgenommen wurde und immer noch nicht frei ist, habe ich mich entschieden, nicht mehr so zu tun, als verstünde ich, wovon er spricht. Ich habe ihn gefragt, was das für eine Demo war, was das Ganze bringen soll und wieso Leute da überhaupt hingehen, wenn sie doch wissen, dass sie danach eingesperrt werden. Er meinte nur, er sei zu müde, um mir das alles zu erklären. Aber ich werde ihn nochmal fragen. Ich will keine Angst mehr davor haben, für dumm gehalten zu werden. Seit ich denken kann, sehe ich dabei zu, wie meine Mutter oder meine Oma oder irgendwelche Tanten, alle außer Tante Semra, sie nicht, aber all die anderen immer nichts sagen, wenn sich Männer über Dinge unterhalten, die sie nicht verstehen. Wie sie nur nicken, ihnen zustimmen oder sich in die Küche verkrümeln, um über Sale-Angebote bei Zeeman zu sprechen, über Auflaufrezepte, über irgendeine Hochzeit.

»Was für ein Krieg?«

Ich sehe Halil fragend an und schüttle jeden Anflug von Scham und Wut ab. Darin werde ich immer besser, seit ich in Istanbul bin.

Er steht auf, öffnet das Fenster, zündet sich eine Zigarette an. Warme Abendluft quillt in die Küche. Aus dem Café von unten dringt ein Ahmet-Kaya-Lied. *Lass mich meine Arme um deine Füße schlingen. Geh nicht, zertrete mich nicht wie Sand.*

Halil summt mit.

»Mein Vater ist großer Fan, ich kenne alle seine Lieder«, sage ich.

»Bist du Kurdin?«

»Ich weiß nicht.«

»Was heißt das, du weißt nicht?«

»Keine Ahnung. Als mein Großvater noch gelebt hat, haben meine Großeltern immer Kurdisch miteinander gesprochen, also die Eltern meiner Mutter. Aber meine Mutter sagt, wir sind keine Kurden.«

»Woher stammt sie?«

»Aus Kars.«

»Verstehe.« Halil nickt verständnisvoll. In seinen Augen ist sowas wie Mitleid, das gefällt mir nicht.

»Ist ja auch egal«, sage ich und stecke mir eine Zigarette an.

»Was soll das denn schon wieder bedeuten?«

»Na, ob kurdisch oder nicht. Im Endeffekt macht es keinen Unterschied, oder? Für mich sind alle gleich. Wir kommen alle aus der Türkei, also sind wir alle Türken. Fertig.« Ich nehme einen tiefen Zug und bin ein bisschen stolz, weil ich mich nicht daran erinnere, dass ich jemals so lange am

Stück auf Türkisch gequatscht habe, ohne mich zu versprechen.

Halil sieht mich an und beginnt, laut loszulachen. Es ist kein freundliches Lachen, sondern irgendwie verbittert. Es klingt, als wäre etwas Schreckliches passiert, so schrecklich, dass man nur darüber hinwegkommt, wenn man sich kaputtlacht. Das Lachen geht durch seinen ganzen Körper, und es will nicht aufhören. Ich werde richtig starr. Ganz langsam geht mir durch den Kopf, dass ich noch besser werden muss im Wutabschütteln, denn jetzt gerade droht es, nicht zu funktionieren.

»Warum lachst du mich aus?«

Ich versuche, meine Stimme glatt und entspannt klingen zu lassen, aber meine Kehle ist wie zugeschnürt. Ich halte mich an meiner Zigarette fest. Am liebsten würde ich sie auf seiner Stirn ausdrücken. Da hört sein Lachen auf, ganz abrupt. Als könnte Halil meine Gedanken lesen. Er entschuldigt sich, schenkt mir und sich ein Glas Wasser ein und kommt langsam zur Ruhe. Das versuche ich auch.

»Hazal«, sagt er und überlegt eine Weile. »Natürlich macht es einen Unterschied. Wenn es keinen Unterschied machen würde, gäbe es keinen Krieg. Wenn es keinen Unterschied machen würde, würden Menschen nicht bei lebendigem Leib in Kellern verbrennen.«

Der Knoten in meiner Kehle löst sich langsam. Ich trinke Wasser und versuche zu zeigen, dass ich zuhöre.

Halil kehrt mit seiner Zigarettenschachtel Aschereste auf dem vollgekritzelten Küchentisch zusammen. Er erzählt, dass Ahmet Kaya vor sechzehn Jahren in Paris gestorben ist. Ob ich wisse, woran? Ich verneine. An einem Herzinfarkt, sagt er kopfschüttelnd, mit dreiundvierzig. Ich stimme in das Kopfschütteln mit ein, weil es aufrichtig wirkt und ansteckend. Ich kann mich vage an ein Gesicht erinnern, auf alten Kassettencovern, die in unserem Wohnzimmerschrank verstaubten: ein dichter Bart, und vor allem immer dieser suchende Ausdruck. Halil sagt, dass Ahmet Kaya nach Frankreich geflohen war, weil er bei einer Preisverleihung bedroht und mit Besteck beworfen wurde, nachdem er gesagt hatte, er werde ein Album in kurdischer Sprache aufnehmen. Und weil er anschließend dafür angeklagt wurde, für Terrorismus und so. Die Flucht brach ihm das Herz, nach einem Jahr hörte es auf zu schlagen. Halil legt beim Sprechen kleine Pausen ein, um mir hilflos zuzulächeln, als würde er von einem engen Freund sprechen, der erst vorgestern gestorben ist.

Ich denke daran, wie wir früher Auto gefahren sind, meine Eltern und Onur und ich. Bei unseren langen Fahrten an Ostern zu irgendwelchen Verwandten im Westen hat mein Vater immer Ahmet Kaya gespielt, stundenlang. Die Musik war furchtbar schwer und traditionell, irgendwie kämpferisch auf eine altmodische Art. Ich mochte sie, weil ich irgendwann alle Lieder mitsingen konnte. Und weil Ahmet Kaya in Bildern sang, in die man einfach abtauchen konnte, so dass die Zeit wie im Flug verging. Einmal sang er davon, wie er im Knast saß und seiner Geliebten zum Geburtstag einen Vogel aus Perlen bastelte, damit er zu ihrem Fenster flog. Einmal davon, wie er eine Frau küsste und liebte, während Möwen auf Müllhalden weinten und Bomben auf die Stadt regneten.

Seit seinem Tod sei Ahmet Kaya eine Legende, sagt Halil, alle würden seine Lieder hören, nicht nur Kurden. Weil seine Worte jeden berühren könnten.

»Aber das ist so verlogen«, sagt er dann.

»Wieso?«

»Jetzt, wo er tot ist, verehren ihn die Leute, klar. Aber ein lebender Kurde ist in diesem Land immer noch nichts wert.« Ganz langsam weicht alles Sanfte und Verträumte aus Halils Gesicht. Er wirkt jetzt vollkommen kühl.

»Der Cousine meiner Mutter haben sie eine schwere Plastiktüte in die Hand gedrückt und gesagt: Das ist dein Sohn. Sie machte die Tüte auf und sah nur Knochen. Verkohlte Knochen.«

Ein Schock zieht durch meinen Nacken. Meine Hand wandert zum Mund.

»Dass du diese Dinge nicht weißt, ist verständlich. Denn keiner spricht darüber. Es ist verboten, darüber zu sprechen. Wer auf die Idee kommt, davon zu erzählen oder es aufzuschreiben, der wird direkt verhaftet ...«

Ich höre Schritte hinter mir. Mehmet schlingt von hinten seinen Arm um meinen Hals.

»Na, willst du meine Freundin zur Revolutionärin machen?«, fragt er.

»Wieso nicht?«, sagt Halil. »Sie sieht aus wie eine, die nicht nachgibt, wenn es hart auf hart kommt.«

Mehmet beginnt lachend, meinen Hals zu küssen. Halil sieht verlegen weg und räumt die Kaffeetassen vom Tisch.

»Warte, ich spüle das«, rufe ich.

»Auf keinen Fall«, sagt Halil. »Du hast hier schon genug gemacht. Lass dich ja nicht von uns ausbeuten.«

Ich will fragen, was er damit meint, aber da zieht Mehmet mich schon aus der Küche in sein Zimmer und flüstert: »Komm, lass ihn.«

Wir streamen »Goodfellas« und Mehmet schmiegt sich von hinten an mich, während wir auf seinem Bett liegen.

»Du, ich glaube, ich bin Kurdin«, flüstere ich.

»Was für ein Quatsch«, sagt er gähnend. »Der hat dir in fünf Minuten das Hirn gewaschen.«

Nach einer halben Stunde dreht er sich weg und beginnt zu schnarchen. Er kennt den Film in- und auswendig. Ich sehe ihn zum ersten Mal und sauge jede Szene wie ein Schwamm auf, nur um so schnell wie möglich die verkohlten Knochen wieder zu vergessen. Und den roten See, in dem der Studentenkörper auf den Gleisen schwimmt. Es funktioniert. Das Einzige, was mich am Ende des Films schockiert, ist, dass Karen so viel besser aussieht als all die Nutten, mit denen Henry sonst so schläft, und dass sie trotzdem immer wieder betrogen wird. In einer Szene, in der sie ihn vor allen seinen Freunden zusammenschreit, weil er nicht zum zweiten Date mit ihr erschienen ist, erinnert sie mich an Elma, an ihre großäugige, wunderschöne Wut. Der Film soll wahrscheinlich tragisch enden. Henrys gesamte Mafia wird hochgenommen und sein größter Albtraum wird wahr: ein ganz normales Leben mit ganz normalem Haus, ganz normalem Job und seiner ganz normal sehr gut aussehenden Frau Karen. Ich klappe den Laptop genervt zu und schleiche mich auf Zehenspitzen aus Mehmets Zimmer. Henry Hill ist ein Bastard, der einen ganz normalen Tritt in die Eier verdient hätte. Nirgendwo in der Wohnung brennt Licht. Ich nehme den schweren Wasserkrug aus dem Kühlschrank und schenke mir ein Glas ein.

Der Küchenboden ist irgendwie immer eiskalt, obwohl aus dem Fenster warme Luft strömt. Die Kälte schießt mir von den nackten Füßen direkt in den Unterleib. Ich setze mich im Schneidersitz auf einen Holzstuhl, zünde erst die krumme Kerze und dann eine von Halils Zigaretten an. Von draußen weht ein Summen in die Küche, das sich aus Würfeln und Gelächter und Gerede und den klirrenden Gläsern von unzähligen ganz normal glücklichen Menschen ergibt.

Vielleicht hat Henry Hill ja gar nicht so unrecht, denke ich. Vielleicht ist Normalsein wirklich das Schlimmste, das einem passieren kann. Wenn ich selbst etwas darauf gegeben hätte, normal zu sein, dann würde ich immer noch im Wedding sitzen und das brave türkische Mädchen spielen und irgendwann den Sohn irgendeines beschissenen Nachbarn heiraten und mich mit Goldschmuck behängen lassen, so wie Defne das getan hat. Es kommt mir vor wie Monate, seit ich meinen Eltern Çay gekocht habe, dabei sind es erst ein paar Tage. Schwer zu sagen, wie viele genau. Vier, fünf? Unwichtig. Ich lasse mich treiben, durch die Wohnung, durch die Stadt, durch den warmen Lärm. Nicht mal ein Smartphone brauche ich, das mich ablenkt vom Hier. Nur der Ezan erinnert mich, dass wieder Zeit vergangen ist, fünfmal jeden Tag. Und er erinnert mich an mein Geheimnis, denn er singt vom Tod, fünfmal jeden Tag. Oder vielleicht auch nicht, ich verstehe ja nur das Wort Allah, aber wer von Gott spricht, spricht auch vom Tod, das ist doch klar. Warum sollte irgendjemand beten, wenn nicht aus Angst vor dem Sterben? Denken Menschen, die bei lebendigem Leib in ihren Kellern verbrennen, noch daran, zu beten? Und beten die, die sie verbrennen, dann zum selben Gott?

Über die Flurwand ziehen Schatten. Das sind keine Geister, das ist der Windzug, der vom offenen Küchenfenster kommt und die Kerze flackern lässt. Trotzdem muss ich nachsehen. Ich drücke die Zigarette aus und schleiche in den Flur. Mehmets Tür steht einen Spalt offen. Ein Fetzen Mondlicht fällt auf das Poster an der Wand, Tupacs Augen schauen bedeutungsvoll in meine. Ich gehe auf Zehenspitzen weiter zu Halils Zimmertür und horche eine Weile. Als ich glaube, etwas zu hören, gehe ich näher heran, so nah, dass mein Ohr fast auf dem Türrahmen liegt. Da ist ein ganz leises Gemurmel hinter der Tür. Ich stelle mir vor, dass er die Nachrichten schaut, dass sie über Anschläge im Osten berichten, und dass er dabei ganz verletzlich aussieht und am liebsten seinen Kopf an eine Schulter lehnen möchte, vielleicht ja an meine. Ob es einen Grund geben könnte, an seine Tür zu klopfen? Mir fällt keiner ein. Enttäuscht schleiche ich zurück in die Küche und puste die Kerze aus.

NEUN

Ich liege vor dem aufgeklappten Laptop und versuche mit angehobenem Becken eine Pilatesbrücke, als mein Nokia klingelt. Es ist Mehmet. Er fragt, ob ich Lust habe, mich am Abend mit ihm und Halil in einer Bar zu treffen.

»Wir trinken ein, zwei Bier. Nichts Wildes«, sagt er. Für mich klingt das nach richtigem Ausgehen. Ich renne direkt zum Kleiderschrank.

Nichts zu tun zu haben, also keinen Job und keine Eltern, bringt das Zeitgefühl völlig durcheinander. Einerseits stehe ich morgens auf und denke: Shit, was soll ich nur den ganzen Tag tun, bis Mehmet nach Hause kommt? Das Putzen ist erledigt. Auf Kochen habe ich keine Lust. Und auf Pilates nur, wenn ich mir gerade superfaul und hässlich vorkomme. Andererseits liege ich manchmal auf dem Bett herum, denke über dies und das nach, und stelle plötzlich schockiert fest, dass schon wieder drei Stunden vergangen sind. Die Zeit fließt einfach wie bescheuert oder bleibt stehen, ganz egal. Aber etwas Sinnvolles, mit dem sie sich füllen lassen könnte, fällt mir nicht ein. Gestern habe ich mir sogar am Kiosk nicht nur Kippen geholt, sondern auch noch eine Zeitung. Die hat mich wenigstens den ganzen Tag beschäftigt. Und mich daran erinnert, dass gestern der erste Ramadan-Feiertag war, weil der Fastenmonat vorbei ist.

Echt seltsam, dass man das in Istanbul gar nicht merkt. Man kann das überhaupt nicht mit Weihnachten in Deutschland vergleichen, wo alles zwei Tage lang wie ausgestorben ist. Mehmet war ja auch wie immer arbeiten. Nur am Morgen waren ein paar Läden geschlossen und weniger Leute auf der Straße. Ab Mittag ging schon wieder alles ganz normal weiter. Jedenfalls sind türkische Zeitungen cool, weil die Hälfte mit Klatsch und Bikini-Fotos von Stars voll ist, so wie InTouch halt, nur dass InTouch fünfmal soviel kostet wie eine Zeitung. Und dann habe ich tatsächlich auch einen superlangen Artikel gelesen. Es hat ewig gedauert bis ich fertig war, weil ich jeden Satz dreimal wiederholen musste, aber das Foto und die Geschichte waren so unglaublich krass, dass ich die Zeitung nicht weglegen konnte.

Es ging um Çilem Doğan, Ende zwanzig, mit kurvigen schwarzen Augenbrauen, blondierten Haaren und herausgewachsenem dunklem Ansatz. Auf dem Riesenfoto trägt sie Handschellen und wird gerade von zwei Polizistinnen abgeführt. Ihre Daumen zeigen trotz der Handschellen nach oben. Auf ihrem T-Shirt steht: *Dear Past: Thanks for all the lessons. Dear Future: I am ready.* Çilem Doğan war mit einem Arschloch verheiratet, das sie jahrelang zusammengeschlagen und gezwungen hat, auf den Strich zu gehen. Sie war wohl ständig auf dem Polizeirevier, um ihn anzuzeigen. Aber alles, was die Polizisten gemacht haben, war, ihr Çay anzubieten. Kein Schwanz hat sich gerührt. Bis sie schließlich das Arschloch erschossen hat. Sie wurde festgenommen und hat fünfzehn Jahre für Mord bekommen. »Sollen denn immer die Frauen sterben?«, hat sie wohl vor Gericht gesagt. Davon bekomme ich Gänsehaut. Irgendwie hat sich die Sache sogar noch gewendet, und jetzt wurde sie letzte Woche gegen eine Kaution doch freigelassen, weil das nächste Gericht wohl meinte, es sei Notwehr gewesen. Im Artikel wird das ziemlich gefeiert. Und ich feiere das auch. Was soll man tun, wenn die Welt einen allein lässt mit all den Hurensöhnen? Eben.

Mit frisch gewaschenen Haaren und überlangem Lidstrich verlasse ich Punkt acht Uhr die Wohnung. Die Bar ist ganz nah, Mehmet hat mir den Weg beschrieben. Die Gasse besteht fast nur aus Bars. Ein Laden reiht sich an den nächsten, Typen mit Vollbärten und ironischen Sprüchen auf ihren Shirts grüßen unaufdringlich von jedem Eingang, um Gäste anzulocken. Die Außentische sind fast alle besetzt von Mädchen mit dunklen Sonnenbrillen, knallroten Lippen und glänzendem Haar. Die gleich vor mir recken gerade ihre Köpfe zurecht und schießen Selfies von ihren Duckfaces. Mein Herz klopft wie irre. Ich fühle mich furchtbar schlecht gekleidet, ungepflegt, fett. Zwischen den Bars ist ein kleiner Buchladen, in dem man auch Kaffee trinken kann. Ich ziehe den Bauch ein und flüchte hinein, um runterzukommen und ein bisschen Zeit zu verplempern, um nicht wie ein Opfer als Erste in der Bar aufzutauchen und dabei nicht einmal gut auszusehen. Ich kann mir alle Mühe dieser Welt geben. Ich kann mich drei komplette Stunden lang vor dem Spiegel zurechtmachen. Aber am Ende wirke ich neben den aufgestylten Istanbuler Mädchen im besten Fall wie ein verstrubbeltes Dorfkind. Ich suche nach einem Wandspiegel, hier im Laden gibt es aber natürlich keinen, toll. Das letzte Mal, dass ich in einem Buchladen war, muss Ewigkeiten hersein. Früher haben Gül und ich uns manchmal bei Thalia im Gesundbrunnencenter Schwarzweiß-

Fotobücher mit hässlichen alten Muschis angesehen und uns dabei totgelacht. Hier gibt es aber keine Fotobände. Die Leute lesen alle kleingedruckten Kram in irgendwelchen richtigen Büchern. Ich kaufe drei Postkarten mit alten Istanbul-Fotografien und muss fast kichern. Einen Moment lang habe ich tatsächlich darüber nachgedacht, wem ich sie schicken könnte.

Unsere Bar ist die schäbigste in der Gasse. Sie heißt July. Bestimmt kostet das Bier hier weniger als in den anderen Läden, die Gäste sehen jedenfalls abgerockter aus, das erleichtert mich irgendwie. Der Kellner wirkt auch fertig und scheint kein Gesicht zu haben, ich sehe nur sehr viel wippendes langes Haar. Die Jungs sitzen an einem rechteckigen Tisch gleich vor der Tür. Mehmet schwitzt über einem großen Krug Bier, und Halils Augen glänzen in der Sonne.

»Hazal, komm setz dich.« Er deutet auf den Holzstuhl neben Mehmet. Rechts von ihm ist zwar auch frei, aber auf dem Stuhl liegt seltsamerweise ein winziges rotes Babystrickjäckchen.

Mehmet gibt mir einen feuchten Kuss. »Wie war dein Tag?«, fragt er und dreht sich um, als halte er nach jemandem Ausschau. Seine Augenringe sind tief und dunkel.

»Gut. Ich hab ein bisschen Sport gemacht.«

»Warst du an der Promenade laufen?«, fragt Halil.

»Nein, ich mache Pilates. Zu Hause.«

»Pilates«, sagt Halil angewidert. »Muss man dafür nicht fünfzig Jahre alt sein, und stinkreich?«

»Ach was. Eigentlich reicht ein Freund, der einen Laptop hat, aber nicht genug Kohle, um sein Zimmer mit Möbeln vollzustellen.«

Halil lacht mit übertriebenen Gesten Mehmet aus, aber Mehmet bekommt überhaupt nichts mit. Er schwitzt und schaut sich immer noch um, wie so ein Paranoider. Halil reagiert überhaupt nicht darauf, deshalb beschließe ich, es auch zu ignorieren.

Wir stoßen mit schaumlosem Bier an und essen gesalzene Erdnüsse. Unauffällig versuche ich, mit einer Serviette den ekligen Lippenabdruck einer früheren Besucherin von meinem Krug zu wischen. Als Halil genervt davon erzählt, dass seine Uni heute von einer Spezialeinheit der Polizei gestürmt wurde, die dann den ganzen Tag nur mit ihren Maschinengewehren herumstand, um die zierlichen Architekturstudenten einzuschüchtern, beobachte ich, wie sich die Männer an den Nachbartischen nach einem Mädchen umdrehen. Sie trägt ein bauchfreies Top, wallende Pyjamahosen und kinnlanges schwarzes Haar. Ihre Haut glänzt, als hätte sie sich ihr Leben lang von Babybrei ernährt. Sie ist porzellanweiß wie die deutschen Mädchen, die nie mit mir zur selben Schule gegangen sind. Sie bleibt genau vor uns stehen und lächelt mich mit vollen, weichen Lipglosslippen an.

»Du musst Mehmets Freundin sein«, sagt sie. Ihre Hand ist so schmal, dass ich fürchte, sie zu zerbrechen. Ich traue mich kaum, zu antworten. Sie setzt sich neben Halil und stopft das Babystrickjäckchen in einen schwarzen Jutebeutel. Halil streicht ihr zärtlich über den Arm. Am liebsten würde ich aufstehen und wegrennen. Nach Hause laufen und in Mehmets schimmeliges Kissen weinen. Oder direkt zum Bosporus, wortlos ins Wasser springen und einfach ersaufen. Ich trinke und bestelle mir dann beim gesichtslosen Kellner noch ein Bier, um dieses immerzu glücklich lachende, intelligente, attraktive Mädchen mir gegenüber einfach zu vergessen. Doch sie heißt Gözde und lässt genau das nicht zu. Sie will mich in ihr Gespräch mit Halil einbeziehen, stellt mir lauter Fragen. Sie tut so, als fände sie mein Leben total interessant, oder das, was ich davon verrate, in kurzen vagen Antworten. Gözde liebt Berlin, Gözde hat sich immer gewünscht, eine zweite Sprache zu sprechen, Gözde findet meinen Akzent voll süß, Gözde ist auch gerade auf der Suche nach einem Kellnerjob, um ihr Studium zu finanzieren. Gözde findet den Namen Hazal so, so schön.

»Weißt du, was Hazal auf Arabisch bedeutet?«, fragt sie aufgeregt, als sie von ihrem Smartphone aufschaut.

Ich verneine und nehme noch einen großen Schluck von meinem inzwischen dritten Bier.

»Trockenes Laub, das von den Bäumen fällt.« Sie dreht sich zu Halil und umschlingt seinen Unterarm. »Ist das nicht romantisch?«

Meine Hände wandern prüfend zu meinen Wangen, um sicherzugehen, dass mein Gesicht sich nicht verzerrt. Ich darf keine Miene ziehen. Ich zwinge mich, Gözdes niedliches Freundinnenspiel mitzuspielen, und fange an, sie auch Dinge zu fragen, nach ihrem Lehramtsstudium zum Beispiel, und nach Izmir, von wo sie kommt. Die Menschen dort seien sehr weltoffen und entspannt, behauptet Gözde, nicht so wie in Istanbul. Sie spricht schnell und deutlich wie eine Nachrichtenmoderatorin und macht dazu ständig bezaubernde Handbewegungen. Wenn mir ein Wort nicht einfällt, hilft sie mir bei der Suche, fragt mich, wie es auf Deutsch heißt, und spricht das kichernd aber perfekt nach. Ihr Türkisch klingt so anders als Halils, als wären die beiden auf zwei unterschiedlichen Planeten aufgewachsen. Der kleine Halil in irgendeinem staubigen, kleinen Dorf unter der brennenden Sonne. Die kleine Gözde dagegen in der kühlen großen Stadtwohnung ihrer entspannten, weltoffenen Eltern. Ihr blöder Hippielook verrät alles. Er schreit geradezu: Ja, ich habe einen Haufen Geld und sehe geil aus, aber ich kleide mich bequem und hänge mit armen Leuten ab, weil ich so übertrieben cool bin. Zwei lange türkisblaue Ohrringe baumeln über ihren Babyschultern hin und her, wenn sie lacht. Würde ich die Dinger im Laden sehen, müsste ich würgen, weil ich sie so hässlich fände. Doch an Gözde sehen sie fantastisch aus. Ich muss mir Mühe geben, damit ich sie nicht ständig anstarre, wie eine Psychopathin.

»Hey!«, ruft Mehmet plötzlich und winkt einen Straßenverkäufer heran. Er will ihm eine kleine Türkeifahne abkaufen. Halil und Gözde machen genervte Gesichter.

»Was willst du mit dem hässlichen Ding?«, fragt Halil.

Mehmet wedelt mit dem kleinen roten Fähnchen hin und her. »Wieso? Ist doch schön.«

Die beiden fangen an zu streiten, aber ich checke nicht ganz, ob sie es ernst meinen oder uns nur verarschen. Es wirkt wie eine Mischung aus beidem, sie wissen es selbst nicht so genau. Ich bin sowieso zu besoffen für alles. Mehmets Gesicht sieht immer noch ziemlich fertig aus, aber das Streiten verleiht ihm neue Energie.

»Wenn dir die türkische Flagge so wichtig ist, was unterscheidet dich von der Regierung? Warum machst du dann überhaupt einen auf Anti? Weil du zwei Tage bei Gezi warst? Vor drei Jahren?«

»Was hat das miteinander zu tun? Ich bin stolz auf mein Land. Und ich finde, Erdoğan muss weg.«

Ich checke unauffällig Gözdes Reaktion. Sie will was sagen, aber die zwei lassen sie nicht zu Wort kommen.

»Erdoğan ist auch stolz auf sein Land und lässt überall Fähnchen anbringen. Du machst mit.«

»Wenn ich eine Rojava-Flagge hätte, wäre das okay, oder was?«, fragt Mehmet.

Halil winkt genervt ab.

»Ist doch derselbe Scheiß«, sagt Mehmet.

»Nein, ist nicht derselbe Scheiß, Mehmet. Die türkische Flagge ist ein Symbol der Unterdrückung. Das Rot steht für Blut, heißt es. Rate mal, wessen Blut das ist.«

Als Halil das sagt, erinnere ich mich an Tante Semras langen Blick, als sie mal in unser Kinderzimmer kam, gleich nachdem Onur und ich dort die riesige türkische Flagge an die Wand gepinnt hatten. Ich glaube, mein Vater hatte sie uns vor einer Fußball-WM oder so besorgt.

»Erzähl mir nichts von Blut, Mann. Die Kurden bomben jede Woche irgendwas in die Luft. Da fließt auch Blut von unschuldigen Menschen«, sagt Mehmet.

»Willst du mich ärgern, Mehmet? Die kurdischen Truppen greifen niemals Zivilisten an. Das macht nur der IS. Und du weißt ganz genau, mit wem der gut kann.«

»Mann, du musst mir keinen Unterricht geben, nur weil du studiert hast«, sagt Mehmet und bestellt sich noch ein Bier. »Völlig klar, was für Dreck die Regierung am Stecken hat. Die Wichser unterstützen nicht nur die Terroristen, sie nehmen auch Kinderficker in Schutz. Fünfzig kleine Jungs wurden in der Koranschule von Karaman vergewaltigt, und nur einen einzigen Lehrer haben sie verurteilt. Danach hat man nichts mehr gehört, seit Monaten!«

»Was macht es für einen Unterschied, dass es Jungs waren? Ist das schlimmer, als kleine Mädchen zu vergewaltigen?«, fragt Gözde mit angestrengtem Blick.

»Gözde, Mann. Jetzt kommst du auch noch mit deinem Frauending! Erspar uns das.«

Gözde schüttelt nur den Kopf und lächelt unschlüssig. Halil klopft ihr wie zum Trost auf die Schulter. Mehmet wischt sich den Schweiß von der Stirn. Irgendwie ist mir seine komische Laune total unangenehm. Eine Weile lang nippen wir alle einfach an unseren Bieren, aber es liegt noch immer Streit in der Luft.

»Gözde, mach dir nichts draus«, sagt Halil schließlich. »Diese armen, kulturlosen Deutschtürken haben eben alle ein Identitätsproblem.«

»Hazal, hörst du das? Wir haben keine Kultur«, sagt Mehmet und dreht sich zu mir. Ich starre ihn fragend an. »Na, da haben wir ja immerhin was gemeinsam mit diesen verdammten Kurden!«

Halil und Mehmet stoßend grinsend mit ihren Bierkrügen an. Ich checke gar nichts mehr. Die beiden brechen in Gelächter aus und Gözde lacht mit, aber ihr Lachen wirkt total aufgesetzt.

Gleich darauf findet sie einen Weg, die Aufmerksamkeit wieder auf sich zu ziehen. Sie winkt drei Straßenmusiker heran, schnappt nach meiner Hand und tanzt mitten auf der Straße peinlich um mich herum. Halil steckt den Musikern einen Zehner zu und gibt Gözde einen kurzen, aber fordernden Zungenkuss. Ihre gute Laune und das vierte Bier machen mich so betrunken, dass ich gar nicht merke, wann genau Mehmet verschwindet. Sein Handy liegt noch auf dem Tisch. Bestimmt musste er nur pinkeln. Halil und Gözde unterhalten sich über eine Bibliothek in Üsküdar, in der sie beide manchmal lernen und in der inzwischen alle Frauen außer Gözde verhüllt sind. Sie nennen die Frauen »Islamisten«, genauso wie alle anderen Leute, die zur Moschee gehen, am Ramadan fasten oder Erdoğan wählen. Alles Islamisten. Ich stelle mir die zarte, traurige Ebru mit ihrem pflaumenblauen Kopftuch vor, wie sie mit einer Machete in irgendeinen Bahnhof in Belgien marschiert und wahllos Passanten köpft. Das Blut spritzt in alle Richtungen wie bei »Kill Bill«, und hinterher kichert sie sich verschämt in die Hand. Mein Magen befindet sich irgendwo zwischen Lachanfall und Brechreiz. Mehmet ist immer noch nicht zurück. Alles dreht sich. Ich torkele zur Toilette. Es gibt nur ein Herrenklo, und das ist leer. Ich stehe im Gang herum und weiß nicht, wohin mit mir. Als ich zurück an den Tisch komme, sitzt Mehmet da, vor sich einen ganzen Strauß rote Rosen.

»Wo warst du?«, frage ich

»Ich habe dir die hier besorgt«, lallt Mehmet und legt mir den Strauß in den Arm. Seine Lider sind auf Halbmast, sein Mund formt ein befreites, schiefes Lächeln.

Halil beobachtet uns und schüttelt besorgt den Kopf. Gözde fragt mich nach meiner Nummer. Sie sagt, vielleicht höre sie ja von einem Job und könnte mir dann Bescheid sagen. Vielleicht könnten wir sogar in derselben Bar kellnern. »Das wäre doch großartig!« Sie freut sich wie diese kleinen Mädchen, die es kaum abwarten können, endlich eingeschult zu werden.

Ich grinse brav zurück. »Ja, großartig.«

Zu Hause rennt Mehmet aufs Klo und fällt anschließend aufs Bett. Er zieht sich nicht einmal aus. Sein Türkeifähnchen liegt neben ihm wie Feiertagsdeko. Ich versuche gar nicht, ihn zu wecken. Schnell schminke ich mich vor dem Handspiegel ab und schleiche aus dem Zimmer. Halil sitzt am Küchentisch und dreht sich einen Joint, während ich die Rosenstängel anschneide, so wie Tante Semra das immer gemacht hat, wenn sie auf dem Nachhauseweg Tulpen gekauft hatte. Im Küchenschrank suche ich nach irgendeinem Gefäß, das man als Vase benutzen kann.

»Wo ist Gözde?«, frage ich.

»Eine ihrer Freundinnen sitzt in einer Bar um die Ecke.«

»Warum bist du nicht mit?« Ich beiße mir auf die Unterlippe. Als ginge mich das etwas an.

»Keine Lust.«

Ich finde einen alten Glaskrug mit abgebrochenem Henkel und fülle ihn mit Wasser. Ich schiebe die Rosen mitten auf den Küchentisch, Halil reicht mir einen langen, dünnen Joint und streicht mit dem Zeigefinger über ein paar Rosenblätter. Sein Haschisch ist ziemlich gut. Ich war skeptisch, weil es sich ganz ohne Feuer aufgelöst hat, Halil hat es einfach zwischen seinen Fingern zu Pulver zerrieben. Aber es ist ein angenehmes High, es macht alles leicht und gleichgültig. Wir reichen die Tüte hin und her, ohne zu sprechen. Ab und zu treffen sich unsere Blicke, das stört mich nicht. Irgendwann drückt Halil den Joint aus und fängt gleich an, den nächsten zu bauen. Ich beginne, etwas in seinem Gesicht zu erkennen, das mir bisher nicht aufgefallen war. Es erinnert mich an meinen Vater. Ich knipse den Gedanken einfach aus und halte mich nur am Moment fest. Die Welt besteht bloß aus dieser Küche, und hier existiert nichts außer Halil und mir. Es gibt hier keinen Mehmet und keine Gözde, auch sie sind unsichtbare Geister, die keine Rolle spielen. Alles, was zählt, sind er, ich und der

Joint. Das ist, als würden wir einander anfassen, ohne dass wir uns berühren, denke ich. Meine Lider werden schwer.

Als ich ins Bett gehen will und mit dem Stuhl nach hinten rücke, fragt Halil: »Hazal. Was machst du hier eigentlich?«

Ich sehe ihn benebelt an. »Ähm, ich bin müde?«

»Nein.« Er wirkt so entschlossen, als wäre klar, was er wissen möchte. »Was machst du in Istanbul?«

Ich zucke mit den Schultern und grinse vor mich hin. Ja, ja. Es ist klar, was er wissen will. Und am liebsten würde ich es ihm sagen.

Er runzelt die Stirn. »Du bist hier nicht im Urlaub, nicht in dieser dreckigen Scheißbude. Und nicht bei diesem Scheißjunkie.«

Seine Stimme bricht ab, seine Augen suchen in meinen nach Überraschung. Aber da können sie lange suchen, ich bin nicht überrascht. Dass er mir erzählt, dass Mehmet ein Junkie ist, macht jetzt auch keinen Unterschied. Es macht nichts schlechter und nichts besser, es erklärt nur einiges.

»Du rennst vor irgendetwas weg, Hazal.«

Ich höre Halil weitersprechen, aber ich höre ihm nicht zu. Ich sehe ihm nur in die Augen und denke an Mispeln. An die, die immer in Omas Garten in Bursa hingen, erst grün, dann gelb und irgendwann orange. Jede Mispel hat drei runde glänzende Kerne. Oder waren es vier? Mir fällt ein, dass man zu Mispeln auf Türkisch *yeni dünya* sagt, das heißt »neue Welt«. Hallo, ein halbes Kilo neue Welten bitte! Ich lächle Halil amüsiert an.

»Vor wem versteckst du dich, Hazal?«

Ich stehe auf und rieche an den Rosen. Sie riechen nach nichts.

ZEHN

Das Wasser schlägt schaumige Wellen. Eine bucklige Frau zwickt kleine Stücke von ihrem Sesamring ab und wirft sie in die Luft, die Möwen fangen sie im Flug. Heute brennt die Sonne einmal nicht wie Feuer auf der Haut, ein abgefucktes Hellgrau hängt im Himmel. Im Außenbereich der Fähre bläst der Wind in Blusen und Haare und Röcke, so dass sich alle frierend mit den Händen über die Oberarme reiben. Ich nehme mir einen Çay und lege dem Verkäufer eine Lira aufs Plastiktablett. Ein bröckeliger alter Bahnhof und mächtige Frachtschiffe ziehen vorbei. Vom Wasser aus hat man die beste Aussicht auf die Stadt. Sie zeigt sich von ihrer schönsten Seite, diese Nutte, aber sie verführt uns nur, um uns im nächsten Moment krass über den Tisch zu ziehen, so stelle ich mir das jedenfalls vor. Am hinteren Ende der Fähre ist so etwas wie die geheime Raucherzone. Ein Schild warnt, dass unerlaubtes Rauchen 88 Lira Strafe kostet. Genau darunter stehen Anzugträger und verpickelte Schülerinnen mit zuviel Make-up und viel zu kurzen Röcken, um einander Feuer zu geben. Ich stelle mich zu ihnen. Wir schnippen unsere Zigarettenstummel ins Wasser. Die Fähre schwankt heftig, als wollte sie uns am liebsten hinterherschmeißen. Übelkeit kriecht mir in die Kehle.

Als wir anlegen, wartet vor der Glasfront eine Menschenmasse, die mit derselben Fähre zurück zur asiatischen Seite will. Draußen vor dem Hafen wimmeln lauter Körper durcheinander, nebeneinander, auf mich zu. Sie quellen auf der Rolltreppe aus der Metrostation hoch und winken sofort Taxis heran. Sie rennen zum Bus, sprinten bei Rot über die Straße, ziehen Kinder hinter sich her oder schieben sie in Wagen vor sich herum. Diese Stadt kotzt Menschen, ununterbrochen sickern sie aus allen Öffnungen, in allen möglichen Geschwindigkeiten. Und angeblich ist zur Zeit nicht viel los, weil Sommerferien sind. Ob ich es eilig habe oder nicht, weiß ich gerade selbst nicht. Ich nehme einen Bus, von dem ich keine Ahnung habe, wo er hinfährt, und setze mich mit dem Rücken zur Fahrtrichtung. Im Schritttempo passieren wir drei Kreuzungen, halten immer wieder ruckartig. Dann löst sich der Stau, der Bus fährt gemütlich weiter. Mein Magen und mein Kopf entspannen sich langsam. Ich atme tief ein und aus. Wir passieren Straßenverkäufer mit Socken- und Sonnenbrillenständen, Brücken mit schmutzigen Anglern, steinalte Männer mit Gehstöcken, in bunte Schals gewickelte Touristengrüppchen vor verzierten Moscheen und barfüßige Bettlerfamilien, die syrisch aussehen. Ich atme ein und aus.

Seit Halil mich an jenem Abend zur Rede stellte, bröckelt etwas in mir. Es ist, als ob sich eine Schicht von meinem Geheimnis gelöst hat. Die Fetzen, die von ihm abgefallen sind, wirbeln in mir herum. Sie proben einen kribbeligen, verschissenen Aufstand, sie verstopfen meine Atemwege. Ich dachte, ich hätte mich inzwischen an die Albträume gewöhnt. Ich dachte, es sei vielleicht besser, höchstens nachts im Schlaf über die Sache in Berlin nachzudenken. Tagsüber habe ich mich durch diese eine Zeitung gekämpft und türkisches Radio gehört, um neue Wörter aufzuschnappen, und Shoppingtouren durch die Billigläden der Nachbarschaft unternommen, bei denen ich nie etwas gekauft habe. Und nachts bin ich gerannt. Ja, ich renne nachts immer noch. Durch U-Bahnhöfe, die immer anders aussehen, aber jedesmal Friedrichstraße heißen. Da ist keine konkrete Gefahr, es ist eher ein Gefühl, dieses nachts Rennenmüssen. Es gibt in den Träumen kein Ziel, das ich erreichen will, ich muss einfach nur vorwärtskommen. Klar, manchmal erinnere ich mich auch an eine Blutlache, an den roten See auf den Gleisen, an den Studentenkörper, und manchmal an Elma, wie sie mich gleich darauf an der Hand nimmt, aber alles nur verschwommen. Was morgens am deutlichsten bleibt, ist die Angst, stehenzubleiben. Und jetzt ist sie immer da, seit Halil ahnt, dass ich mich verstecke.

»Entschuldigung! Entschuldigen Sie! Können Sie mir bitte erklären, warum Sie so langsam fahren?«

Ein Typ um die dreißig mit Kugelbauch, Jeansshorts und sauberen Nikes brüllt in Richtung des Busfahrers. Ich höre den Fahrer gelangweilt seufzen.

»Wieso fahren Sie nur so langsam? Können Sie mir das erklären?« Der Ton wird aggressiver. Der Busfahrer seufzt wieder, ruft dann durch den Bus, dass er nicht schneller fahre, als erlaubt sei.

»Nein! Sie fahren extra langsam!« Jetzt antwortet der Busfahrer nicht mehr.

»Wenn ich in den Dolmus steige, fährt der Fahrer wie ein komplett Gestörter! Da muss ich um mein Leben fürchten! Wenn ich in den Bus steige, fährt er so langsam, dass ich zu Fuß schneller wäre! Warum könnt ihr alle nicht einfach euren Scheißjob machen? Warum ist das so schwer?«

Der Typ wirkt frustriert, aber wahrscheinlich hat das gar nichts mit dem Busfahrer zu tun. Er redet sich in Rage, fuchtelt wild mit den Armen herum, wendet sich an uns alle im Bus.

»Und was ist mit euch? Warum sagt ihr nichts? Warum nehmt ihr immer alles hin? Merkt ihr nicht, dass wegen euch das ganze verkackte Land untergeht?«

Keiner rührt sich. Ein paar Fahrgäste werfen ihm kurze Blicke zu und schauen dann wieder aus dem Fenster. Ein kleiner Junge mit schiefen Zähnen kichert. Seine Mutter macht: »Sscht!«

Als der wütende Typ an der nächsten Haltestelle aus dem Bus stampft, meckert er immer noch vor sich hin. Mir wird wieder schlecht, aber ich bleibe so lange sitzen, bis mir ein Haltestellenname gefällt. Schließlich sagt die weiche Frauenstimme aus dem Lautsprecher: »Aksaray«.

Hier falle ich auf. Obwohl kein Mensch auf diesem ungewöhnlich breiten, chaotischen Fußgängerweg dem anderen gleicht, bin ausgerechnet ich es, die auffällt. Vielleicht weil ich nicht wie die sonnenverbrannten Russinnen mit dem schweren Goldschmuck ganz selbstverständlich in Begleitung dickbäuchiger Männer herumlaufe. Oder weil ich nicht wie die viertel- oder halb- oder schwarzverschleierten Frauen selbstbewusst allen Typen in die Augen starre, bis sie als Erste wegsehen. Man sieht mir wohl an, dass ich keinen Plan habe, wie ich hier gelandet bin. Früher habe ich immer gedacht, die asiatische Seite der Stadt ist viel abgefuckter als die europäische, weil doch Europa so sauber ist, so reich und gebildet. Einen Scheiß. Überall liegt Müll. Alle betteln. Kleine Zigeunerkinder mit dreckigen Füßen müssten eigentlich um diese Zeit in der Schule sein und verkaufen stattdessen hässliche Spielzeughunde mit Batterieantrieb, die eckig über den Asphalt hüpfen. Auf der Mauer hinter ihnen steht in krakeliger Schrift: »Babymörder Israel«. Es riecht nach Kebab und verkohlten Maiskolben und Abgasen und Armut.

In einer Seitenstraße voller kleiner Boutiquen mit Baumwollunterwäsche und Arbeitsuniformen für Krankenpfleger und Putzfrauen finde ich endlich, wonach ich suche: ein Internetcafé. Die Gebäude sehen uralt und völlig fertig aus. Teils bestehen die oberen Stockwerke nur aus hölzernen Ruinen. »Web E-Mail ICQ Messenger Chat Printer Scanner MP3 Disket CD« steht am Schaufenster des Internetcafés aufgelistet, jedes Wort in einer unterschiedlichen Farbe. ICQ, was soll das sein? Reinschauen kann ich nicht, die Fenster sind mit spiralengemusterten silbernen Folien abgeklebt. Bestimmt fünfzig kleine türkische Papierflaggen rahmen das Ladenschild. Die Tür ist schwer. Drinnen glüht hellblaues Licht, das die Gesichter krank aussehen lässt. Zwei Ventilatoren rattern an der Decke, ein paar Jungs sitzen nebeneinander und zocken irgendwas mit Waffen und ficken lauthals abwechselnd die Mutter des anderen. Ein alter glatzköpfiger Mann mit Kopfhörern hockt in der Ecke und beugt seinen Kopf über die Tastatur. Er tippt langsam, mit gespreizten Fingern. Den Laden schmeißt ein rothaariger Dreizehnjähriger, wie ein Schotte sieht er aus. Er schickt mich an Rechner 5.

Ich suche in meiner Handtasche nach einem feuchten Tuch und wische damit über die klebrige Tastatur. Das Wichtigste ist jetzt, nicht das zu machen, was ich sonst immer sofort mache, wenn ich vor einem Computer sitze: Facebook checken. Falls die Polizei nach mir sucht, kann sie bestimmt locker zurückverfolgen, von wo aus ich mich einlogge. Aksaray, Istanbul, toll. Nicht umsonst vermeide ich es die ganze Zeit, Mehmets Laptop zu benutzen, außer für Youtube zum Pilates. Vielleicht sucht ja auch gar keiner nach mir und ich verhalte mich nur wie ein paranoides Opfer, wie Mehmet wahrscheinlich, wenn sein Stoff ausgeht. Aber falls sie mich doch suchen, verrecke ich lieber, als dass ich es ihnen so leicht mache. Ich klicke ins Google-Suchfeld und tippe: »friedrichstrasse«. Meine Wangen glühen. Es erscheint so Wikipedia-Zeug in allen möglichen Sprachen, mal über die Straße, mal über den Bahnhof. Die vorgeschlagenen Bilder sind übertrieben fremd. Vielleicht weil auf allen die Sonne scheint und ich die Friedrichstraße nur verregnet in Erinnerung habe, oder bei Nacht. Ich tippe: »friedrichstrasse u-bahn«, und überlege kurz, welches Wort die Suche weiter ergänzen könnte. Wonach sah das wohl aus, was da in der Nacht passiert ist? »verprügelt«? »geworfen«? »getötet«? Bei »getötet« bleibt mein Herz fast stehen. Meine Hände werden feucht. Vielleicht ist der Studentenkörper ja doch nicht gestorben. Vielleicht hat ihn jemand gefunden und eilig ins Krankenhaus gebracht. Vielleicht haben sie ihm den Kopf geflickt, und er geht schon wieder zur Uni und auf seine Unipartys und anderen Mädchen auf den Sack. Nein, »getötet« stimmt nicht. Ich tippe »verprügelt« und drücke Enter.

Es erscheinen ein paar alte Artikel von 2011 und so, verpixelte Fahndungsfotos von Kanaken mit Baseballcaps und altmodischen Frisuren, so gemusterte Undercuts. Ein Text hat die Überschrift: »Streitlust als Motiv«. Über einem anderen steht: »Antisemiten verprügeln Juden in U-Bahnhof«. Ich frage mich, woher die Leute, die sowas schreiben, die Gründe kennen. Fragen die die Kanaken direkt: »Warum hast du den vor die U-Bahn geschmissen?«, und die sagen dann: »Ich hatte Streitlust«? Oder: »Ich hasse Juden«? Wie sieht man denn überhaupt jemandem an, dass er Jude ist? Laufen die alle so rum wie Rabbis, also mit diesen Locken und dem Hut und so? Einer der Zockerjungs schlendert den Gang hinter mir runter. Aus Panik öffne ich schnell ein neues Fenster. Einen Moment später fällt mir ein, wie unwahrscheinlich es ist, dass irgendjemand hier im Raum Deutsch spricht. Trotzdem soll mir keiner auf den Bildschirm glotzen. Und niemand soll wissen, dass ich aus Deutschland komme. Sonst denken die noch, sie müssten mich beklauen. Der Junge ist auf Toilette. Bis er zurückkommt, öffne ich nacheinander ein paar türkische Nachrichtenseiten und überfliege lauter Schlagzeilen, die mich deprimieren. Eine Mutter hat ihre drei Kinder aus dem Fenster geschmissen. Ein Busfahrer hat einer schlafenden Passagierin ins Gesicht gewichst. Der Junge kommt zurück und setzt sich wieder zu seinen Freunden, um deren Mütter zu ficken. Ich gehe zurück zu meiner deutschen Suchanfrage und klicke auf News. Da ist ein Artikel vom 27. Juni 2016, dem Tag, nachdem ich in Istanbul ankam: »Berlin: 23-Jähriger in U-Bahnhof getötet«. Vorsichtig sehe ich mich um. Das rothaarige Kind hinter der Ladentheke ist am Telefonieren. Der alte Mann in der Ecke starrt wie hypnotisiert auf den Bildschirm. Sein Ellbogen bewegt sich gleichmäßig auf und ab. Meine Brust platzt gleich vor Aufregung. Mit zittriger Hand bewege ich die Maus und klicke auf den Artikel.

»An einer Berliner U-Bahn-Station ist ein 23 Jahre alter Mann am frühen Sonntagmorgen von mehreren Unbekannten angegriffen und getötet worden. Die Männer warfen ihn auf ein U-Bahn-Gleis. Eine Zugführerin versuchte noch zu bremsen, konnte die U-Bahn aber nicht mehr stoppen.

Der 23-Jährige kam von einer Uniparty in der Nähe des Humboldt-Campus und wartete gegen 4.05 Uhr in der Station Friedrichstraße auf die U-Bahn der Linie 6, als er von den Unbekannten attackiert wurde. Zwei bis drei Angreifer schlugen und traten auf den 23-Jährigen ein. Dann stießen sie ihr Opfer auf das Gleisbett. Die U-Bahn überrollte den 23-Jährigen. Er starb noch vor Ort.

Die Täter konnten fliehen. Warum es zu dem Angriff kam, ist noch unklar. Die Polizei sicherte am Bahnsteig Beweismittel und nahm weitere Ermittlungen auf. Bisher meldeten sich keine Zeugen. Die Berliner Verkehrsbetriebe erklärten am Montagmorgen, man habe die Videoaufzeichnungen der Mordkommission übergeben.«

Ich schließe das Fenster. Mit weit geöffneten Augen starre ich auf irgendeinen weißen Strand. Palmen. Türkisfarbenes Wasser. Irgendeine Desktopinsel. Ich starre einfach nur vor mich hin, bis meine Hände nicht mehr zittern. Dann öffne ich ein neues Fenster und suche nach weiteren Nachrichten. Die anderen Seiten haben exakt denselben Text kopiert.

Nirgendwo gibt es Fotos oder neue Einzelheiten. Ich suche und suche. Alle Texte sind vom Montag, das ist zwölf Tage her. In zwölf Tagen gab es keine neuen Infos? »Die Männer warfen ihn anschließend auf ein U-Bahn-Gleis.« Überall steht Männer, das finde ich unheimlich witzig. Keiner kommt auf die Idee, dass es drei Frauen waren, Mädchen, Türkinnen, Elma, Gül und ich. Okay, Elma ist Bosnierin, aber egal, sie ist Muslimin, jedenfalls offiziell. Diese »Mordkommission« von der Polizei muss das doch auf den Videobändern gesehen haben, dass wir es waren. Warum sagt sie es dann der Presse nicht? Die Polizisten müssen gut gestaunt haben. Sie haben sicher gedacht, was das für eiskalte Psychobitches sind. In meiner Brust wird es ganz stickig. Ich versuche, Elmas Facebookseite zu öffnen, ohne mich einzuloggen. Ich kann nur ihr Profilbild sehen, es hat sich nicht verändert: Elma wie immer mit fünf Lagen Make-up, goldfarbenen Plastikcreolen und finsterem Blick. Ich öffne Güls Seite. Wieder nur das Profilfoto, sie hat ihres mit der Beauty-App gemacht: leichenblasse Haut, Glitzer in den Augen, fast keine Nase. Warum denken die Leute immer, dass man ohne Nase besser aussieht?

Ich öffne meine Facebookseite, ohne mich einzuloggen. Auch nur das Profilbild, Tante Semra und ich im Park. Das war der erste richtig warme Tag in diesem Jahr, im April, ein Samstag. Wir saßen nebeneinander auf einer Picknickdecke und aßen Börek. Spargelbörek, sowas macht nur Tante Semra. Ob sie mich vermisst? Ob sie schon alles weiß? Wie lange dauert es, bis die Polizei Videos und Fotos von der Sache veröffentlicht, um nach uns zu fahnden? Ich google »fahndung«, und dann noch mehr Begriffe. Ich lande auf Nachrichten von anderen Kanaken, die andere Deutsche in anderen U-Bahn-Stationen »verprügelt«, »angepöbelt« oder »auf das Gleisbett geworfen« haben. Gleisbett ist so ein schönes Wort, ich kannte das vorher gar nicht. Der Studentenkörper ist auf dem Gleisbett eingeschlafen. Und dann ist eine U-Bahn über ihn gerollt. Der Fahrer war auch eine Frau, was für ein Zufall. Hätte er ihr auch seinen Schwanz zeigen wollen? »Warum es zu dem Angriff kam, ist noch unklar.« Was soll denn daran unklar sein? Wir hatten Streitlust, wir hassen deutsche Studenten. Ist doch alles klar, ist doch in einem Satz, mit einem einzigen Wort zu beantworten: Lust. Oder Hass. Oder Migrationshintergrund, geil. Denn warum verprügeln Nazis Flüchtlinge in Supermärkten? Weil sie Nazis sind. Und warum schlagen Kanaken Deutsche in U-Bahnhöfen? Eben. Und warum werfen Mädchen Typen vor U-Bahnen? Diese Frage ist ein bisschen schwieriger zu beantworten, weil sie sich vermutlich bisher keiner gestellt hat. Vielleicht wird die Mordkommission eine Antwort finden und sie uns sagen können. Oder sie finden Elma bald und fragen sie. Vielleicht singt Elma ihnen dann ja »Umbrella« vor. Hat Ebru aber ein Glück, die ist früher nach Hause gegangen. Als ich nach ihrem Namen suchen will, fällt mir ein, dass sie ja gar keine Facebookseite mehr hat. Sie hat sie gelöscht, nach der Sache mit Charlie Hebdo. Ich gehe zurück zum ersten Artikel über den Studentenkörper und lese ihn nochmal. Ganz unten bemerke ich diesmal die Kommentare. Krass, wie viele es sind, und wie sie sich alle ähneln.

Ja taeter noch nicht bekannt aber wir wissen ja leider wie diese geschichten immer ausgehen ein junger deutscher student wird grundlos unter die ubahn geshcmissn!!! glaubt ihr das waren deutscher??? ja ja und mutti merkel bringt uns immer mehr mörder ins land

Das ist ja zum Totlachen, was diese Affen da labern. Aber ich weiß nicht, ob ich nicht doch eher heulen soll. Diese deutschen Kartoffelnazis wissen einfach Bescheid. Die sind ja viel schneller als die Ermittler. Und in ein paar Tagen, wenn unsere Namen herauskommen, wird irgendein Hans exakt dasselbe schreiben, nur mit korrekter Grammatik und schlauen Wörtern. Und alle Herr Schmidts und Frau Meyers werden es am Frühstückstisch in ihren schweren Zeitungen lesen und sorgenvoll nicken. Ich wünschte mir, Ebru wäre in der Nacht dabeigewesen und hätte »Allahu Akbar« gerufen, dann würden die sich alle so richtig einscheißen, diese Lauchs. Als ich das Internetcafé mit einem Feuerball im Magen verlasse, fallen ein paar Regentropfen. Es ist unfassbar schwül. Dann höre ich einen lauten Knall und beginne zu rennen wie bekloppt.

ELF

Es geht darum, sich so zu bewegen wie alle anderen. So zu sprechen, sich so zu kleiden, so zu leben wie sie. Es geht darum, eine von vielen zu sein. Und dann in den paar Momenten, in denen keiner schaut, sein eigenes Ding zu machen. Das ist die wichtigste Lektion, die mir meine Eltern mitgegeben haben. Und weil jetzt der Studentenkörper ganz offiziell tot ist, und weil es nur eine Frage der Zeit ist, bis herauskommt, dass ich daran schuld bin, dass zwar Elma und Gül ihn auch vermöbelt haben, aber dass ich diejenige bin, die ihn gestoßen hat, ist dieses Wissen alles, was ich habe.

Eben habe ich den Fehler gemacht, zu rennen. Aber das geht nicht. Hier rennt keiner, wenn es knallt. Alle bleiben stehen, schauen sich um und packen erstmal ihre Handys aus, um nachzusehen, wo die Bombe hochgegangen ist. Die Explosion war in Sultanahmet. Ein paar japanische Touristen hat es zerfetzt, rief gerade einer quer über die Straße. Ich war gerannt und nur ein paar Meter entfernt von ihm auf der verregneten Straße ausgerutscht. Zum Glück war das allen egal. Ich stand einfach wieder auf, lächelte, ging runter in die Metro. Jetzt blutet mein Knie. Scheiß drauf. Ich verschmelze mit der Masse. Wir strömen von der Metro in Richtung Pier, zur Fähre. Ich tue so, als würde ich die anderen gar nicht sehen, aber unauffällig checke ich jeden ab, der ungewöhnlich oder sehr gewöhnlich aussieht oder mich ansieht oder sich komisch verhält. Ich muss jetzt aufpassen. Ich muss so schnell wie möglich nach Hause und mir einen Plan überlegen, wie ich mich unsichtbar machen kann.

Wenigstens das mit den Albträumen sollte sich erledigt haben. Jetzt, da ich alles sicher weiß und nicht mehr grübeln muss. Tot. Selbst wenn es ein Unfall war, dass der Studentenkörper unter der U-Bahn gelandet ist, fühlt sich das Ganze inzwischen überhaupt nicht mehr zufällig an. Plötzlich habe ich das Gefühl, dass mein ganzes Leben darauf zugesteuert ist. Auf diese eine Nacht, in der alles eine Bedeutung bekam. Meine Scham, meine Angst, Hazalia. Irgendwas zuckt in mir, wie ein kleiner giftiger Wurm. Der Wunsch, es der ganzen Welt zuzurufen: Ja, ich habe ihn getötet. Dear Future: I am ready! Allein schon, um all die schockierten Fressen zu sehen. Den Wurm muss ich irgendwie in den Griff kriegen.

Ich schließe die Tür hinter mir. Die Wohnung wirkt leer, ich höre nichts außer dem blechernen Hall noch eines Amy-Winehouse-Songs von der Bar an der Ecke. *Wake up alone.* Meine Sandalen hinterlassen kleine Regenpfützen auf dem Weg ins Bad, wo ich meine Kniewunde auswasche. Ich schaue in Halils Zimmer, dann in die Küche. Keiner da. Als ich in Mehmets Zimmer gehe, lasse ich meine Tasche fallen und stoße einen Schrei aus. Mehmet liegt auf dem Bett. Seine Arme sind senkrecht zu beiden Seiten ausgebreitet, als hinge er am Kreuz. Ich muss an das kleine wackelige Holzkreuz denken, das wir einmal im Kindergarten kurz vor Ostern gebastelt haben und das ich stolz Mama nach Hause mitbrachte. Mit einer einzigen Handbewegung brach sie es in zwei Stücke und ließ die Teile unauffällig im Küchenmülleimer verschwinden. Mehmet schläft einen seltsam leblosen Schlaf, seine Augen sind zu einem Drittel geöffnet. Er schnarcht nicht. Und es ist vier Uhr nachmittags, eigentlich würde er doch erst um acht oder so von der Arbeit kommen. Ich schleiche ans Bett und halte meine zittrige Hand ein paar Zentimeter über seine Nase. Er atmet. Dann winke ich schnell über seinen geöffneten Augenschlitzen hin und her. Keine Reaktion.

»Mehmet?«

Auf dem hässlichen Plastiktisch neben dem Bett steht eine Untertasse, auf ihr die kaum zerbröselte Asche einer bloß angerauchten selbstgedrehten Kippe. Und ein winziges Häufchen feiner brauner Sand. Ich überlege kurz, ob ich daran riechen soll, lasse es dann sein, gehe stattdessen zum Fenster und öffne es. Feuchtwarme Luft kommt mir entgegen, ich schließe es wieder. Kleine Schweißperlen bilden sich über meiner Lippe. Was wäre, wenn Mehmet nicht mehr aufwachen würde?, schießt es mir durch den Kopf. Der Gedanke lähmt mich für einen Moment. Ich wische mir den Schweiß vom Gesicht, gehe nochmal vorsichtig ans Bett, winke ihm zu.

»Mehmet! Hörst du mich?«

Stille.

Ich hocke mich auf den klebrigen Boden, überlege. Gözde hat mir vorhin geschrieben, ob wir uns heute Abend treffen wollen. Sie hat wohl von einem Job gehört. Wenn

Mehmet nicht mehr aufwacht, kann ich sicher sein Zimmer übernehmen. Ich denke, Halil hätte nichts dagegen, solange ich die Miete bezahlen kann, und ich hätte nichts dagegen, mit Halil zusammenzuwohnen. Er kann mich sowieso besser leiden als Mehmet, ich sehe das in seinen Augen. Nur für Gözde könnte das ein Problem sein, aber vielleicht auch nicht, schließlich macht sie auf Hippie. Ich beuge mich nochmal über Mehmet und scanne sein Gesicht. Das kantige Kinn, die von der Sonne beige gefärbte zarte Haut. Ich würde sicher einige Tage weinen, schließlich habe ich mich daran gewöhnt, jede Nacht mit seinem Duft einzuschlafen. Aber irgendwann würde ich ihn vergessen und mein Ding machen. Irgendwann werden doch alle vergessen, das hat Mama gesagt, als sie mich mit aufgeschlitzten Handgelenken im Bad gefunden hatte, blutverschmiert und schluchzend, kurz nach meinem vierzehnten Geburtstag. Wir alle werden vergessen. »Vielleicht würde ich ein paar Wochen oder Monate weinen, aber danach wäre alles wieder normal«, hat Mama damals gesagt. Ich streiche Mehmet sanft über den Arm. Er bewegt sich nicht. Hat er mich auch so sanft gestreichelt, bevor er heute Morgen seinen knochigen Körper auf meinen wälzte? Tränen steigen mir in die Augen, Krokodilstränen. Ich kneife die Augen zu, unterdrücke das Heulen. Erst fliege ich heimlich nach Istanbul und hüpfe in Mehmets Bett, und dann weine ich herum, wenn es nicht so läuft, wie ich es mir vorstelle. Wie so ein Opfer. Ich hätte nicht gleich am ersten Abend mit ihm schlafen sollen, dann wäre alles anders gewesen. Zarter, vorsichtiger. Verliebter vielleicht. Alles, was ich wollte, war eine ganz normale Liebe. Mittlerweile wache ich morgens einen Moment früher auf. Wenn er auf mich steigt, bin ich wach und weiß, jetzt geht es wieder los. Aber ich lasse die Augen geschlossen und mache einen auf ich schlafe noch. Bis das komische Gefühl und der komische Schmerz meine Augen aufreißen und ich sein angestrengtes, abwesendes, schwitzendes Gesicht sehe, das über mir auf- und abgleitet. Vielleicht denkt er, mir gefällt das. Warum fragt er mich nie, was mir gefällt?

Ich gehe um das Bett herum, klettere über die umgefallene Gitarre und nehme mein abgenutztes Kopfkissen, das neben Mehmet liegt. Ich halte das Kissen über sein Gesicht, so dass ich nur noch seinen Körper unterhalb des Halses sehe. Vorsichtig senke ich das Kopfkissen etwas. Ich warte. Er bewegt sich nicht, wehrt sich nicht einmal. Alles, was er macht, ist ins Kissen zu atmen. Alles, was Mehmet für mich macht, ist nur zu atmen. Man könnte denken, man sei weniger allein, wenn man nachts den Atemzug von jemand anderem neben sich hört. Aber das stimmt nicht. Es bedeutet nur, dass der andere seelenruhig schlafen kann, während man selbst mitten in der Krise ist. Es bedeutet nur, dass er ein ignoranter Hurensohn ist. *And I wake up alone*. Gerade als ich das Kissen ganz ablegen möchte, gerade als ich denke, ich schaffe das, ich habe es schonmal geschafft, erschrecke ich über mich selbst und schmeiße das Ding weg von mir, in die Ecke. Meine Arme fühlen sich schlaff an, kraftlos. Zwei Tränen kullern mir dickflüssig übers Gesicht. Ich wische sie mit dem Handrücken weg. Ich weine nur, wenn ich schuldig bin. Dear Future: I am not ready. Ich habe den Studentenkörper aufs Gleisbett gestoßen und es ist nur eine Frage der Zeit, bis alle Welt …

Es klingelt.

Ich zucke zusammen. Hier hat es noch nie geklingelt. Ein lautes Hämmern setzt ein. Es kommt von der Tür und es wird immer heftiger.

»Macht die Tür auf!«

Mehmet liegt immer noch starr wie ein Holzjesus auf dem Bett. Das müssen mehrere Fäuste oder Füße sein, die da gegen die Wohnungstür schlagen. Ich springe in den Flur und sehe mich verwirrt um. Es gibt in dieser Dreckswohnung keinen einzigen leeren Schrank, in dem man sich verstecken könnte. Ich schleiche etwas näher zur Tür.

»Macht die Tür auf! Oder wir treten sie ein!«

Ich höre das Piepsen und Rauschen eines Funkgeräts. Die Bullen? Scheiße.

Ich renne in die Küche und schaue runter auf die Straße. Da steht ein dunkler Kastenwagen am Hauseingang. Ich kann nicht aus dem Fenster springen, mein Kopf wäre Matsch.

Sie hämmern immer weiter.

Sind die gekommen, um mich zu holen? So schnell? Geht das überhaupt? Vielleicht existiert das Hämmern nur in meinem Gehirn.

»Okay, okay, ich mache auf«, höre ich mich rufen, und sofort wird es still.

Ich nehme einen Lappen und renne in Mehmets Zimmer, um den braunen Staub von der Untertasse zu wischen. Den Lappen werfe ich in den Mülleimer. Ich mache mich ganz groß und balle die Fäuste.

»Was ist los?«, frage ich, als ich die Tür einen Spalt öffne. Irgendwas haut mir heftig gegen die Stirn, die Tür, jemand schubst mich gegen die Wand und marschiert durch den Flur.

»Wo ist er?«

Alles dreht sich. Ich erkenne vier große Männer, die nacheinander durch alle Zimmer trampeln. Ihre Stiefel stampfen laut auf. Auf ihren dunklen Jacken stehen in großer weißer Schrift drei Buchstaben: »TEM«.

»Metin, ich glaube, da liegt er«, ruft einer aus Mehmets Zimmer. Warmes Wasser tropft mir übers Gesicht. Ich wische es mit dem Handrücken weg. Es ist Blut.

»Das ist er nicht!«

»Sicher?«

»Natürlich bin ich sicher. Hier ist das verfickte Foto von ihm. Das ist er nicht!«

Sie marschieren alle vier in die Küche. Ich springe auf und will meine Handtasche aus Mehmets Zimmer holen und mich aus dem Staub machen. Doch unterwegs wird mir schwindelig, ich muss mich an der Flurwand abstützen. Einer kommt und packt mich, dreht mich um, drückt mich mit dem Rücken gegen die Wand.

»Was ist mit dem da? Warum ist er bewusstlos?«

»Keine Ahnung«, stottere ich, »vielleicht ... vielleicht eine Vergiftung ... Hühnchen.«

»Wo ist der andere?«

Sein knautschiges Gesicht ist so nah an meinem, ich rieche seinen Knoblauchatem. Mir wird schlecht.

»Wo ist Halil Çil?«

»Ich weiß es nicht! Er war seit Tagen nicht zu Hause.« Ich muss würgen. Ich spüre, wie immer mehr Blut über meine Schläfe fließt. Verschwommen erkenne ich ein paar dunkle Falten im Gesicht mir gegenüber. Als hätte der Mann sich wochenlang nicht gewaschen, bis sich der Dreck in allen Fugen angesammelt hat.

Er fragt wieder was, aber das höre ich gar nicht mehr. Meine Ohren sind wie taub, als ich dem Bullen in einem großen Schwall auf seine Monsterbrust kotze.

»Die Fotze deiner Mutter!«, ruft er und springt zurück. »Was ist das für ein Scheiß?«

Ein anderer, jüngerer Bulle kommt in den Flur und beginnt zu kichern.

»Hör auf zu lachen, Mann, sonst passiert hier noch ein Unfall!«, brüllt der Angekotzte und stampft ins Bad.

Der Junge zündet sich eine Zigarette an. Er will wissen, welches Zimmer das von Halil ist, ich zeige mit dem Finger in die Richtung. Er schickt die anderen beiden Bullen rein und bleibt vor mir stehen. Er ist bestimmt nicht viel älter als ich. Ich wische mir die Reste aus den Mundwinkeln, er sieht angewidert auf mich runter.

»Wir sind nicht zum Spaß hier«, sagt er. »Wir suchen so lange, bis wir ihn finden. Und wenn du uns nicht hilfst, nehmen wir dich mit. Wegen Beihilfe.«

Ich muss husten, mir hängt Schleim im Hals.

»Ja, wer weiß, was du für Dreck am Stecken hast. Zeig mal deinen Ausweis.«

Während ich immer weiterhuste, sehe ich ihn fragend an.

»Dein Ausweis! Wo ist er?«

»Ja, Moment«, murmele ich unsicher. Das Blut hört nicht auf, über mein Gesicht zu tropfen, und den Typen stört das keinen Meter. Ich stütze mich ab und versuche aufzustehen, aber ich schaffe es nicht. Immerhin reicht er mir die Hand und zieht mich hoch. Als ich in Mehmets Zimmer nach meiner Tasche schaue, um mir erstmal mein ganzes Geld in den BH zu stopfen, weil ich türkischen Bullen einfach nicht traue, ruft er, ich solle auch Mehmets Ausweis mitbringen. Als ob ich wüsste, wo der ist. Ich öffne die einzige Schublade unter seinem Tisch und finde nur Zeitschriften, Quittungen und benutzte Taschentücher. Es hört sich so an, als würde nebenan in Halils Zimmer alles durcheinandergeworfen. Ich schwanke zu Mehmet und stecke meine Hand nacheinander in alle seine Hosentaschen. Er schläft immer noch wie ein Baby, wie ein toter, ungeborener, unnützer Embryo. Sein Ausweis steckt in der hinteren Tasche. Der Angekotzte ist zurück, als ich in den Flur komme. Der junge Bulle schickt ihn mit unseren Ausweisen und dem Funkgerät vor die Wohnungstür.

»Wohnst du hier?«, fragt er.

Ich nicke.

»Warum ist dein Türkisch so beschissen?« Er grinst mich bescheuert an. »Du meinst wohl, ich merke nicht, dass du aus Deutschland kommst. Hab selber Cousins dort.«

Mir fällt keine passende Antwort ein. Das hier soll nur so schnell wie möglich vorbei sein, und niemand soll nach mir fahnden, und der angekotzte Bulle vor der Tür soll über sein Funkgerät nicht irgendwelche Dinge über den Studentenkörper erfahren.

»Die kommen hier jedes Jahr mit ihren BMWs angefahren. Aber das ist alles, was die haben, Autos. Dafür arbeiten die sich dort das ganze Jahr den Hintern ab«, sagt er und zieht an seiner Zigarette. »Dabei hat die Türkei Deutschland längst überholt! Unsere Wirtschaft ist so stark, dass die ganze Welt uns fürchtet.«

Keine Ahnung, was der labert. Mir ist viel zu schwindelig für sowas.

Aber er erwartet eine Reaktion von mir. Ich würde gerne fragen, ob er Halil festnehmen will, weil Halil Kurde ist.

Stattdessen stammele ich nur, ob ich mich zurück auf den Boden setzen darf. Er nickt. Ich sinke neben den Kotzehaufen, das Blut tropft weiter.

Nach ein paar Sekunden Stille höre ich ihn fragen: »Bist du gekommen, weil du einen von hier geheiratet hast?«

Ich schüttle den Kopf.

»Bist du überhaupt verheiratet?«

Ich schüttle wieder den Kopf.

»Bist du verwandt mit einem von den beiden?«

»Nein«, flüstere ich.

»Du bist ledig und wohnst hier mit zwei fremden Typen zusammen?«

Ich sage nicht Ja, und auch nicht, dass ich mich auch noch in den falschen von den beiden verknallt habe. Ich sage gar nichts. Er sieht bloß komisch auf mich runter. Flirtet der jetzt mit mir?

»Du weißt das vielleicht nicht, aber hier laufen die Dinge anders als in Deutschland. Du musst aufpassen. Ich könnte meine Kollegen vom Revier anrufen, damit sie euch mitnehmen. Wegen Verdacht auf Prostitution.«

Ich würde so gerne mit den Augen rollen, hätte ich nicht so furchtbare Angst. Und Schmerzen. Was genau ist der Unterschied zwischen diesem Typen und meinen Eltern?

»Und wegen Drogenhandel. Der da drin ist doch sowas von zugedröhnt.« Er schnippt seine Asche neben mich. »Aber wir sind von der Anti-Terror-Einheit. Wir haben Besseres zu tun, da kannst du froh sein.«

Der Angekotzte kommt zurück und sagt, die Ausweise seien in Ordnung. Der junge Bulle ruft die Typen aus Halils Zimmer. Sie tragen einen Stapel Bücher heraus.

»Sag Halil Çil, er soll sich sofort beim nächstgelegenen

Revier melden«, sagt der Junge, der jetzt wieder ganz kalt und bullenmäßig klingt, mit seinen Kollegen um ihn herum. »Es ist besser für ihn, wenn er von alleine kommt. Wir finden ihn sowieso.«

Sie trampeln aus der Wohnung, ohne die Tür zuzuziehen. Ich bleibe auf dem Boden sitzen, vollgekotzt und blutig.

Als ich irgendwann genug Kraft habe, suche ich mein Nokia und rufe Halil an. Sein Handy ist nicht aus. Und er klingt überhaupt nicht überrascht, als ich ihm von der Durchsuchung erzähle. Alles, was ihn besorgt, ist meine Panik. Er sagt, ich soll sofort meine Sachen packen und zu Gözde fahren. Er schickt mir eine SMS mit ihrer Adresse.

»Und Mehmet?«

»Lass ihn liegen.«

Als Gözde mir mit verheulten Augen und in einem weiten, gelben Minikleid die Tür öffnet, macht sie ein Gesicht, als begegne sie einem Zombie. Ich habe im Bus versucht, das Blut mit einer Serviette zu stoppen, doch es hörte einfach nicht auf, bis die Serviette zu einem schweren roten Klumpen wurde.

»Waren das …?«

Ich hebe schwach die Schultern.

»Wenn die dich schon so zugerichtet haben, was machen die dann bloß mit Halil?« Sie beginnt, laut und hässlich zu schluchzen. Ich lege meinen Arm um ihre Schulter und gehe mit ihr in die Wohnung.

Sie nimmt ein Taschentuch aus einer geblümten Pappbox und dreht sich hektisch zu mir.

»Wir müssen sofort ins Krankenhaus!«

»Das geht nicht!«, rufe ich etwas zu laut und setze mich auf eine weiße Couch.

»Wieso?«

»Weil ich …« Ich muss überlegen. »Weil ich keine Versicherung habe. Und kein Geld.«

»Hazal, du verblutest! Ich sehe deine rechte Augenbraue nicht mehr.« Sie deutet mit ihrer zierlichen Hand auf mein Gesicht. »Da ist nur … Knochen!«

Als sie das sagt, wird mir wieder schlecht. Ich springe auf und renne in einen Raum, auf dessen Tür ein Bild von einer Dame mit Hut hängt. Es ist das Klo. Ich will mich nochmal übergeben, aber ich kotze nur noch Wasser. Ich höre Gözde telefonieren. Sie erzählt jemandem von meiner Wunde und fragt, was sie machen soll. Dann fängt sie wieder an zu weinen. Irgendwann flüstert sie nur noch. Ich versuche, das Klo sauberzumachen, aber immer wenn ich mich darüberbeuge, tropft Blut auf den Sitz. Irgendwann nehme ich ein Stück Klopapier und wische, ohne runterzuschauen, so dass die Tropfen auf meinem T-Shirt landen.

Im Spiegel sehe ich dann selbst den Zombie. Blut vermischt sich mit der verlaufenen schwarzen Mascaraspur auf meiner rechten Wange. Und ja, die Augenbraue darüber fehlt. Shit. Meine Augenbrauen waren das einzig Anständige in meinem Gesicht. Ich will sterben.

»Aber sie sieht doch gar nicht aus wie ich!«, höre ich Gözde schluchzen.

Der Spiegelzombie äugt mich hässlich an. Mir fällt ein, dass ich meine Handtasche bei Mehmet vergessen habe. Zum Glück habe ich wenigstens die Kohle eingesteckt. Als ich zurück in das große Wohnzimmer mit der offenen Küche schwanke, kniet Gözde auf dem Boden und schrubbt hektisch rote Flecken vom weißen Sofa.

»Scheiße, ich habe deine Couch versaut.«

»Kein Problem«, sagt Gözde leicht angepisst. »Halil sagt, ich soll dich ins Krankenhaus bringen.«

»Wo ist er?«

»Keine Ahnung. Er hat gesagt, er macht jetzt sein Handy aus und kommt in ein paar Stunden hierher.«

»Und wie soll ich ins Krankenhaus, ohne Versicherung und ohne Geld?«

»Du sollst meinen Ausweis benutzen, damit du nicht zahlen musst.«

»Geht das überhaupt?«

Sie zuckt müde mit den Schultern.

Im Warteraum der Notaufnahme sitzen zwanzig Menschen, von denen nur zwei wirklich krank aussehen. Gözde hat gesagt, es ist komisch, wenn sie dabei ist, wegen dem Ausweisfoto, deshalb wartet sie vor dem Eingang im Schatten und scrollt aufgeregt auf ihrem iPhone herum.

Auf dem Weg hat sie mir auch erzählt, dass noch zwei Freunde von Halil festgenommen wurden. Es geht wohl um irgendeinen offenen Brief, den sie unterschrieben haben. Darin haben sie anscheinend dazu aufgerufen, den Krieg gegen die Kurden zu beenden. Aber Gözde hat da sicher was falsch verstanden. Oder Halil hat ihr lieber nicht alles erzählt. Denn wer kommt schon bitteschön für eine einzige blöde Unterschrift gleich in den Knast? Komische Story. Ich gehe zum Schalter, lege Gözdes Ausweis hin und deute auf meinen Kopf. Eine Angestellte mit kurzen Locken wirft mir einen schnellen prüfenden Blick zu und bringt dann ihre

Unterhaltung mit der Kollegin zu Ende. Sie sprechen über den Ramadan, über das Fasten und wie schwierig es während der Hitze im Juni war. Dann gibt sie mir ein Papier, auf dem Gözdes Name steht, und das Wort »Platzwunde«.

»Sie sind im roten Bereich. Gehen Sie direkt durch zum Arzt, an der roten Linie entlang.«

»Muss ich …?« Ich überlege, was Wartenummer auf Türkisch heißt, weil alle Leute hier einen Zettel ziehen. Es fällt mir nicht ein, deshalb deute ich nur auf den Automaten.

Sie sieht mich verblüfft an. »Sie haben eine offene Wunde im Gesicht. Gehen Sie sofort zum Doktor!«

Eine kaugummikauende Krankenschwester sagt, der Arzt sei gleich da und ich solle mich auf die Liege in der Ecke setzen. Sie nimmt mir das Papier aus der Hand. Ihr Haar ist superlang, superglatt und glänzt schwarz. Sieht nach guten Extensions aus.

»Was haben Sie da gemacht?«, fragt der Arzt und biegt die Stehlampe direkt über meine Stirn.

Auf dem Schild an seinem Kittel steht Dr. Kosargelir. Was für ein lustiger Name für einen Arzt: Dr. Rennt-und-kommt. Ich zucke vor Schmerz zusammen, als seine mit Latex überzogenen Fingerspitzen wie Käfer über meine Schläfe und die Stelle wandern, wo mal die Braue war.

»Ich bin ausgerutscht und hingefallen.«

Er sieht auf mein Knie mit der anderen Wunde. »Verstehe.«

Die Schwester mit dem künstlichen Haar sticht mir ohne Vorwarnung eine Spritze in den Kopf und rasiert meine Augenbraue, oder das, was davon übriggeblieben ist. Dann deckt sie mein Auge mit einem Tuch ab.

»Wir nähen das Ganze erstmal so gut wie möglich zusammen, Gözde«, sagt Dr. Rennt-und-kommt. »Die Braue wächst nach. Im schlimmsten Fall ist sie durch eine dünne Narbe getrennt. Aber das sieht sicher charismatisch aus. Ich gebe mir Mühe.«

Charismatisch. Erst jetzt wird mir bewusst, dass ich von nun an für immer mit einer Narbe herumlaufen werde, wie Mehmet. Dass ich anders aussehen werde. »Charismatisch«, ist das ein anderes Wort für abgefuckt? Es rührt mich, dass Dr. Rennt-und-kommt das mit meiner Augenbraue so ernst nimmt, aber egal, was er machen wird, es wird beschissener aussehen als jetzt. So viel ist klar. Und das ist echt das Letzte, was ich noch gebrauchen kann: eine Hackfresse. Mir schießen Bilder von schäbigen Ghettobräuten und hässlichen Knastschlampen durch den Kopf. Ich fasse es nicht, diese verfickten Bullen. Seit Tagen schminke ich mich nur noch aus Gewohnheit und schaue nicht einmal richtig in den Spiegel, weil ich so panisch bin. Hätte ich mal machen sollen, denn jetzt werde ich für immer eine andere im Spiegel sehen müssen. Einfach so. Dr. Rennt-und-kommt beginnt zu nähen, ich spüre nichts. Hätten die auch den Studentenkopf nähen können, wenn ihn jemand nur früh genug ins Krankenhaus gebracht hätte?

»Wie alt bist du, Gözde?«, fragt Dr. Rennt-und-kommt.

Ich überlege kurz, wie alt Gözde ist, und rate dann: »Zweiundzwanzig.«

»Ein schönes Alter«, sagt er. »Studierst du?«

»Ja.«

»Wo denn?«

Ich schweige ratlos. Wo studiere ich? Gerne würde ich mir jetzt eine tolle Lebensgeschichte ausdenken, mir fällt nur kein einziger Uni-Name ein.

»An welcher Universität studierst du, Gözde?«

Hatte Gözde mir nicht sogar erzählt, an welcher Uni sie ist? Ich habe alles vergessen. An dem Abend hatte ich nur Augen für die blauen Ohrringe, die über ihren Babyschultern baumelten. Und für den Glanz in Halils Mispelaugen.

»Hast du dich heute übergeben, Gözde? Ist dir schwindelig?«

»Ja«, sage ich.

»Kannst du dich an deinen Sturz erinnern?«

»Klar.«

Er sagt irgendwelche Fachbegriffe zur Schwester, die ich nicht verstehe. Dann nimmt er das Tuch von meinem rechten Auge und sagt: »Gözde, du hast eine leichte Gehirnerschütterung. Es ist nicht so wild. Aber du musst dich ein paar Tage ausruhen, am besten ohne fernzusehen oder am Computer zu arbeiten. Und womöglich wirst du Kopfschmerzen haben. Ich gebe dir ein paar Tabletten mit.«

Bevor er geht, schüttelt er mir die Hand. Er lächelt wie jemand, dessen Tochter man sein möchte. Die Krankenschwester klebt die Naht mit einem großen Pflaster zu, das ich aus dem Augenwinkel sehen kann. Ich soll es eine Woche lang nicht nass machen. Schade, dass ich die Woche nicht bei Dr. Kosargelir verbringen darf.

»Und? Haben sie dir geglaubt, dass du ich bist?«, fragt Gözde, als ich sie am Ausgang abhole. Ich nicke nur und deute auf den Verband.

»Wow, da haben wir echt Glück gehabt, Hazal. Denn du siehst mir wirklich überhaupt nicht ähnlich. Allein am Hautton hätten sie es merken können. Nebeneinander wirken wir wie … schwarz und weiß.«

Ich bin so erschöpft, ich antworte Gözde nur mit Nicken oder Kopfschütteln, bis wir zu Hause sind. Zwischendurch bricht sie einmal in Tränen aus, wegen Halil, ich reibe ihr mechanisch mit der flachen Hand über den Rücken.

Vorhin habe ich überhaupt nicht wahrgenommen, dass Gözde in einer Gegend wohnt, die unglaublich ruhig ist für Istanbul. Und dass ihre Wohnung wie ein einziges bescheuertes Beispiel aus einem Einrichtungskatalog aussieht. In der Bäckerei lag ewig diese alte Ausgabe von »Living at Home« herum, in der Defne manche Seiten mit pinken Aufklebern markiert hatte. Die habe ich monatelang studiert, weil ich so mit sechzehn von einer Ausbildung als Raumausstatterin geträumt habe. Wurde natürlich nichts draus, weil sich kein deutscher Kunde auf den Geschmack von Kanaken verlassen würde. Und weil Kanaken wiederum niemals eine Raumausstatterin bezahlen würden. Wofür gibt es denn sonst Cousins zweiten Grades, wenn nicht für das Laminatverlegen? Gözdes gesamte Wohnung ist wie die Seite eingerichtet, die in Defnes Katalog mit »Innere Ruhe im Schlafzimmer« überschrieben war: alles weiß, Kissen in allen Größen, Wollüberwürfe und an der größten Wand ein Riesenbild mit verlaufenen Wasserfarben, das wie eine Gebärmutter aussieht. Gözdes gesamtes Leben ist wie eine Schablone, an der ich millimetergenau abmessen kann, was in meinem alles schiefläuft.

»Setz dich, ich mache uns einen Kaffee«, sagt sie mit ihrer freundlich bemühten Feng-Shui-Gastgeberstimme. Ich frage mich, ob man mit den mittelgroßen Kissen jemanden ersticken kann.

»Seit wann bist du eigentlich mit Halil zusammen?«, frage ich, damit es nicht so ruhig ist.

»Sechs Monate«, antwortet sie von ihrer frisch polierten Küchenzeile her. »Ich habe damals meinen Freund für ihn verlassen.«

Sie stöpselt ihr iPhone an eine kleine Holzbox, wohl so ein Lautsprecher. Es läuft irgendwas mit ganz viel Saxofon, Sexmusik für reiche Leute. Sie bringt ein verziertes Zinktablett mit zwei weißen Porzellantässchen, zwei Shotgläsern kaltem Wasser und einem Schälchen Pistazienlokum.

»Das ist der Kaffee von Halil«, sage ich, als ich einen Schluck probiert habe.

»Ja, genau.«

»Ich mag ihn sehr«, sage ich.

»Halil?«

Ich sehe Gözde fragend an und hoffe, dass der Blick zusammen mit dem riesigen Verband um meine Stirn noch ärmlicher wirkt, als er gemeint ist.

»Ach, du meinst den Kaffee!« Sie lacht hilflos und nimmt ihr Handy, um die Musik zu wechseln. Ich stehe auf und sehe mich um. Nirgendwo liegt ein Staubkorn, jede Ecke wirkt wie geleckt. Gözde verschwindet mit dem iPhone in einen anderen Raum, bestimmt das prinzessinnenmäßige Schlafzimmer. Aus dem Fenster schaut man auf den Bosporus und kann einzelne Schiffe erkennen. Gözdes Eltern müssen stinkreich sein, denke ich, wie soll sich eine Studentin sonst so eine Traumbude leisten? Warum zieht Halil nicht hier ein, sondern lebt in diesem Drecksloch mit Mehmet? Ein Stich halbiert mein Hirn, er ist so stark, dass ich mich wieder setzen muss. Ich krame mit einer Hand die Tabletten aus der Tüte, die mir Dr. Rennt-und-kommt gegeben hatte. Wie viele davon muss man nehmen, um einzuschlafen und nicht mehr aufzuwachen?

Gözde räuspert sich, um anzumelden, dass sie wieder da ist. Ich stecke die Packungsbeilage weg, spüle zwei Tabletten mit dem Wasser runter.

»Hazal, du bleibst heute Nacht hier. Ich kann dich auf gar keinen Fall nach Hause gehen lassen, bis die Sache mit Halil geregelt ist.«

Mein Kopf explodiert vor Schmerz. Ich schaffe es nur, kopfnickend »Danke« zu murmeln. Aber ihre Stimme klingt so krass entschlossen, dass völlig klar ist, dass sie gar nicht entschlossen ist. Und ich nur hier bleiben darf, weil Halil das so will.

»Leg dich in die Badewanne und ruh dich ein bisschen aus, wenn du magst.« Ich mache, was sie sagt, weil ich keine eigenen Gedanken mehr formen kann. Ich stampfe ihr mit schwerem Kopf hinterher. Sie hängt mir einen weißen Frotteebademantel und zwei unterschiedlich große Handtücher an die Badezimmertür. Das Wasser ist viel zu heiß. Ich schließe die Augen und stelle mir vor, dass ich in einem großen Suppentopf schwimme, wie eine Karotte oder eine Sellerie. Ich denke an brodelndes Essen, an Desktopinseln, an Tante Semras schönen, wohlgeordneten Esstisch. Der Schmerz in meinem Kopf wird sanfter. Ich öffne die Augen und sehe eine Welt aus Dampf. Nur Dampf und ein paar Farbtupfer. Gözde hat mir ein Glas mit bunten Kugeln hingestellt, die schmeißt man wohl ins Wasser, damit es schäumt. Aber meine Kraft reicht nicht aus, um nach dem Glas zu greifen.

Das letzte Mal lag ich mit vier oder so in einer Badewanne. Damals war das ein Albtraum, weil der Badewannenboden in unserer alten Wohnung völlig verrostet war. Einmal die Woche hat Mama mich gezwungen, mich da reinzusetzen, damit sie mich schrubben konnte, bis ich dachte, ich hätte keine Haut mehr. Das war in derselben Wohnung, in der mein Vater die Palme samt Topf gegen die Wand geschmissen hat, weil er wegen irgendwas wütend war. Meine Wut habe ich bestimmt von meinen Eltern geerbt. Geht das überhaupt, kann man Wut erben? Elma ist doch auch wütend, viel wütender als ihre Mutter. Vielleicht sind es auch nicht die Eltern. Vielleicht macht uns das Leben wütend. Vielleicht sind es die tretenden und stinkenden und H rauchenden Männer, die uns nicht lieben wollen. Oder die reichen und sauberen und schönen Mädchen, die nicht so aussehen wollen wie wir. Das Wasser ist unerträglich, irgendwie wird es immer heißer. Ich klettere vorsichtig aus der Wanne und greife nach dem Frotteebademantel. Aber meine Beine wollen nicht vorwärtslaufen. Mein nackter Körper sinkt auf den kalten Fliesenboden, wie in Zeitlupe. Ich umarme den Bademantel ganz fest, als wäre er Elma.

ZWÖLF

wo bist du????

Bei meinem ersten Selbstmordversuch wollte ich mir gar nicht das Leben nehmen. Okay, bei meinem zweiten irgendwann auch nicht mehr, aber da hatte ich es immerhin anfangs vor. Bis ich Atemnot bekam und es mir anders überlegte. Eine Überdosis Blutdrucksenker gehört wahrscheinlich zu den Top Drei der beschissensten Suizidideen. Oder vielleicht auch zu den nützlichsten. Denn wer das überlebt, der wird für immer das Leben wählen. Ich meine, ersticken ist generell keine geile Art, abzukratzen. Wenn das Ersticken aber auch noch in Zeitlupe geschieht und man irgendwo in der abgedunkelten Etage zwischen Leben und Tod hängenbleibt, hechelnd und zugedröhnt, dann heißt es nur noch mit letzter Kraft aus dem Bett fallen, in die Küche der Eltern kriechen, die Kühlschranktür öffnen und ganz viel eiskalte Coca-Cola trinken, bis das Koffein einem wie eine Fliegenklatsche aufs Gehirn schlägt. Dann erst setzt das Kotzen ein.

Beim ersten Mal war das anders. Beim ersten Mal war von Anfang an klar: Ich will gar nicht sterben. Aber ich schämte mich so sehr, dass ich auch so nicht weiterleben konnte. Irgendwie musste ich aus der Nummer wieder rauskommen, also brauchte ich das Mitleid der anderen. Mein Vater hatte mir in einem Aggro-Anfall meine hüftlangen Haare abgeschnitten, und ich wusste nicht einmal, warum. Angefangen hatte es mit meinem vergessenen Wohnungsschlüssel, wegen dem ich solange bei Gül abchillte, bis meine Eltern zu Hause waren und alle Nachbarn nach mir abtelefonierten, weil mein Akku leer war. Irgendwann klingelte es bei Gül und ich ging nach Hause. Und mein Vater hasste es, wenn ich Dinge vergaß. Aber noch mehr hasste er es, wenn ich bei Güls Familie abhing. Draußen mit Gül abhängen war okay, und bei mir zu Hause auch, aber nicht bei Gül. Gül ist nämlich Alevitin, und angeblich haben in alevitischen Familien alle Sex miteinander, also Bruder mit Schwester und Vater mit Tochter. Das ist natürlich Bullshit, aber meine Eltern glauben das aus irgendeinem Grund, und ich habe es ihnen nie richtig ausreden können. Weil sie sich an allem, was sie glauben, krampfhaft festhalten, wie dieses Eichhörnchen aus »Ice Age« an seiner Haselnuss.

Jedenfalls gab es direkt zwei, drei Schellen dafür, das war ja noch okay. Aber dann passierte etwas Seltsames. Mein Vater sagte, ich solle mich verpissen. Also ging ich ins Kinderzimmer, und die Tür klatschte hinter mir zu. Ich könnte schwören, dass ich die Tür ganz normal geschlossen habe. Und ich wusste ganz genau, dass es nicht cool war, sie zuzuklatschen. Und trotzdem klatschte sie zu, übertrieben laut. Es muss ein Windzug gewesen sein, irgendein offenes Fenster oder so, oder vielleicht ist sie mir aus der Hand gerutscht. Jedenfalls knallte die Tür so unverschämt, dass sie das Fass zum Überlaufen brachte. Mein Film reißt da ab, danach passiert alles nur noch in abgehackten Szenen. Er riss die Kinderzimmertür auf, und plötzlich fand ich mich auf dem Boden. Er trat mir in den Bauch, und zack, plötzlich war ich wieder oben. Mein Kopf haute gegen die Wand. Gegen den Tisch. Ich hörte das ekelhafte Geräusch der halbstumpfen Schere, die gegen meine dicken schwarzen Locken anzukommen versuchte. Und die ganze Zeit im Hintergrund: Mama. Mit ängstlichen Augen, aber ohne ein Wort. Wie in so einem Stummfilm, den kein Schwanz sehen will.

Mein Vater verschwand dann aus der Wohnung. Bestimmt ist er ins Café gegangen, wo sollte er denn sonst hin? Und ich war im Bad. Meine Locken lagen in der Badewanne, die langen Strähnen kreisförmig ausgelegt, wie so ein schwarzer Oktopus. Ich guckte in den Spiegel. Wie ein Opfer sah ich aus. So sollte ich Montag zur Schule gehen? Als Vogelscheuche? Und schuld daran war ich selbst? Okay. Was tun? Ich nahm seine kleine weiße Rasierkiste aus dem Spiegelschrank, packte eine Klinge aus und zog mit geschlossenen Augen einen Strich über mein Handgelenk. Einen waagrechten natürlich. Seit »Gegen die Wand« wusste ich nämlich, dass man nur nach einem senkrechten Strich stirbt. »Waagrecht ist scheiße«, sagt Cahit am Anfang zu Sibel. Als ich merkte, wie einfach das ging und wie dramatisch das Blut aus mir tropfte, ohne dass es wehtat, zog ich noch zwei Striche über mein anderes Handgelenk, und schluchzte laut und sah mir selbst im Spiegel beim Weinen zu mit meiner unförmigen Jungenfrisur. Hässlichsein ist unerträglich. Aber wenn man dazu auch noch verzweifelt und irre aussieht, dachte ich, mit verbundenen Handgelenken und so, dann tut man wenigstens den anderen leid.

Elma wollte mich dann tagelang davon überzeugen, ich würde aussehen wie Rihanna im »Umbrella«-Video. Voll gelogen. Schließlich riss sie mich irgendwann nach dem Sportunterricht in eine leere Umkleide und küsste mich. Aber nicht so freundinnenmäßig. Das war der zweite Zungenkuss in meinem Leben, nach dem Schweinefleischkuss von Vincent, dem Opfer. Aber eigentlich war es der erste richtige, weil er nicht geplant war, sondern spontan. Und weil Elma richtig gut küssen konnte. Mit einer Hand strich sie mir profimäßig über die Wange, mit der anderen über die Brust. Sie war ganz warm. Für einen Moment fühlte es sich an, als würden wir fliegen. Danach haben wir nie darüber gesprochen. Vielleicht habe ich ihr nur leidgetan.

wo bist du????

Fünf Anrufe in Abwesenheit und eine SMS zeigt mir mein Nokia an, als ich unter Gözdes geblümter Tagesdecke zu mir komme. Ich fühle die aufgeplatzte Augenbraue, ich fühle lauter komische Selbstmordgedanken. Oder Erinnerungen an Selbstmordgedanken, Echos verschimmelter Verletzungen. Mehmet ist wohl mitten in der Nacht aufgewacht und hat sich gewundert, warum die Wohnung so durcheinander ist und niemand außer ihm zu Hause. Wäre gestern ein Tsunami oder ein Anschlag in Kadıköy gewesen, ich schwöre, er hätte es verschlafen.

Ich trage ein superweiches rosa Baumwollshirt von Gözde, weil meins gestern voller Blutflecken war. Es fühlt sich krass teuer an. Gözde schrubbt die Wanne, als ich ins Bad komme. Wenn ich in den letzten vierundzwanzig Stunden irgendwas über dieses Mädchen gelernt habe, dann ist es, dass sie schrubbt, wenn sie abgefuckt ist. Das ist vielleicht unsere einzige Gemeinsamkeit. Und die Muschi.

»Du bist ja früh wach«, sage ich und zwinge mir ein verschlafenes Lächeln ab.

»Ich habe nicht geschlafen.« Sie wringt den Lappen aus, hängt ihn über das Heizungsrohr und kommt aus dem Bad.

So beschissen wie Gözde aussieht, muss es echt schlecht gelaufen sein mit Halil. Ich bin gestern extra früh ins Bett gegangen, damit die beiden ihre Ruhe haben, falls Halil echt in den Knast muss. Vielleicht nochmal kuscheln oder so. Irgendwie stelle ich mir die beiden immer nur beim Kuscheln vor. Ich folge ihr ins Wohnzimmer.

»Er ist überhaupt nicht aufgetaucht. Heute Morgen habe ich dann beim Polizeirevier angerufen. Er sitzt in U-Haft!«

Ich bin allein, spukt es mir durch den Kopf. Jetzt bin ich endgültig allein.

Gözde wirkt nicht müde, sondern wütend. So wütend, wie sie eben sein kann. Verzogene Mundwinkel, feuchte Augen. Harmlose Babywut.

»Hm.« Ich versuche, meinen eigenen Schock runterzuschlucken. Wieso ist sie sauer, was für Worte erwartet sie wohl von mir? Aber mein Gehirn springt nicht an, mir fällt kein Trost ein.

»Soll ich uns einen Kaffee machen?«, frage ich stattdessen.

»Bin schon dabei!« Sie tappst in ihre offene Küche und rührt viel Mokka in wenig Wasser, lässt ein paar Körner braunen Zucker in den Kocher rieseln.

Ich stütze mich auf das Fensterbrett und betrachte die Baustelle einer gigantischen Moschee auf der anderen Seite des Bosporus.

»Weißt du, ich habe mir den ganzen Morgen tausend Gedanken darüber gemacht, wo er gestern war, als er festgenommen wurde«, höre ich Gözde hinter mir sagen. »Warum er es nicht geschafft hat, vorbeizukommen. Aber das bringt nichts. Es ist jetzt vorbei.«

Sie nimmt den Magazinstapel vom Couchtisch, legt eine weiße Tischdecke aus und platziert getoastetes Brot, Oliven, Käse und Marmelade darauf. Währenddessen plappert sie vor sich hin, erzählt, wie sie früher den ganzen Tag in Einkaufszentren abhing und zu jedem neuen Outfit nach passenden Handtaschen suchte. Sie schält und schneidet Tomaten, während sie sagt, mit Halil habe sich dann für sie alles geändert. Oh Gott. Ich weiß schon, wo die Geschichte hinführt. Und gestern hätte sie mich wahrscheinlich noch interessiert. Aber heute nicht. Heute muss ich einen neuen Plan entwickeln, wie das Ganze hier weitergehen soll. Dieses ganze komische Leben, das sich wie vergiftet anfühlt, seit der Studentenkörper im Gleisbett eingeschlafen ist. Und jetzt ist Halil auch noch im Knast und Mehmet kann bestimmt die Miete nicht allein zahlen. In meinem Kopf ist kein Platz für Gözdes Mädchensorgen. Aber das interessiert sie nicht, sie labert einfach immer weiter. Und während Gözde erzählt, wie Halil sie damals in den Flüchtlingsverein mitnahm und ihr von den Ideen irgendwelcher Leute erzählte, die Bücher schreiben und deren Namen mir nichts sagen, außer Marx wegen der Karl-Marx-Straße drüben in Neukölln, wünsche ich mir einfach nur, dass sie verschwindet und dass ich hier mit Elma und Gül und Ebru bin. Dass wir quatschen und streiten und über irgendwelche Leute herziehen. Dass Gül sagt, dass Fluchtis voll pervers sind, und dass Elma ihr dafür Schläge androht. Ich vermisse die Menschen, die mich kennen und bei denen ich so sein kann, wie ich bin. Die mir ehrlich sagen, wenn etwas schiefläuft. Und die mir so richtig ehrlich sagen, wenn ich Scheiße gebaut habe. Was würde ich dafür geben, wenn mir jetzt Elma gegenüberstehen könnte und mir ins Gesicht spuckte, weil ich einfach so abgehauen bin. Gözde sagt, Halil habe ihr das Gefühl gegeben, sie sei total wichtig und könne die Welt verändern. Sie setzt sich im Schneidersitz vor den Couchtisch, wahrscheinlich, damit sie nicht auf das Scheißsofa kleckert, und ich spüre Wut in mir aufsteigen.

»Aber weißt du was?«, fragt sie. »Nichts kann ich verändern. Mein Freund sitzt im Knast, und wenn ich nicht aufpasse, holen sie mich auch. Wie soll ich mit so einer negativen Energie bitteschön anderen helfen?«

Sie starrt mich fragend an. Keine Ahnung, was sie hören will. Ich schüttle einfach nur den Kopf, in der Hoffnung, dass sie das befriedigt. Viel lieber würde ich eine der geometrischen Holzfiguren vom Fensterbrett nehmen und ihr gegen ihren schönen Schädel werfen.

»Komm, lass uns frühstücken«, befiehlt sie.

»Danke, ich habe keinen Appetit. Darf ich kurz an deinen Laptop?«

Sie nickt und beißt beleidigt in ihren Toast.

»Weißt du, ich denke, ich brauche ein bisschen Zeit, um mich selbst zu finden«, sagt sie kauend, als ich am Schreibtisch sitze.

Google zeigt mir einen neuen Artikel an, von heute. Ich schließe kurz die Augen, als ich ihn öffne.

»Dieses ganze politische Engagement, es bringt nichts und deprimiert einen nur. Am Ende haben doch nur ein paar Männer das Sagen.«

Auf dem Bildschirm erscheint ein verpixeltes Foto.

Mein Herz springt fast aus meiner Brust, versaut fast Gözdes geleckten Wohnzimmerboden.

»Versteh mich nicht falsch, ich finde das Flüchtlingsthema total wichtig. Es braucht zivile Initiativen, wenn keine staatlichen Strukturen da sind.«

Elma steht in ihrem Nuttenkleid am U-Bahngleis und tritt auf den Studentenkörper ein. Man erkennt ihr Gesicht kaum, aber die Haare, die starken Waden, die Haltung, natürlich ist das Elma. Auf einem anderen Bild sieht man uns alle drei, nebeneinander. Gül wirkt krank, sie ist total blass. Elma schaut angestrengt. Und ich? Ich grinse, ich lache über das ganze Gesicht.

»Es wird schwer für mich, Halil zu vergessen. Aber ich muss damit anfangen, damit es vorbeigeht. Ich muss alles aus meinem Leben entfernen, das mich an ihn erinnert«, höre ich Gözde plappern.

Warum zum Teufel grinse ich auf dem Foto? Was ist los mit mir?

»Dazu gehörst leider auch du.«

»Was?«

Gözde senkt den Blick und streicht Aprikosenmarmelade auf ihren Toast.

»Hazal! Wenn Halil festgenommen wurde, ist es doch wieder sicher in eurer Wohnung. Du kannst ohne Probleme wieder zurück, oder?«

Ich lösche die Chronik und schließe alle Fenster auf dem Laptop. Dann klappe ich ihn zu und stehe auf. »Natürlich«, sage ich, und ziehe direkt meine Jeans an.

»Hazal, was machst du da?«

Ich hatte ja nur mein Handy dabei. Mein blutverschmiertes Shirt stopfe ich in die Medikamententüte.

»Hazal, du hast mich falsch verstanden. Du musst doch nicht gleich gehen. Ich meinte, so im Laufe des Tages.« Ihre Stimme klingt irgendwie verletzt.

»Ist schon okay, ich muss sowieso los, ein paar Dinge erledigen«, sage ich und ziehe meine Schuhe an.

»Warte kurz!«, ruft sie, und ich habe schon Angst, dass sie das teure Baumwollshirt zurückwill. Sie läuft aber nur zum Schreibtisch, um etwas auf einen kleinen gelben Zettel zu notieren.

»Schau mal, das ist die Nummer vom Betreiber von der Karinca-Bar. Die suchen eine Kellnerin. Ich hab jetzt wirklich keinen Kopf für einen neuen Job. Aber du suchst doch einen. Meld dich bei ihm.«

Ich bedanke mich, stopfe den Zettel in meine Hosentasche und reiße die Wohnungstür auf. Ich will gerade im Treppenhaus verschwinden, da drehe ich mich nochmal um und sage es doch.

»Gözde, geh mal zum Arzt. Aus deinem Mund riecht es ganz komisch.«

Ich laufe eilig zur Bushaltestelle und versuche, mich an den Abend zu erinnern. Daran, warum ich gegrinst habe. Daran, wie sich das angefühlt hat. Es ist noch keine zwei Wochen her, aber mir kommt es vor wie eine Kindheitserinnerung, bei der nur noch der unwichtige Kram völlig klar erscheint, aber die eigentliche Story total schwammig und unlogisch ist. Ich kann mich an das Geräusch unserer Ballerinas auf dem U-Bahngleis erinnern, wie das Abziehen von Enthaarungsstreifen. An das gelbe Licht oben, über dem Bahnhofskiosk. An den gestreiften Jutebeutel, der am

Studentenkörper hing. Aber ich weiß nicht mehr, was genau passiert ist. Wie es passiert ist. »Thorsten B.« haben sie den Studentenkörper heute in dem Artikel genannt. Thorsten, was ist das denn für ein Name? Warum tut man seinem Kind sowas an? Gäbe es eine Liste der hässlichsten Deutschennamen, Thorsten müsste ganz oben stehen.

Unsere Namen standen nicht in dem neuen Artikel. Also wissen sie immer noch nicht, wer wir sind, und haben deshalb unsere Fotos ins Internet gestellt. Damit uns einer erkennt und verpfeift. Ich wüsste gern, wer das als Erstes machen wird, die Bullen anrufen. Leoni? Die alte Frau Gawlik? Eugen? Ist wahrscheinlich immer irgendwer, mit dem man nicht rechnet. Wer weiß, vielleicht haben sie Gül und Elma schon geschnappt. Vielleicht wissen sie längst auch von mir und haben über Air Berlin längst rausgekriegt, dass ich nach Istanbul abgehauen bin.

Ich muss wohl weiter, ich muss weg. Ich gehe alle Orte in der Türkei durch, die sich nett anhören: Antalya. Muğla. Izmir. Aus Izmir kommt Gözde, da will ich nicht hin. Vor der Haltestelle stehen drei Typen in Uniformen und checken die Ausweise der Fahrgäste. Warum machen die das, das machen die doch sonst nicht? Ich gehe an ihnen vorbei und laufe weiter, zur nächsten Haltestelle. Der Bus hält auf dieser ewig langen Straße sowieso vier- oder fünfmal, ich muss einfach nur geradeaus. Meine Augenbraue pocht. Und das Knie tut mir auch weh. Vielleicht hat die deutsche Polizei meinen Namen schon längst hierher weitergegeben, ich muss wirklich alle Kontrollen vermeiden. Jetzt fängt es erst richtig an. Jetzt ist es Flucht. Es gibt einen Toten, Beweise, Fotos und mein Grinsen. Bekomme ich für das Grinsen ein paar Extrajahre?

An der nächsten Haltestelle kontrollieren sie auch. Und an der übernächsten, und an der danach. Scheiße. Istanbul ist riesig, zu Fuß werde ich es niemals zu Mehmets Wohnung schaffen. Ich bin jetzt schon total am Ende, die Hitze macht mich fertig. Ich beschließe, dass ich doch noch ein letztes Mal meinen Ausweis herzeigen kann, ohne Probleme zu bekommen. Der Artikel mit den Fotos war doch erst ein paar Stunden alt. Da fällt mir ein, dass ich meine Handtasche gar nicht dabeihabe, die liegt ja bei Mehmet. Und mein Ausweis auch. So ein Scheiß. Die Sonne lässt mein Gehirn aber auch dampfen, heute ist bestimmt der heißeste Tag des Jahres. Muss ich laufen? Ich greife genervt in meine Hosentaschen und plötzlich fällt mir ein, dass in der hinteren noch Gözdes Ausweis steckt. Ja, da ist er. Gözde, die perfekte Bitch. Gözde und ihr Schablonenleben. Ich habe vergessen, ihr ihren Ausweis zurückzugeben, gut für mich. In der vorderen Tasche finde ich auch etwas, ganz klein und metallig. Ich krame es heraus und streiche mit dem Zeigefinger über die winzige gelbe Feder, die daran hängt. Das ist die Kette, die mir Tante Semra zum Geburtstag geschenkt hat. Ein Glücksbringer, hat sie gesagt. Den brauche ich so sehr gerade. So sehr. Tränen fließen mir über die Wangen, ich habe nicht einmal die Kraft, sie wegzuwischen. Ich gehe auf dem heißen Asphalt in die Hocke und weine und starre die gelbe Feder an, die ich total vergessen hatte. Ganz viel harter, schwerer Kram, der sich in meinem Magen, in meinem Nacken, überall angesammelt hatte, löst sich und fließt unsichtbar mit meinen Tränen in meine offenen Hände, in die Feder. Ich kann nicht aufhören damit, ich schluchze, und es tut einfach nur gut. Zum Glück kommt keiner der mich anstarrenden Fußgänger auf die Idee, mich zu fragen, ob mit mir alles okay ist. Nichts ist okay. Und ich glaube, die meisten Menschen hier in dieser Stadt wissen ziemlich gut, dass nichts okay ist. Ich will mich auch gar nicht sammeln und ich will nicht aufstehen, ich weiß doch überhaupt nicht, wohin ich gehen soll. Ich gehöre nirgendwohin. Alles ist sowas von vorbei für mich. Nur die Hitze macht es langsam unerträglich hier. Ein Bus kommt, fährt auf die Haltestelle vorne zu. Ich laufe vor, zeige den Kontrolleuren Gözdes Ausweis und weine im klimatisierten Bus weiter.

DREIZEHN

Ich sitze auf den Treppenstufen vor Mehmets Hauseingang und beobachte eine Babystraßenkatze. Sie versucht, einen blauen Müllsack aufzureißen. Zwei verpickelte Mädchen mit Zara-Tüten bleiben stehen und kreischen: »Ouhhh!« Die Babykatze lässt sich von ihnen streicheln und schnurrt vor Geilheit. Ich hasse Katzen. Weil sie selbstsüchtig und böse sind. Und weil ich ihnen da bestimmt ähnele. Nur dass mich dafür keiner mit Liebe überhäuft. Das Haus wirft seinen Schatten über mich, eine Abendbrise zieht durch die Straße. Ich fühle mich wie ein Kind, das nach dem Kindergarten nicht abgeholt wurde. Oder seinen Schlüssel an seinem dunkelblauen Faden vergessen hat. Bloß dass ich hier noch lange warten kann. Ich stand vor der Haustür und dachte, das sei total klar, dass mir sofort irgendjemand die Tür aufmacht. Aber Halil ist im Knast und Mehmet bei der Arbeit oder sonst wo. Und ich sitze hier nur, weil ich nicht weiß, wo ich sonst hinsoll, und weil meine Handtasche und mein Pass und meine Kleider und alles oben sind.

Ich stütze meinen Kopf ab und versuche, die pfeiferauchenden Opas vom Männercafé nebenan zu ignorieren, die mich neugierig anstarren und sich sicher fragen, wer diesem verheulten Mädchen so schlimm aufs Maul gehauen hat. In Gözdes Badezimmerspiegel habe ich gesehen, dass rund um mein Auge inzwischen alles lila und blau ist. Je später es wird, desto mehr Opas kommen dazu. Ich sitze inzwischen fast unter ihnen, sie quatschen alle laut über Fußball und riechen nach Flieder. Irgendwann stehe ich auf und gehe zum Kiosk, um mir ein Eis zu kaufen. Als ich an einer giftgrünen Spirale leckend zum Eingang zurückkomme, sitzt Mehmets verrückte Nachbarin mit dem lustigen Brillengestell auf meinem Platz auf den Treppenstufen. Jetzt krault sie das Kätzchen.

Vor der Bar einige Meter weiter stehen ein paar winzige Holzhocker. Ich setze mich auf einen und höre mal wieder irgendwas von Amy Winehouse. Von hier aus habe ich perfekte Sicht auf Mehmets Eingang. Ein paar aufgestylte Leute mit glänzenden Klamotten sitzen am Tisch nebenan und lachen laut. Sie rauchen mit dramatisch gespreizten Fingern und sehen aus wie Leute, die sehr zufrieden mit sich selbst sind. Ich bestelle eine Limonade und senke den Blick, als ein bettelndes Kind vor mir stehen bleibt, irgendeinen unverständlichen Satz runterleiert und seine schmutzige linke Hand ausstreckt. Es geht direkt weiter, sagt denselben Spruch vor den Leuten mit den glänzenden Outfits auf und wird auch von ihnen ignoriert. Seine Haut hat die Farbe von Tabak, von zu vielen langen Sommertagen, von Wüstensand. In seiner rechten Hand hängt eine durchsichtige Tüte, so wie die Brottüten, die mir Mama immer zur Grundschule mitgegeben hat. Jetzt gerade drückt das Kind sich die Öffnung der Tüte an seinen Mund. Keiner bekommt es mit, nur ich sehe es, ich sehe die neongelben Tropfen in der Tüte, und wie das Kind mit der Tabakhaut diese Tütenluft einatmet, so dass die Tüte ganz dünn und klein wird, und ausatmet, so dass die Tüte sich wieder aufbläst, groß und mächtig, und wie dieser vielleicht neunjährige Junge dann die Augen ganz seltsam verdreht und seine Kindlichkeit vollkommen verliert und schon wieder die Tütenluft einatmet, und ich schäme mich dafür, dass meine Augen das Kind so heftig stalken, und denke gleichzeitig, dieses Leben, dieses Scheißleben, das Kinder so etwas tun lässt, diesem Leben gehört ordentlich die Mutter gefickt.

Ich versuche, das Gespräch am Nachbartisch mitzuhören. Ich versuche, einen Moment zu erwischen, in dem ich einhaken kann und mitreden und das Tabakkind vergessen kann, aber der Moment kommt nicht. Denn die glänzende Gruppe lästert nur über Menschen, die ich alle nicht kenne. So sehr mir Gözdes Geplapper auf den Sack gegangen ist, wenigstens habe ich mich weniger allein gefühlt, solange sie vor sich hin redete. Alles war dann doch irgendwie erträglicher. Ich wünsche mir, dass jemand mit mir spricht. Ich wünsche es mir so sehr, dass ich hoffe, einer der Gäste sieht es mir an, winkt mir zu, ruft mich zu sich und an seinen Tisch, sagt ganz einfach: »Hallo!«

»Deine Limonade«, sagt der tätowierte Kellner und ist so schnell wieder weg, dass er nicht mal mein »Danke« hört.

Das ist krank. Warum sollte mich jemand ansprechen? Was sollte ich sagen, wenn es passierte? Was habe ich schon zu erzählen? In meiner Brust ist es ganz eng. Das einzige Aufregende, das mir je passiert ist, muss ich für immer für mich behalten. Sonst ist da nichts. Nur ganz viel verwirrender

Scheiß, für den es noch nicht mal Worte gibt. Und auf Türkisch schaffe ich es schon gar nicht, genau das zu sagen, was mir durch den Kopf geht. Da ist immer eine Lücke zwischen dem, was ich meine, und dem, was aus meinem Mund kommt. Egal wie krass ich mich verbessert habe, die Lücke wird immer bleiben. Ich kann nie so witzig sein oder so schlagfertig wie auf Deutsch. Deshalb hat Halil mich nie richtig kennenlernen können. Weil ich ihm zu wenig von mir sagen konnte. Weil ich in seiner Nähe immer nur ein farbloses Abziehbild von mir selbst war. Und jetzt wird er mich für immer so in Erinnerung behalten. Ach was, er wird mich direkt vergessen. Mein Atem wird schwerer, meine Augenbraue pocht. Vielleicht wird mich niemals irgendjemand verstehen. Außer Mehmet, wenn Mehmet es will. Jetzt, ohne Halil, wenn Mehmet und ich nur noch einander haben, können er und ich vielleicht von vorne anfangen. Ja, na klar. Ich spüre, wie die Hoffnung schon wieder davonfliegt. Eilig und tollpatschig, wie eine Riesenmotte.

Ich ziehe mein Handy aus der Jeans. Ich muss eine vertraute Stimme hören. Nur zwei deutsche Nummern hatte ich eingespeichert, »Zuhause« und »Tante Semra Handy«. Ich nehme einen großen Schluck Limonade und ignoriere das immer lauter und schneller werdende Pochen in mir, in meinem Schädel. Meine zittrigen Finger tippen auf den Hörerknopf. Es dauert ein paar Sekunden, bis es klingelt. Das Freizeichen klingt schräg und hallt nach.

»Ja, hallo?«

Im Hintergrund höre ich den Verkehr. Semra muss unterwegs sein.

»Hallo?«

Es ist nur eine Stunde früher, um diese Zeit arbeitet sie normalerweise. Vielleicht hängt sie irgendwo in Neukölln ab und belabert ein paar asoziale Jugendliche, die Schule ernster zu nehmen. Vielleicht trägt sie ihr langes rotes Kleid. Ganz sicher trägt sie einen Dutt, der nach Frühlingsblumen riecht.

»Hase? Bist du das?«

Mein Herz bleibt fast stehen. Ich lege direkt auf und drücke dann das Nokiahandy gegen meine Brust. Wie kommt sie nur darauf, dass ich es bin? Sie rechnet mit meinem Anruf. Sie wünscht sich, dass ich mich melde. Aber ich habe keine Ahnung, was ich ihr sagen kann, wirklich keine Ahnung.

Und da taucht Mehmet auf. Er kommt mit hängendem Kopf die Straße runter, eine Hand in der Hosentasche. Ich springe auf, zähle sieben Ein-Lira-Münzen ab und lege sie auf den Tisch. Doch dann sehe ich etwas, das mir noch nie so richtig aufgefallen ist. Mehmets Gang. Er schlurft. Er tritt nicht richtig auf den Boden, er lässt die Füße einfach schleifen. Wer macht so etwas? Wer geht so? Meine Haut ist kalt und feucht, während ich ihm entgegenstarre. So geht doch nur jemand, der leer ist. Der sich nur durch die Welt schleppt, weil er nicht weiß, was er sonst tun soll. Der nur sich selbst sieht, und sonst nichts.

Mehmet kommt am Haus an, steigt die Stufen hinauf und verschwindet im Flur. Gleich schließt er die Wohnungstür auf, er schließt sie lustlos auf. Beim Zähneputzen nachher wird er einen großen Tropfen Zahnpasta ins Waschbecken fallen lassen und ihn nicht wegwischen, so dass er halb schmilzt und halb vertrocknet, bis das Putzen jemand anderes übernimmt. Dann holt er sich ein Glas

Milch, dreht sich einen Joint und zockt wieder den ganzen Abend Poker, verzockt die Kohle, für die er sich den Tag über abgeschuftet hat, und lässt zum Einschlafen irgendeinen Mafiafilm laufen, in dem irgendwelche Leute aufeinander schießen, die Männer Kokain ziehen und abgemagerte Frauen gefickt und geschlagen werden. Bis er dann endlich pennt. Was habe ich hier verloren, vor seinem Haus? Was soll ich mit so einem? So einer kann doch niemals lieben. Ich wende den Blick ab und renne los, fliehe keuchend in Richtung Wasser.

VIERZEHN

»Ist sie betrunken?«

»Ich weiß nicht, ich war hier nur am Straßenfegen. Und dann habe ich gesehen, wie sie gefallen ist.«

»Hat sie jemand geschubst?«

»Hallo, hörst du mich? Kannst du uns hören?«

»Nein, nicht geschubst. Sie war allein. Zusammengebrochen ist sie.«

»Ja, ich habe sie auch gesehen, schon vorhin, drüben in den Straßen. Sie hat immer nur laut geweint und geschrien.«

»Du musst dich beruhigen, hörst du? Nicht weinen. Alles ist okay.«

»Sollen wir einen Krankenwagen rufen?«

»Wieso? Sie ist nicht verletzt.«

»Aber sie steht unter Schock. Und guck mal, ihr Auge ist geschwollen.«

»Sie hat einen Verband. Das ist keine neue Verletzung.«

»Komm, setz dich auf die Bank. Wir helfen dir beim Aufstehen. Guck, die Bank ist gleich hier.«

»Beruhig dich doch endlich, Mädchen! Was schreist du hier nachts so rum?«

»Hören Sie bitte damit auf, wir machen das schon.«

»Ihr Oberteil ist ganz verrutscht.«

»Hören Sie bitte auf, sie anzufassen, ja?«

»Hallo Mädchen, hast du irgendwen, den wir anrufen können? Deine Familie oder so?«

»Sie sind wirklich keine Hilfe! Gehen Sie bitte! Sie bringen sie nur noch mehr zum Weinen.«

»Soll ich sie nicht ins Krankenhaus bringen?«

»Sie kennt Sie doch überhaupt nicht! Meinen Sie, wir lassen sie in dem Zustand mit einem wildfremden Mann weg?«

»Um Gottes willen, als hätte ich ihr was getan. Ich will doch nur helfen.«

»Hören Sie auf, sie anzufassen. Ich sage es zum letzten Mal!«

»Macht doch, was ihr wollt. Als hätte ich nichts Besseres zu tun, als so einer Verrückten …«

»Er ist weg, endlich. So ein Vollidiot.«

»Was wollte der, Mann?«

»Na, was schon? Die Situation ausnutzen. Da hast du mal einen schlimmen Tag, und die stürzen sich direkt auf dich wie die Geier. Hier, halt mal meine Handtasche.«

»Soll ich jemanden rufen, Abla?«

»Nein, Sie können weiterarbeiten. Wir kümmern uns um sie.«

»So, jetzt setz dich mal hierhin und trink ein bisschen Wasser. Ayse, gib mir mal dein Wasser.«

»Hier.«

»Alles wird gut. Nichts kann so schlimm sein, dass du hier allein auf der Straße verzweifelst. Nichts ist wichtiger als du, hörst du? Beruhig dich mal ein bisschen. Ganz ruhig, ja. Tut dir etwas weh? Wenn dir etwas wehtut, zeig mir, wo es weh tut.«

»Sie schüttelt den Kopf, sie hat keine Schmerzen.«

»Wenn du uns sagst, wo du hinmusst, bringen wir dich nach Hause. Das ist kein Problem, ja? Alles kein Problem. Nein, nein, nicht wieder weinen. Hier hast du ein Taschentuch. Warte, ich binde dir mal die Haare zusammen. Ja, so ist es gut. Alles wird gut.«

TEIL DREI

FÜNFZEHN

Das Hotel ist winzig. Es hat sechs Stockwerke, aber auf jedem nur ein einziges Doppelzimmer, in dem zwei Standardärsche bloß mit Mühe Platz haben. Als ich letzte Nacht die Wendeltreppe hoch in den letzten Stock taumelte, dachte ich, dass die Wände so beängstigend nah beieinander stehen, dass man wahrscheinlich sofort erstickt, wenn jemand das Gebäude in Brand steckt. Aber ich war zu erschöpft für Todesangst. Und ich bin es immer noch.

Die Lobby besteht aus einem weißen Ikea-Schreibtisch und zwei Plastikstühlen. Keine Ahnung, wer da freiwillig herumsitzen möchte. Doch aus dem Fenster sieht man das Café gegenüber, mit seiner möchtegern-französischen Terrasse, den vielen Grünpflanzen und einem einsamen, lesenden Kellner. Ich gehe rüber zu ihm und bestelle einen türkischen Kaffee. Mein Kopf brummt, als wäre ich übel verkatert. Kommt wohl von dem zugenähten Loch. Und vom vielen Heulen. Und vom Fertigsein, auf den Straßen. Mein Kopf brummt vom Opfersein. So ein Opfer bin ich. Ich schüttle den Kopf, um das Schamgefühl abzuwerfen, blicke mich suchend um. Die Gasse ist leer. Man hört nur das Echo des Mittagslärms vom Taksim. Ich habe mich vorhin dorthin geschleppt, um ein Ladegerät für mein Handy zu besorgen. Und auch, um den Taksim einmal gesehen zu haben. Auf dem Platz schien sich die ganze Welt versammelt zu haben, um sich gegenseitig zu begrapschen, Selfiestangen gegen Passantenköpfe zu schlagen, an gekochten Maiskolben zu nagen. Ich zünde mir eine Zigarette an und denke, dass die Einrichtung des Cafés total nach Tante Semras Geschmack ist. Der Boden ist aus orientalischen Fliesen, aber keine Ahnung, ob sie auf alt gemacht sind oder einfach nur gut geputzt. Ausgewaschenes Blau, ausgewaschenes Orange, ein paar helle Flecken, vielleicht vom Chlor. Die putzen hier ja jeden Scheiß damit. Auf den Metalltischen stecken einzelne Blümchen in kleinen Vasen. Ich halte meinen Blick an ihnen fest. So wie ich mich an all den schönen Dingen festhalten will, die ich sehen kann. Weil ich sie brauche, um nicht zu vergessen, wie es sich anfühlt, leicht zu sein.

Die grüngestrichene Holztür des Hotels geht auf, Tante Semra kommt raus. Mit einer Hand bändigt sie ihr langes schwarzes Haar, das der Windzug durcheinanderwirft. Sie nimmt eine Strähne und umwickelt mit ihr den Rest ihrer Mähne zu einem lockeren Zopf. Der Kellner starrt sie an. Sie trägt einen schwarzweiß gestreiften Jumpsuit, der unten kaum länger als Hotpants ist und oben weit und luftig geschnitten. Sie wirkt lässig und schick. Ich frage mich, ob sie immer diese beiden Worte im Kopf hat, wenn sie shoppen geht.

»Der Typ an der Rezeption ist so ein Schleimer«, sagt sie einen Augenblick später auf der Café-Terrasse und wirft ihre Kippenschachtel auf den Tisch. »Ich dachte, er flirtet, aber dann kam raus, dass er nur zehn Punkte auf booking.com will. Für dieses schäbige Zimmer.« Ich zwinge mir ein Lächeln auf. Sie sieht sich kurz um, geht zum Ventilator und stellt ihn so ein, dass er sich im Halbkreis dreht und nicht immer in dieselbe Richtung bläst. Dann ruft sie dem Kellner zu, dass sie einen Çay will. Sie sagt nicht »bitte«, aber ihr Ton klingt auch nicht überheblich. Vielleicht ist sie deswegen nicht verheiratet. Weil kein Mann aushält, dass sie immer alles unter Kontrolle hat. Und dass sie dabei auch noch so wahnsinnig schön und klug ist. Ich fühle mich wie der letzte Assi in dem verschwitzten rosa Baumwollshirt von Gözde. Semra setzt sich mir gegenüber, legt ihre Füße über Kreuz auf den anderen Stuhl. Ich sehe kleine Stoppeln an ihren Beinen. Wahrscheinlich ist in Berlin gerade so schlechtes Wetter, dass sie keine kurzen Sachen trägt. Und wahrscheinlich hatte sie auch keine Zeit, sich zu rasieren, weil sie so spontan geflogen ist. Heute Morgen, nachdem ich sie irgendwann in der Nacht mit einem Anruf geweckt und vollgeheult hatte. Am Handy hat sie zu mir gesagt, ich soll mich beruhigen, in ein Taxi steigen und zum Taksim fahren. Sie hat das Hotel gebucht und mir die Adresse per SMS geschickt. Ich warf mich auf das schneeweiße Bettlaken und schlief, bis Tante Semra irgendwann am Vormittag an die Zimmertür klopfte. Ihre Augen wirkten ängstlich und müde. Jetzt ist davon nichts mehr übrig. Wahrscheinlich, weil sie eine Stunde Schlaf nachgeholt hat, während ich draußen war. Ich frage mich, was sie denkt, über mich. Und über die Sache.

»Den Zucker brauche ich nicht«, sagt sie, als der Çay kommt, und nimmt die beiden verpackten Würfel von der Untertasse, um sie dem Kellner in die Hand zu legen. Ich rutsche unruhig auf meinem Stuhl herum und will gerade aufstehen, um nach der Toilette zu suchen und nochmal kurz allein zu sein, da sieht mich Tante Semra schon komisch an.

»Was ist da über deinem Auge? Wer hat das gemacht?«

Ich wünsche mir, wir könnten das Gespräch noch ein bisschen verschieben. Ich wünsche mir, ich käme hier wieder raus, durch einen Geheimschacht im Boden oder so. Aber Semra hat die Augen zusammengekniffen wie eine hungrige Raubkatze, und ich traue mich nicht mal, meine Zigarette im Aschenbecher auszudrücken, obwohl sie schon fast bis zum Filter runtergebrannt ist.

»Die Bullen«, sage ich und räuspere mich.

Sie mustert mich mit dieser typischen Tante-Semra-Skepsis. Dann fasst sie sich an die Stirn, als hätte sie Kopfschmerzen, atmet tief ein und aus, richtet ihren Blick wieder auf mich. Ist sie böse auf mich? Nein, sie sieht nicht böse aus. Aber sie sagt auch nichts. Sie denkt nach. Und als sie dann endlich zu sprechen beginnt, ist ihre Stimme so tief und konzentriert, dass ich das Gefühl habe, einer Frau zuzuhören, die zu sich selbst spricht. Die sich vorbereitet hat.

»Okay, Hase. Ich bin nicht hier, um dich zu verurteilen. Ich bin hier, weil ich dich liebe und dir helfen will und weil ich nicht anders kann. Ich bin kein Polizist und ich spreche hier auch nicht als Sozialarbeiterin oder so ein Scheiß. Ich spreche hier als deine Freundin. Freunde helfen einander, stimmt's? Aber um dir helfen zu können ... Um dir zu helfen, muss ich dich verstehen. Du musst mir jetzt alles erzählen. Und du musst ehrlich sein.«

Ich nicke schnell und lege vorsichtig den halb verkohlten Zigarettenfilter in den Aschenbecher.

»Ich will dich etwas fragen, Hazal. Was wünschst du dir?«

»Wie bitte?«

»Was wünschst du dir?«

Ich zucke mit den Schultern. »Keine Ahnung. Was meinst du?«

»Na, welchen Wunsch du hast? Was willst du? So generell?«

»Nichts«, sage ich. Ich zucke wieder mit den Schultern.

»Das kann nicht sein«, sagt sie streng. »Jetzt stell dir doch mal vor, du hättest einen Wunsch frei, bei einem Scheißflaschengeist oder so. Ich bin ein Scheißflaschengeist und frage dich: Was wünschst du dir?«

Ich starre sie nur verwundert an.

»Hase, ich rede mit dir.«

»Nichts, ich wünsche mir gar nichts. Was soll das schon bringen? Du bist kein Scheißflaschengeist.«

Sie hört nicht auf, mich anzustarren, als wäre mein Satz noch nicht zu Ende. Aber mehr kann ich nicht sagen. Wünsche sind mir gerade egal. Allein der Gedanke macht mich noch schwächer, als ich sowieso schon bin. War ich jetzt respektlos zu ihr? Ich will doch nur meine Ruhe. Warum zum Teufel habe ich sie überhaupt angerufen?

»Mach das nicht«, sagt Semra.

»Was?«

»Du machst zu. So kommen wir nicht weiter.«

Ich schüttle nicht mal den Kopf. Weiterkommen, als ob ich weitermöchte.

»Kannst du dich daran erinnern, was du werden wolltest, als du noch klein warst?«

»Ärztin wollte ich werden«, sage ich laut und ein bisschen ungeduldig.

»Ärztin? Wieso?«

»Keine Ahnung.«

»Es muss doch einen Grund gegeben haben?«

Ich schweige.

»Vielleicht, um anderen zu helfen?«

»Aha, ganz bestimmt«, rutscht es mir raus, irgendwie verbittert. Das tut mir sofort leid, ich will nicht, dass Tante Semra denkt, ich nehme sie nicht ernst. Schließlich habe ich sie hierhergerufen. Ich denke nach, ich strenge mich an.

»Ich wollte das, glaube ich, weil ich dachte, man verdient viel Geld. Und weil Ärzte krass respektiert werden. Ich denke, ich habe gewollt, dass die Leute denken: Wow, Hazal ist Ärztin und voll reich. Respekt.«

Sie nimmt einen Schluck von ihrem Çay und wirkt zufrieden mit meiner Antwort.

»Aber was bringt mir das jetzt? Ich bin pleite. Ich kriege keinen Job, keinen Respekt.«

»Du bist noch sehr jung, Hase. Du kannst noch ganz viel erreichen.«

Macht sie Witze? Ist sie hier, um mich zu verarschen? Hat sie nicht mein abgefucktes Grinsen gesehen, auf dem Foto aus der Friedrichstraße? Selbst wenn sie es nicht gesehen hat, ein paar Millionen andere Menschen haben es sich bestimmt schon reingezogen. Die kennen mich jetzt. Die wissen, was los ist.

»Einen Abschluss nachholen ... Studieren. Kannst du dir sowas vorstellen?«

»Nein, Tante«, sage ich. »Das kann ich mir nicht vorstellen. Das ist doch irre.«

»Warum irre?«

»Mann, selbst wenn die ganze Sache gerade nicht passieren würde, wäre es schon unmöglich. Aber jetzt, nach dieser ganzen Sache … Ich weiß nicht, wozu du so komische Dinge sagst.«

»Was für komische Dinge?«

»Dass ich alles machen kann, was ich will, und so. Ich kann eben nicht einfach aufstehen und machen, was ich will. Das ist doch das Scheißproblem!«

Ich lege beide Hände auf den Tisch und schließe kurz die Augen. Ich merke, dass ich überreagiere, dass ich wütend werde. Das will ich nicht. Ich will ruhig bleiben, superruhig.

»Schau mal«, sage ich. »Ich habe in Onkels Bäckerei gearbeitet. Ich hing in der BVB ab. Ich habe behinderte Bewerbungen geschrieben für Jobs, die ich nie wollte. Ich habe immer nur Dinge gemacht, auf die ich keinen Bock hatte. Ich mache nur Dinge, die mir irgendwer befiehlt. Meinst du, ich suche mir das selbst aus? Und jetzt …«

Ich senke die Stimme. Ich flüstere oder zische oder sowas.

»Jetzt ist auch noch diese Sache passiert. Und du quatschst vom Studieren?«

Nein, es war keine gute Idee, Semra anzurufen. Ich spüre, wie sich jetzt doch mein Magen zusammenkrampft vor Wut. Das ist reinste Zeitverschwendung hier, wozu muss ich mir den Scheiß antun? Es fühlt sich so an, als wäre ich die Tante und müsste der kleinen Semra erklären, wie die Dinge laufen. Studieren, ich glaube, ich muss kotzen.

Ich zerre eine Zigarette aus der Schachtel. Tante Semra gibt mir Feuer. Sie lässt mich ein paar Sekunden in Ruhe, spricht nicht und starrt mich auch nicht komisch an. Ich will nicht austicken. Ich brauche Semra doch. Aber ich verstehe nicht, was sie von mir will, was das soll. Das ist so sinnlos.

Sie winkt unseren Kellner her und sagt, dass sie noch einen Çay möchte. Ich bestelle auch einen. Zwei kleine Jungs rennen fluchend und schreiend durch die Gasse. Keine Ahnung, ob sie Fangen spielen oder ob der vordere gleich auf die Fresse kriegt.

»Natürlich hatte ich Wünsche«, sage ich plötzlich, und Tante Semra hebt den Blick. »Natürlich wollte ich Kram. Ich wollte die Dinge, die andere hatten … Aber ich bekam sie nie. Es war immer unmöglich. Es durfte nicht sein, warum auch immer.«

»Was für Dinge?«

»Ganz normalen Kram. Geld. Abends ausgehen wie ich will. Einen Freund … Ein eigenes Leben, weißt du? Aber unmöglich, das sind ganz normale Dinge, aber für mich voll unmöglich.«

»Aber du willst doch trotzdem glücklich sein?«

»Keine Ahnung, wahrscheinlich. Jeder Schwanz will doch glücklich sein.«

»Hast du geglaubt, dass du glücklich wirst, als du nach Istanbul kamst?«

»Keine Ahnung. Ich bin nachts ins Bett gegangen und morgens wieder aufgewacht. Vielleicht habe ich daran geglaubt, ja.«

»Und jetzt?«

Ich suche nach einer Antwort, gucke sie einfach nur an.

Bis wir unsere Çays ausgetrunken haben, sagen wir gar nichts mehr. Tante Semra zahlt die Rechnung und fragt, ob wir spazieren wollen. Sie hängt sich bei mir ein. Wir gehen die Gasse runter und versuchen, uns dabei im Schatten zu halten. Die Mittagshitze ist zum Verrücktwerden. Mein Kopf brummt weiter wie irre. Zwei bärtige Männer mit

Jeans und Baseballcaps sitzen auf Klappstühlen an der Straßenecke. Sie halten riesige Maschinengewehre auf ihren Schößen. Tante Semra blickt sie irritiert an, läuft schneller. Wir schieben uns durch die Menschenmenge über den Taksim, an den Kastenwagen und den Polizisten mit ihren Helmen vorbei, die vorhin auch schon da waren, die vielleicht immer da sind, denn sie stören keinen der Passanten, keiner schaut sie auch nur an. Eine Gruppe von zwanzig, dreißig Leuten mit filzigen Haaren steht im Halbkreis und wiederholt immer wieder denselben Satz: »Ihr kriegt uns nicht zum Schweigen!« Die Fahnen, die sie schwenken, sind lila und grün und rot und regenbogenfarben, und Tante Semra schaut ihnen aufgeregt hinterher. Wir gehen in einen kleinen Park, der an den Taksim grenzt. Ein kleines Mädchen und sein Opa füttern Tauben. Eine arm aussehende Großfamilie hat sich im Schatten der Bäume breitgemacht und knackt Sonnenblumenkerne. Tante Semra und ich setzen uns auf die einzige freie Bank.

»Wo hast du die letzten Wochen gewohnt, Hazal?«

Ich sehe meiner Schuhspitze dabei zu, wie sie über das kurze Gras hin und her streicht, in dem winzige Glasscherben liegen.

»Doch nicht auf der Straße!«

»Nein, Tante, ich bin doch kein Penner«, sage ich und muss grinsen. »Bei Freunden, in Kadıköy.«

»Was sind das für Freunde? Woher kennst du die?«

»Facebook.«

»Waren die okay zu dir?«

Ich zucke mit den Schultern. »Ja, war schon okay.«

»Was machen die so?«

»Studieren. Also einer studiert, und einer arbeitet.«

Sie überlegt eine Weile, ob sie fragen soll. Natürlich fragt sie dann.

»Wie, das waren Jungs?«

Ich nicke.

»Aber die haben dich nicht ... Warst du letzte Nacht so fertig, weil die dich bedrängt haben?«

»Nein«, sage ich und muss an Mehmets schlurfenden Gang denken. Daran, wie sein Schweiß in mein Gesicht tropft. »Mir ging es schlecht, wegen der Sache in Berlin. Ich habe das gesehen im Internet. Unsere Fotos und so.«

Semra fährt sich mit der Zunge über das Muttermal auf ihrer Lippe und schüttelt leicht den Kopf. Sie wirkt besorgt. Das nimmt mich irgendwie mit. Ich will wissen, was sie über die Sache weiß, aber ich traue mich nicht, sie zu fragen. Sie zündet sich eine Zigarette an. Ich suche nach Worten. Nach den richtigen Worten, um die richtige Antwort zu bekommen. Ich denke an Elma und an Gül und an meine Eltern, aber ich kriege keinen Ton raus. Meine Kehle ist staubtrocken. Ich stehe auf und laufe zum Simitverkäufer, der ein paar Meter weiter einen Stand hat, um uns zwei Wasser zu besorgen. Semra starrt rauchend die Tauben an, als ich zurückkomme. Ich setze mich neben sie, mache den Rücken gerade. Ich muss sie jetzt fragen, denke ich. Ich muss es wissen.

»Wo ist Elma?«

Sie sagt nichts. Die Stille ist fies. Ich frage nochmal.

»In U-Haft. Seit gestern. Gül auch.«

Scheiße. Mein Oberkörper sackt zusammen, ganz langsam wird er schwer. Ich stütze meine Ellbogen an den Oberschenkeln ab, vergrabe mein Gesicht in den Händen, starre zwischen ihnen an mir hinunter. Meine Ellbogen, diese trockenen, verschrumpelten, hässlichen Dinger. Der rechte, mit dem ich den Studentenkörper in den Magen getroffen habe, um danach einfach abzuhauen. Und Elma zurückzulassen, in einer Zelle, in Pankow oder so, in einem dunklen Raum, wo sie allein ist mit ihren dunklen Gedanken. Und die arme Gül, sie ist sicher total außer sich ohne ihren Kram, ihre Schminke, ihr Glätteisen. Aber sie ist bestimmt nicht ganz so am Ende wie Elma. Elma wirkt immer wie die Stärkere, dabei ist es in Wahrheit ganz anders. Ihr Herz ist total anfällig, man kann es so leicht brechen. Wegen der Ellbogen, die uns das Leben reingerammt hat, immer wieder, und immer noch. Überall nur Ellbogen von denen, die stärker sind als wir. Ich spüre Tante Semras Hand über meinen Rücken streicheln. Das fühlt sich echt gut an. Ich will weinen, aber diesmal kann ich nicht, so leer bin ich. Ich brauche Semras Wärme, irgendeine Wärme. War doch klar, dass Elma und Gül im Knast sind, ich hätte es doch wissen müssen. Ich habe es natürlich geahnt. Aber wenn es ausgesprochen wird, ist es anders. Fakten sind anders, Fakten sind hart und treffen einen wie Schellen, wie Tritte, wie Ellbogen, wie verdammte Scheißbomben. Tante Semra nimmt mich in den Arm, und ich merke, wie ich ihren Blumenduft vermisst habe. Nie habe ich mich ihr so nah gefühlt wie jetzt. Sie ist wirklich da für mich. Sie ist mitten in der Nacht nach Tegel zum Flughafen aufgebrochen, nur für mich. Aber es ist so traurig, denn es ist umsonst.

»Komm, wir gehen was essen«, flüstert sie mir irgendwann ins Ohr. Wir gehen zurück über den Taksim und auf die große Einkaufsstraße, die bestimmt die Istiklal ist, und an den Glocken der Eisverkäufer vorbei, dann eine Straße bergab, in der endlich weniger Menschen sind. Semra hält mich sanft am Arm und führt mich bis ans Wasser, an einen Stehtisch, an dem ich mir ein Sandwich bestelle, das ich dann nicht mal anfassen kann, weil ich so tot bin innerlich. Einfach nur tot.

Tante Semra will mich zum Essen überreden, aber ich kriege es einfach nicht hin. Das Sandwich sieht frisch und saftig aus, aber ich fühle mich wie jemand, der kein Essen braucht, um klarzukommen, sondern tausend Zigaretten rauchen muss, immer weiter, Kette. Sie lässt es einpacken und hält meine Hand, als wir weiter am Wasser entlanglaufen, über eine Brücke, durch eine Unterführung. Wir laufen und laufen und ich sehe Stände mit Plastikscheiß aus China und glotzende Männer in Badelatschen und heruntergekommene kleine Läden, die mich an Bursa erinnern. Je steiler es dann irgendwann bergauf geht, desto ruhiger wird mein Körper. Er bebt nicht mehr. Ich schnappe nach Luft, um den Weg hinaufzukommen, und auch die Anstrengung beruhigt mich. Die Müdigkeit macht mich leichter. Oben angekommen, stehen wir vor einer übertriebenen Moschee, die schon schön aussieht. Komisch, warum Tante Semra auf die Moschee zuläuft. Ich dachte immer, sie hat mit Moscheen nichts am Hut. Ich selbst fürchte mich ja vor ihnen, seit ich denken kann, weil ich glaube, dass ich zu Staub zerfallen könnte, sobald ich eine betrete, so falsch mache ich alles im Leben, wenn es nach Gott geht, oder nach der Religion, oder nach meiner Oma. Hand in Hand spazieren wir um die Moschee herum, sehen eine Tafel, auf der »1550–1557« steht, und sind irgendwann in einem Garten, von dem aus man auf einen stiftförmigen Turm, auf das blaugrüne Wasser, auf schwimmende Kinder am Rand runterschauen kann. Wir setzen uns unter einen riesigen

Baum, der auch alt aussieht, vielleicht genauso alt wie die Moschee, und blicken auf den Bosporus. Wie eine Postkarte sieht das aus, oder ein Bild, das Mama sich an die Wand hängen würde, oder Semra, oder wahrscheinlich jeder Türke, den ich kenne.

»Was ist in der Nacht passiert, Hazal?«

Gute Frage. Was ist in der Nacht passiert, Hazal?, frage ich mich selbst nochmal lautlos, damit Tante Semras Frage nicht an den Enden meiner verwirrten Gedanken wegrutscht, hinein in das dunkle Loch, in dem alles liegt, was ich nicht zulassen möchte.

»Was ist an deinem Geburtstag passiert? Ihr wart zuerst in dem Club, von dem du mir erzählt hattest, stimmt's? Am Ostkreuz?«

»Nein, wir waren nur davor«, sage ich. »Wir durften nicht rein.«

»Wieso?«

»Keine Ahnung, wieso. Sie haben uns nicht reingelassen.«

»Warum nicht? Was haben die Türsteher gesagt?«

»Sie haben gesagt, es ist zu voll. Aber … Keine Ahnung, denen haben einfach unsere Fressen nicht gefallen.«

»Wieso? Was waren da sonst für Leute?«

»Weiß nicht. Ganz verschiedene Leute waren das.« Ein Schmetterling schwebt vor uns herum. Plötzlich fällt es mir unheimlich schwer, mich an die Nacht zu erinnern. Dabei ist es nicht so, als ob ich die Einzelheiten vergessen hätte. Aber irgendwie wirkt jede Einzelheit wie eine Neuigkeit auf mich, sobald ich sie ausspreche.

»Eigentlich«, sage ich, »waren die Leute nicht sehr verschieden. Sie sahen alle aus, als ob sie öfter dahingehen. Das waren halt so ... so Leute, die Drogen nehmen, aber nur zum Spaß. Halt nicht Opfer, sondern Leute, die dann Montag wieder normal zur Arbeit gehen, oder zur Uni oder so.«

»Deutsche?«

»Nein, aber auch keine Kanaken. Nur so Amerikaner und Franzosen und so ein Scheiß. So Ausländer, die Kohle haben und keinen Ärger machen. Und so dreckige Turnschuhe tragen.«

»Und was habt ihr dann gemacht, als ihr nicht reindurftet?«

»Wir haben Nuri angerufen, weißt du, aus meiner alten Schule. Der kennt alle wichtigen Leute von den Clubs. Elma hatte seine Nummer und meinte, wenn er sagt, wir dürfen rein, dann lassen sie uns. Aber er hat sie nur blöd angemacht und gesagt, wir sollen sofort nach Hause.«

»Ihr wart enttäuscht, nehme ich an.« Sie blickt mich sanft und verständnisvoll an.

»Enttäuscht?«, frage ich. »Wir waren voll angepisst! Elma und ich haben uns sinnlos gestritten. Gül wollte unbedingt weiterfeiern.«

Haben wir uns wirklich sinnlos gestritten? Wir haben uns wegen Eugen gestritten. Elma hat gesagt, morgen wirst du mit mir dasselbe abziehen, und ich fand das sinnlos. Aber sie hat recht behalten. Ich habe sie verkauft. Ich bin abgehauen, nur ich, ohne ein Wort. Und jetzt ist sie allein, eingesperrt und völlig allein. Tante Semra sieht mich an, als hätte sie mich gerade irgendwas gefragt.

»Was?«

»Habt ihr denn dann weitergefeiert?«

»Nein. Wir haben uns in die Bahn gesetzt und sind in die Friedrichstraße. Wir wollten da nur umsteigen.«

»Den …« Semra macht eine Pause. »Thorsten. Kanntet ihr den?«

Thorsten. Es ist so seltsam, dass sie den Studentenkörper beim Namen nennt. Thorsten. Natürlich hat sie alles über die Sache gelesen, im Internet und zu Hause in ihren Zeitungen. Aber vielleicht hat jeder alles darüber gelesen, weil das eine krasse Story ist, eigentlich wie die Çilem-Doğan-Sache. Andererseits passiert doch sowas oft. Macht es das langweiliger oder interessanter? Gibt es Fans von U-Bahn-Schläger-Storys? Nazis, die auf diese Storys warten, damit sie behinderte Kommentare schreiben können?

»Hazal, kanntet ihr Thorsten?«

»Nein, wir kannten ihn nicht.«

»Wie kam es dann zu dem … dem Streit?«

»Er hat uns komisch angelabert.«

»Wie?«

»Na, er wollte uns seinen Schwanz zeigen. Da ist Elma ausgetickt.«

»Er hat sich ausgezogen?«

»Er hat nur gefragt, ob wir seinen Schwanz sehen wollen.«

»Und dann hat Elma angefangen, mit ihm zu streiten?«

Ich muss überlegen, ob es so war. So wie es sich jetzt anhört, hat es sich damals nicht angefühlt. Vielleicht bin ich nicht gut im Erzählen. Vielleicht stellt Semra die falschen Fragen. Aber ohne ihre Fragen wüsste ich auch nicht, wo ich anfangen und wo ich aufhören sollte. Es gäbe überhaupt keine richtige Geschichte. Ich muss mich sammeln. Ich muss die Bruchteile langsam und vorsichtig zusammensetzen.

»Tante«, sage ich konzentriert. »Er hat uns einfach so

angequatscht. Es gab überhaupt keinen Grund. Er hat uns provoziert, hat gefragt, ob wir von einer Hochzeit kommen und so Zeug.«

»Wie jetzt?«

»Na, es war klar, dass es ihn nicht juckt, wo wir herkommen. Er war besoffen und wollte uns nur komisch anlabern. Es war unverschämt.«

»Und er wollte euch seinen Penis zeigen?«

»Ja. Dieser Typ hat wirklich alles getan, damit wir austicken.«

»Okay. Okay. Aber er war betrunken.«

»Ja, war er. Und wir waren auch betrunken! Und jetzt? Ist er tot deswegen.«

Tante Semra macht ein angestrengtes Gesicht. Ihre Denkfalte gräbt sich ein, tief und deutlich.

»Wer hat zuerst zugeschlagen?«

»Was macht das für einen Unterschied?«

»Es macht einen großen Unterschied. Das weißt du genau. Ich will wissen, ob ihr euch nur gewehrt habt. Das ist wichtig für mich. Und es könnte auch vor Gericht sehr wichtig werden.«

Vor Gericht? Will Semra Elma und Gül helfen vor Gericht? Oder meint sie, ich werde auch vor Gericht sitzen? Wie sieht sowas überhaupt aus? Ich denke an die Gerichtsshows, die früher immer mittags im deutschen Fernsehen kamen, als ich noch klein war. An die schlechten Schauspieler, die schlechten Geschichten. Wir werden seltsame Ausreden von uns geben, die wir uns nicht mal selbst abnehmen. Und alle werden uns dabei beobachten, wie drei traurige Affen im Zoo. Ich kann da nicht hin. Niemals. Ich würde das nicht mal im Fernsehen gucken wollen.

»Elma hat zuerst geschlagen«, sage ich schließlich leise. »Aber der Typ hat sie wirklich provoziert.«

Sie macht auch eine Pause. Sie denkt nach. »Hase«, sagt sie dann. »Nur weil dich jemand provoziert, kannst du ihn nicht vor die U-Bahn schmeißen.«

»Tante, du kannst dir das nicht vorstellen, wir wollten einfach nur in die Bahn steigen und nach Hause fahren. Mehr wollten wir nicht. Und dann kam der Typ aus dem Nichts. Er wollte uns … Erniedrigen wollte er uns.«

»Warum hast du nicht versucht, Elma zu beruhigen?«

Ich schüttle den Kopf. Sie versteht es nicht. Sie versteht das alles nicht.

»Hat der Typ zurückgeschlagen?«

»Er hat es versucht, ja. Und dann sind wir zu dritt auf ihn los.«

»Hase«, sagt sie und ihre Augen werden ganz groß und feucht. Sie fasst sich an die Stirn. Ihr geht es nicht gut.

»Ich kann verstehen, dass es ein schlechter Abend war. Aber deshalb geht ihr zu dritt auf einen Betrunkenen los?«

»Nein«, sage ich. »Wir sind nicht auf ihn losgegangen, weil es ein schlechter Abend war. Sondern weil er es verdient hat!«

»Sag so etwas nicht!« Ihre Stimme bricht weg. Sie wollte, dass ich ehrlich bin, und nun schaut sie mich an, hilflos und ungläubig. Ihre Finger streichen durch ihr Haar, als würden sie darin nach etwas suchen. Was suchen sie da nur? Semras dunkle Haut wirkt ganz blass auf einmal.

»Wir hatten nicht vor, ihn umzubringen. Es war ein Unfall«, schiebe ich hinterher, wie um sie zu beruhigen.

Aber was soll das schon bringen. Tante Semras Gesicht zerknittert zu einem Ausdruck, den ich noch nie an ihr gesehen habe. Sie dreht ihren Kopf weg, versucht, sich zu sammeln. Sie blickt runter auf das Wasser. Semra kann den Ventilator und den Kellner kontrollieren, ihr eigenes Leben mit ihrem Job und all den Männern, die sie nicht heiraten möchte. Aber sie kann nicht kontrollieren, wie ich fühle. Denn in mir drin ist etwas, das nicht mal ich kontrollieren kann. Nein, ich sage jetzt nichts Beruhigendes zu ihr. Nein, keine netten, verlogenen Worte. Das ist vielleicht der einzige Moment, in dem ich es aussprechen kann.

»Ganz ehrlich, Tante«, höre ich mich sagen. Ich setze mich gerade hin. Ich muss mich anstrengen, klar zu sein. »Vielleicht hört sich das jetzt total gestört an für dich. Ich weiß nicht. Aber mich interessiert das nicht, dass er tot ist. Echt nicht. Sorry, aber so fühle ich. Mir tut es überhaupt nicht leid. Wenn ich die Sache wieder erleben würde, würde ich es vielleicht nicht wiederholen. Weil der Typ uns das Leben versaut hat, uns allen dreien. Aber nur deswegen.«

»Warum sagst du das?« Semra klingt matt und zerbrechlich. Fast flehend.

Weil ich es meine, will ich sagen. Weil es so ist, will ich sagen. Aber ich ertrage Semras verzweifelten Blick nicht und sage es nur lautlos in mich hinein. Weil solche Typen herumrennen und meinen, die Welt gehört ihnen. Weil die sich aufführen, wie sie wollen, weil die nie um irgendetwas kämpfen mussten. Und weil wir mit hängenden Schultern wie so Opfer herumlaufen, obwohl wir wahrscheinlich zehnmal mehr wissen über das Scheißleben als diese Kartoffeln. Und vielleicht, wenn wir Glück haben, dürfen wir mal später bei denen putzen, in ihren dicken Häusern. Was ist das alles für eine Scheiße?, will ich sie fragen. Ob sie mir das erklären kann?

Tante Semra wischt sich übers Gesicht, obwohl da nichts ist.

»Hazal, ich gebe mir wirklich Mühe, dich zu verstehen … Aber ein Mensch ist gestorben.«

Sie redet dann noch weiter, über mein Gewissen, und dass das sicher total schwierig ist für mich, mit allem umzugehen. Und ich will sie nur zum Schweigen bringen und sagen: Scheiß auf mein Gewissen, Tante, scheiß drauf. Ich will nur anständig leben, mehr will ich doch nicht, denke ich, während sie immer weiterredet. Ich war wütend in der Nacht und hatte Angst und habe eben zugeschlagen, will ich ihr sagen. Aber das war nicht nur wegen der Nacht oder wegen dem Studenten, ich war schon vorher wütend, die ganze Zeit. Und nach der Nacht war alles plötzlich anders. Vielleicht nur für ein paar Tage, aber es hat sich so angefühlt, als sei nicht schon jeder Stein auf meinem Weg vorherbestimmt. Als gäbe es da einfach noch eine andere Möglichkeit vor mir.

Irgendwann schweigt Semra, und wir sitzen einfach nur da und schauen in unterschiedliche Richtungen. In meinem Kopf rast es, seltsame Dinge rattern durch. Ich wollte als Kind in Wahrheit gar nicht Ärztin werden, sondern Popstar. Die Blutdrucksenker von meinem Opa hatte ich nur gefressen, weil meine behinderte Cousine Fatma in Bursa vor der ganzen Familie erzählt hat, dass ich mit dem Nachbar geknutscht habe. Halil hat sich nie für mich interessiert, und zwar nicht wegen Mehmet oder Gözde, sondern weil ich ihm zu jung war.

»Okay«, ruft Semra plötzlich und dreht sich zu mir und legt mir die Hand auf den Arm, als wollte sie mich zu sich ziehen. »Was soll jetzt passieren, Hazal? Meinst du, du kannst hier einfach so weitermachen?«

»Ich muss. Ich habe keine andere Chance.«

»Du hast eine Chance! Du kommst mit nach Deutschland! Du stellst dich der Polizei! Und kannst in ein paar Jahren von vorne anfangen.«

»Äh, was?«

»Hazal, du denkst nicht ernsthaft darüber nach, hier zu bleiben und dich zu verstecken, oder? Sag mir, dass das nicht wahr ist.«

Ein stechender Schmerz nistet sich hinter meiner aufgeplatzten Augenbraue ein und breitet sich mit jeder Sekunde aus, bis es sich anfühlt, als würde ich einen schweren, pulsierenden Stein über meinen Schultern tragen. Tante Semra ist da, um mich mitzunehmen. Tatsächlich. Sie denkt, das wäre eine gute Idee.

»Ich weiß nicht genau, wie es mit Auslieferungen aus der Türkei läuft. Aber es ist sehr wahrscheinlich, dass die dich auch hier verhaften. Das solltest du wissen. Ich meine, du standest ja nicht nur dabei. Du hast auf ihn … eingetreten. Ich weiß nicht, ob du es dir angeguckt hast, Hazal. Aber es gibt dieses Video von euch. Es ist bei Youtube gelandet. Gül hat es wohl mit dem Handy aufgenommen. Ich weiß nicht, wie es im Internet gelandet ist, aber es ist … es ist ziemlich brutal. Die Leute, die es sehen, sind total außer sich. Das ist bestimmt das Letzte, was du jetzt gerade hören willst, aber deine Eltern sind krank vor Sorge. Deine Mutter traut sich kaum noch aus dem Haus. Dein Vater ist über Nacht zehn Jahre gealtert. Wir sind alle krank vor Sorge …«

Ich stelle mir vor, wie Onur große Augen macht und laut die Nase hochzieht, während er das Video auf seinem

Samsung streamt. Wie er es immer wieder von vorne abspielt und nicht glauben kann, dass seine große Schwester so krass ist. Wie er überlegt und dann aufsteht und rübergeht und es Mama zeigt, der Spasti. Und wie sie sich auf die Couch wirft, um tagelang zu weinen. Verdammt, warum können Mama und die Dreier-Couch mir bis hierher folgen, warum können sie mich auch hier noch wahnsinnig machen. Tante Semra labert irgendwas davon, dass sie selbst es auch nicht leicht gehabt hat. Und dass meine Eltern in Deutschland auch immer nur am Kämpfen gewesen sind, und dass es doch wohl für niemanden leicht ist, sie benutzt das Wort Migrationshintergrund, sie benutzt es tatsächlich, mein Kopf ist halb am Explodieren, und sie sagt, dass Deutschland doch im Vergleich viel sicherer ist, für uns Frauen, sagt sie, und dass es da wenigstens ein Rechtssystem gibt, und die Türkei im Krieg ist und ich hier auf keinen Fall bleiben kann. Wie ich mir das überhaupt vorstellen würde? Ob ich die Zivilbullen mit den Maschinengewehren vorhin nicht gesehen hätte? Ob die für mich vertrauenswürdig aussehen würden? »Hier hast du keine Perspektive, Hazal. So funktioniert das alles nicht.«

Bla. Bla. Bla.

Sie schüttelt den Kopf und sagt dann immer nur noch, dass sie mich nicht hierlassen kann. Ihre Augen sind wieder so ängstlich wie am Morgen, als ich die Zimmertür im Hotel aufgemacht habe und sie mich lange angesehen und dann fest umarmt hat. Und was sie sagt, mag stimmen, in ihrer Welt. In ihrem Sozialarbeiterinnen-Leben, in ihrer Altbau-Single-Wohnung, an ihrem komischen hölzernen Esstisch, auf dem sie Tampons wie Patronen liegen hat. Aber in meiner Welt sieht alles anders aus.

»Tante, die werden mich sowieso hierher abschieben«, sage ich müde, weil ich das Gefühl habe, mich zu wiederholen. »Da kann ich doch gleich hierbleiben. Bevor die mich dort auch noch vor allen Augen fertigmachen.«

»Das muss nicht passieren, Hazal. Du bist nicht vorbestraft. Wenn du Reue zeigst und wir einen guten Anwalt bekommen, dann wirst du nicht ausgewiesen.«

»Du verstehst mich nicht. Ich will keine Reue zeigen! Auch nicht, um meinen Arsch zu retten. Das mach ich einfach nicht.«

»Hazal, was denkst du, was du so erreichst? Du schadest nur dir selbst. Merkst du das nicht?«

»Ihr braucht euch keine Sorgen um mich zu machen, ehrlich. Ihr alle nicht. Ich war heute Nacht durcheinander und fertig, deshalb hab ich dich angerufen. Sorry, Tante. Kommt nicht mehr vor.«

»Du bist verrückt, Hazal. Du denkst, du kannst so weitermachen. Aber weißt du was? Wenn du dich der Sache nicht stellst, wirst du nie im Leben glücklich werden, weißt du das? Nie im Leben. Dein Gewissen wird das niemals packen!«

Ich verdrehe nur die Augen. Sie schüttelt besserwisserisch den Kopf und knotet ihre Haare hektisch zu einem Dutt. Leichter Wind streicht über uns. Jetzt sehe ich endlich so etwas wie Wut in ihrem Gesicht, sowas wie eine Drohung, und die ist giftig und echt, aber irgendwie kommt sie mir trotzdem nur lächerlich vor. Wie konnte ich denken, dass Tante Semra mich verstehen würde? Ich schütte ihr mein Herz aus und sie kommt mir mit billigen Kartoffel-Sprüchen, dass sie sich alle Sorgen machen und so. Warum hat sich denn keiner Sorgen um mich gemacht, als ich noch bei ihnen war? Jetzt ist alles wieder da, jetzt ist alles hier in Istanbul: mein Vater und Mama und der Çay, der Ladendetektiv und mein Ausweis, der ganze Scheiß mit Onur und Eugen. Wozu wollen die mich überhaupt zurück? Und was will Semra? Sie sagt, sie weiß, wie es sich anfühlt, aber einen Scheiß weiß sie. Läuft lässig und schick in der Welt rum, hat all das in der Tasche, wovon ich nur träumen kann. Hat diesen Scheißsonderstatus in der Familie, nur weil sie studiert hat, und alle lassen sie in Ruhe, hat als Einzige einen anständigen Job, und die Deutschen sehen sie bestimmt wenigstens ab und zu auf Augenhöhe an und denken, oh, die ist ganz schlau für eine Türkin. Und sie denkt, alle könnten dasselbe schaffen wie sie. Und wer nichts reißt, hat sich einfach nicht genug angestrengt. Ausgerechnet sie soll mich jetzt also wieder einsammeln und wegsperren, oder was?

Ich soll Reue zeigen, na klar. Dabei müsste Semra doch wirklich wissen, wie der Scheiß läuft. Und dass überall der gleiche Scheiß läuft. Irgendwelche Leute haben das Sagen und versuchen, die anderen fertigzumachen und mit dem Finger auf sie zu zeigen. Was macht es für einen Unterschied, ob ich in der Türkei bin oder in Deutschland? Hier machen die denselben Scheiß noch viel brutaler mit den Kurden. Die haben hier gar nichts zu melden. Okay, in Deutschland herrscht kein Krieg, aber irgendwelche Asylantenheime werden ständig angezündet. Ist jetzt nicht so der Unterschied. Kein Schwanz interessiert sich für uns, sie sehen uns nur, wenn wir Scheiße bauen, dann sind sie plötzlich neugierig. Wenn wir einen Thorsten vor die U-Bahn schmeißen, wollen sie auf einmal wissen, wer wir sind. Und ja, hier in Istanbul werde ich auch nie etwas zu melden haben, aber darum geht es nicht. Ich verstehe nur endlich, wie die Sache läuft, ich verstehe, dass die Welt scheißungerecht ist und dass sie anders besser wäre, aber anders wird sie nie werden. Doch das liegt nicht an mir. Und dass ich das weiß, wird mir vielleicht nicht helfen so im praktischen Leben. Aber es hilft meinem Herz.

Vögel ziehen über uns vorbei. Je länger ich Tante Semra anschweige, desto mehr Dinge werden mir klar, Dinge, die vielleicht immer da waren, die ich in eine kleine, stickige Kammer in mir geschlossen hatte. Aber jetzt sind sie einfach vor mir und nicht mehr zu übersehen. Ich hebe den Kopf und schaue in den Himmel und sehe, dass er sich langsam pink färbt, und dann, dass das Wasser unter ihm glänzt, als hätte Gül ihr Glitzerpuder daraufgekippt, das sie sich manchmal zu Hochzeiten auf die Oberarme schmiert. Und Tante Semra rückt an mich heran und hebt vorsichtig den Arm und will ihn um mich legen, und ich weiß, sie wird heute die ganze Nacht versuchen, mich davon zu überzeugen, mit ihr zurückzufliegen und mich allem zu stellen und von vorne anzufangen, aber den Scheiß kann ich mir echt sparen.

»Hazal! Was machst du?«, ruft sie, als ich aufspringe und noch einmal auf ihr vertrautes Gesicht runterblicke und denke, so wie du es dir vorstellst, läuft das nicht. Und dann drehe ich mich um und renne los und werde sofort immer schneller. Ich renne aus dem Garten und höre meinen Namen nur noch aus der Ferne. »Hazal! Hazal! Bleib stehen!« Der Weg geht bergab, ich jogge, ich halte mir den Kopf. Die alten Männer in ihren Badelatschen schauen mich verblüfft an. Kleine Jungs pfeifen mir hinterher. Ich muss weg, egal wohin, ich muss einfach verschwinden. Mir kann sowieso keiner helfen, nur ich selbst. Keine Semra und kein Anwalt und kein Mehmet. »Einsamkeit kann man nicht teilen«, hat Ebru mal zu mir gesagt, und plötzlich verstehe ich, was sie damit meinte. Ich denke an sie und an Gül und an Elma, und vielleicht fühlen wir alle ja dasselbe, vielleicht bin ich doch nicht ganz allein, vielleicht sind wir irgendwie miteinander verbunden. Das ist auf jeden Fall eine schöne Idee, ein beruhigender Gedanke, dass da jemand ist, der dieselben Kämpfe wie ich kämpft, nur woanders. Und ich, ich sitze ja auch in einer Zelle wie Gül und Elma, nur dass meine viel größer ist.

SECHZEHN

Von der Türschwelle aus kann ich sie sehen. Oder zumindest einen kleinen Teil von ihr. Ich sehe einen Pfeiler, der wie ein gigantisches graues H in den Himmel ragt. H wie Hazalia. Wenn es dunkel wird, werden die Lichter angehen. In zwei Stunden etwa. War die Beleuchtung blau oder rot? Oder wechselt sie ihre Farbe immer wieder? Ich kann mich nicht erinnern. Ich muss warten, bis es soweit ist.

»Hazal! Gäste! Beweg dich!«

Ich bewege mich. Ich frage, was die Gäste trinken wollen. Ich lächle nervös. Ich atme den süßen Shisha-Duft ein und denke nicht mehr an die Brücke, sondern an den Standascher hinten beim Tresen, wo Uğur jetzt steht. Vielleicht war der knallrote Lippenstift doch keine so gute Idee. Ich habe ihn am Taksim gekauft, in einem winzigen Kosmetikladen, der voll war mit reichen Araberinnen in langen Gewändern, gleich nachdem ich mich im Laden daneben für das billigste Shirt entschieden hatte. Eigentlich muss ich sparsam sein mit dem bisschen Bäckereigeld, das ich noch habe, keine Ahnung, was ich hier im Café verdienen werde. Aber ich musste Gözdes Baumwollshirt endlich ausziehen. Und wenn ich mir schon keine anständigen Klamotten leiste, dann doch wenigstens einen auffälligen Lippenstift für die erste Arbeitsnacht, in der ich immerhin mal abchecken kann, was trinkgeldmäßig so geht. Jetzt lässt sich aber blöderweise genau abzählen, wie viele Zigaretten ich während meiner allerersten Schicht geraucht habe. Alle mit rotem Abdruck. Ich wette, Uğur wird das früher oder später sehen und mich darauf ansprechen. Denn Uğur ist so einer, der denkt, alle würden ihn ständig übers Ohr hauen. Und er ist mein Chef.

Erst habe ich es bei der Nummer, die ich von Gözde hatte, versucht. Der Typ aus der Karinca-Bar sagte gestern am Telefon bloß, sie bräuchten keine Kellnerinnen mehr, aber vielleicht in diesem anderen Laden. Also rief ich hier an, und Uğur wollte direkt, dass ich am nächsten Tag zur Probe arbeite. Der Laden ist in Çengelköy, das musste ich erstmal im Internetcafé googeln. Çengelköy gehört zu Üsküdar und liegt auf der asiatischen Seite, gleich neben der ersten Bosporusbrücke. Ich war krass aufgeregt, weil Halil und Gözde immer erzählt haben, in Üsküdar hingen nur so Islamisten ab. Aber voll übertrieben. Als ich am Nachmittag aus dem Bus stieg, sah ich als Erstes einem Mädchen im kurzen Sommerkleid hinterher und knöpfte erleichtert meine Bluse auf.

Das Café ist schmucklos und dunkel. Es gibt einen kleinen Innenbereich mit drei Tischen und der Küche. Das richtige Geschäft läuft aber draußen auf der Terrasse, die ziemlich groß ist, nur so seltsam schlauchförmig geschnitten, so dass die einzelnen Tische eine lange Reihe bilden. Alles ist nur mittelmäßig gemütlich hier, die hässlichen Polsterbänke und die altmodischen bunten Kissen, der viele Beton. Die Häuser nebenan sind so hoch, dass man keine Aussicht hat, außer man steht an der Schwelle zum Innenbereich. Dann sieht man rechts oben das bisschen Brücke. Als Allererstes fragte mich Uğur, ob ich weiß, wie man mit Shishas umgeht. Ich musste zweimal nachfragen, weil er unheimlich schnell spricht und alles gleich betont, und dann schnaufte er auch noch wütend, wahrscheinlich weil ich mit meinen Fragen seine Zeit vergeudete. Schließlich habe ich einfach genickt, obwohl ich die Sache mit der Kohle und so immer Elma überlassen habe, wenn wir mal Shisha rauchen waren. Jedenfalls war Uğur skeptisch und machte es mir bei der ersten bestellten Shisha nochmal vor. So schwer sah es eigentlich nicht aus. Dann sagte er, dass er eine Zuverlässige braucht, und wollte wissen, ob ich verheiratet bin oder vorhabe zu heiraten: »Wir brauchen keine, die hier schwanger rumtorkelt!« Ich habe alles verneint und sofort zugestimmt, als er meinte, ich hätte alle fünfzehn Tage einmal frei. Immer noch besser als Mehmets Job. Wohnen werde ich erstmal in dem Hostel am Taksim, das ich vorgestern gefunden habe, nachdem ich vor Tante Semra weggerannt war. So ein kiffender Hippie betreibt es, er scheint echt ganz okay zu sein. Zwar waren die einzigen Gäste, die ich da bisher gesehen habe, definitiv Billo-Nutten in Begleitung ihrer Freier. Aber ich kriege das Zimmer umsonst, wenn ich jeden Morgen drei Stunden putze. Klingt fair für mich.

Seit Stunden sind nur zwei Tische besetzt. Pärchen. Das eine raucht Shisha und streitet sich, das andere hält Händchen. Pärchen sind gut, weil sie so sehr miteinander beschäftigt sind, dass sie mich nicht mal richtig anschauen. Der Händchen-Typ hatte ein Bier bestellt und ich sagte okay, merkte dann aber am Tresen, dass es hier gar keinen Alkohol gibt. Zum Glück war Uğur gerade in der Küche. Stattdessen wollte der Typ dann einen Kaffee, den habe ich immerhin hingekriegt. Das Getränketragen und das Spülen und das Abrechnen sind auch völlig okay, wenn so wenig los ist. Schwierig wird es bei den Dingen, die ich nicht allein steuern kann. Mit Menschen quatschen, auf sie zugehen. Seit vorgestern mit Semra habe ich eigentlich mit niemandem mehr richtig gesprochen, außer mit dem Hippiechef im Hostel. Wir haben zusammen einen Joint geraucht und ich habe ihm meine Story erzählt, natürlich ohne die Sache in der U-Bahn. Jetzt aber, wo ich nicht stoned bin, fangen meine Hände an zu zittern, jedesmal, wenn ich auf neue Gäste zugehen muss. Wenn ich nicht rauchend am Ascher stehe, schleiche ich zur Türschwelle und starre mich weg von hier, hoch zu dem großen H.

Eine Gruppe kommt in den Laden, vier Jungs. Ich wische gerade über den sauberen Tresen, um beschäftigt auszusehen. Die Jungs setzen sich in die hinterste Ecke der Terrasse. Sie sind vielleicht so alt wie ich. Sogar ich kann an ihrem Kleidungsstil erkennen, dass sie nicht von hier sind. Ganz schön eng, die Shirts.

»Warum hast du nicht Hallo gesagt?«, zischt Uğur.

»Ich habe doch genickt«, sage ich.

Er patscht mir leicht mit der flachen Hand auf den Rücken. »Geh und begrüß die!«

Ich schiebe mein Haar hinters Ohr und laufe langsam auf die vier zu. Ja, Uğur ist ein Bastard. Aber er ist der Bastard, mit dem ich klarkommen muss, denn ich brauche seine Kohle. Also stelle ich mir seit Schichtanfang vor, so etwas wie Stolz gäbe es nicht. Oder zumindest nicht heute Abend. Und das funktioniert sogar ein bisschen. Die Jungs sitzen da und lachen laut und machen sich über irgendeinen in der Gruppe lustig. Hoffentlich labern die mich nicht komisch an. Ich stelle mir vor, wie ich die heiße Shisha-Kohle auf sie kippe und ihre gegelten Frisuren runterglühen.

»Hallo«, sage ich.

Die vier verstummen und lächeln mich brav an. Sehr gut.

»Was wollt ihr trinken?«

»Einmal das Teuerste, was Sie haben. Für den ganzen Tisch bitte«, sagt der Schönling im Camouflage-Shirt kichernd, und der große Dünne neben ihm boxt ihm in die Seite.

»Ich gebe nur Çay aus, du Missgeburt«, ruft er auf Deutsch.

»Seid mal leise, ihr seid voll peinlich«, sagt der Kleine mit den Sommersprossen. Dann blickt er hoch zu mir und spricht langsam auf Türkisch weiter. »Ähm, können wir bitte eine Karte haben?«

»Klar.« Ich gehe zurück zum Tresen und sehe schon den rot angelaufenen Uğur auf mich warten.

»Wie kannst du nur die Karten vergessen?«

Ich flüstere »Sorry« und nehme die eingeschweißten Menüs mit. Die Jungs machen immer noch Quatsch und lachen sich tot dabei. Sie erinnern mich an uns. Der große Dünne, der keinen Spaß versteht, wirkt wie ein Ebru-Klon. Der Schönling in Camouflage, der ständig auffallen will, ähnelt eindeutig Gül. Der kleine Ernste mit den Sommersprossen, der das Sagen hat, könnte Elma sein. Und ich, ich bin wohl der, der übrigbleibt.

»Also, ich will schon mal eine Shisha bestellen, Apfel«, sagt der, der ich sein könnte, in gebrochenem Türkisch zu mir. Ich mustere ihn. An ihm ist nichts, das besonders wäre. Er trägt ein gebügeltes blaues Polohemd, hat die Haare ordentlich zur Seite gekämmt und riecht mächtig nach Aftershave. Ich wette, sein Zimmer sieht aus wie eine Müllhalde. Standardtürke.

Ich notiere die Bestellungen und gehe zurück zur Bar. Ich frage mich, was unsere vier Klone hier machen. Wahrscheinlich Urlaub. Aber fahren Kanaken in dem Alter nicht nach Antalya oder so? Wirklich gebräunt sehen sie nicht aus. Vielleicht wollen sie erst ein paar Tage in Istanbul chillen, und einer von ihnen hat Verwandte in Üsküdar und da pennen sie umsonst und kriegen Frühstück von irgendeiner Tante vorgesetzt, die ihr Leben lang Jungs bedient und deshalb Spaß daran hat. Und wenn die vier gegen Mittag aufstehen, ist das Bad stundenlang besetzt, weil sie sich nacheinander ewig für ihre Frisuren vor den Spiegel stellen, und nach dem Frühstück gehen sie dann schließlich raus und die Tante muss erstmal alle Fenster in der Wohnung öffnen, damit der penetrante Deo-Gestank aus der Wohnung weht.

Nach und nach füllt sich die Terrasse. Meine Füße werden schneller, mein Kopf klarer, weil ich nur noch Befehle ausführe und keine Zeit habe, über Semra oder den Studentenkörper oder Mehmet oder irgendeinen anderen Scheiß nachzudenken, den ich im Leben vermasselt habe. Wer weiß, vielleicht sind das meine Stärken, Befehleausführen und Nichtnachdenken. Sollte ich in meine nächste Bewerbung schreiben.

Es wird dunkel, und ich kassiere endlich die ersten Tische ab und checke plötzlich, dass hier keine Sau Trinkgeld gibt. Einen Lira kriege ich bei drei Tischen. Eine Scheißlira, das sind dreißig Cent, dafür kriege ich hier in Istanbul einen Liter Wasser. Echt jetzt? Genervt räume ich die leeren Gläser weg und denke wie eine Gestörte darüber nach, ob es wohl an mir liegt, dass die Gäste nichts springen lassen und ob ich vielleicht noch einen Blusenknopf aufmachen soll, und da wird es plötzlich ganz still in meinem Kopf. Und außerhalb von ihm. Ich höre keine Musik mehr. Die Gäste verstummen, wie das fiese Schweigen vorgestern zwischen Tante Semra und mir. Ob sie noch in der Stadt ist? Und immer noch im Moscheegarten sitzt? Mein Nokia ist ausgeschaltet seit unserem Gespräch, das gar kein richtiges Gespräch war, sondern eine Scheiß-Deutschland-Werbung, eine billige Predigt nicht für Kanaken, sondern für Migranten, für Migranten mit Migrationshintergrund. Und was habe ich gelernt? Man muss jemanden nicht gleich vor die U-Bahn schmeißen, nur weil man seine Tage hat. Warum ist es hier nur so verflucht still geworden? Ich stelle das Tablett auf die Bar und sehe mich um. Alle starren hoch zum Fernseher. Eben lief da noch Justin Bieber, jetzt die Nachrichten. Uğur steht direkt beim Fernseher, mit offenem Mund und der Fernbedienung in der Hand. Er drückt lauter. Die zeigen irgendwelche Panzer und Soldaten auf einer riesigen Brücke, und übertriebenen Verkehr. Das ist die Bosporusbrücke. Die Brücke! Ich springe zur Türschwelle und blicke nach rechts oben. Ja, ich kann dort oben beim Pfeiler sehr viele Scheinwerfer sehen, die sich alle nicht bewegen. Es sieht nach Stau aus. Und die Beleuchtung ist auch endlich an. Sie ist blau, das habe ich mir doch gedacht, dass sie blau ist. Ein hellblaues Neon-H, gerahmt von Zickzack-Girlanden, hängt mitten im tiefen Blauschwarz der Nacht. Uğur wirkt völlig abwesend und im Arsch, darum gehe ich hinter den Tresen und übernehme das Geschirr. Von hier aus sieht es fast schon unheimlich aus, wie alle Gäste auf ihre Handys starren. Was ist nur los? Ein Mädchen mit kurzen Haaren und Knopfaugen steht auf und kommt hektisch auf mich zu. Ihre Freundinnen laufen raus vor die Tür.

»Können wir zahlen? Wir müssen weg hier.«

Ich suche nach der Rechnung für ihren Tisch.

»Es wäre besser, wenn ihr auch bald schließt«, sagt sie.

Ich nicke nur und drücke ihr das Wechselgeld in die Hand.

Uğur kommt zurück zum Tresen. Er schnauft wieder wütend vor sich hin, aber mit verwirrtem Gesicht.

»Was ist los?«, frage ich.

»Nichts ist los! Irgendwelche Leute spielen uns ein kleines Theater vor.«

Er macht auf unbeeindruckt und sagt, ich soll nach den Shishas schauen. Ich laufe mit einem Kessel voller Kohlestücke die Tische ab und lege sie mit einer Zange jeweils auf das Aluminium. Die Shisha der Deutschtürken kippt um, ich bin über den Schlauch gestolpert. Ich blicke zurück zur Bar, Uğur hat es gesehen und schlägt verzweifelt die Hände über dem Kopf zusammen. Ich entschuldige mich panisch, und der Elma-Klon sagt in seinem miesen Türkisch, es sei ja gar nichts passiert. Er hebt die Shisha selbst auf und stellt sie wieder hin. Ich will gerade ein Kohlestückchen darauflegen, da nimmt er mir die Zange vorsichtig aus der Hand. Er will mir zeigen, wie es geht, pustet und schiebt die Kohle mit der Zange ein bisschen hin und her. Ich passe aber gar nicht richtig auf, ich beobachte nur, wie er sich Mühe gibt für mich, und bekomme leicht Gänsehaut davon. Elma weiß eben, wie man mit Katastrophen umgeht, denke ich, sie weiß es einfach. Mir weht Rauch in die Augen, plötzlich fließen mir Tränen über die Wangen. Ich renne schnell zum Klo. Uğur ruft mir noch schnaubend irgendwas hinterher, aber ich renne einfach weiter, damit ich die Tränen in den Griff kriege, bevor das ganze Make-up verläuft.

Ich rolle ein Blatt Klopapier zusammen und tupfe meine Augenpartie trocken. Ich sehe müde aus, denke ich, aber wenigstens wirkt die Naht an meiner Augenbraue nicht mehr so auffällig, ich habe den blöden Verband früher abgemacht, weil mich auf der Straße alle so mitleidig angestarrt haben. Und während ich so vor dem Spiegel stehe und weitertupfe, damit die klumpigen Mascaraflecken aus meinem Gesicht verschwinden, macht es *bum*. Ein, zwei, drei, vier Mal: *bum bum bum bum*. Es knallt so laut, dass ich vor Schreck auf die Knie sinke. Aber es knallt anders als neulich in Aksaray. Das ist keine Bombe, das sind Schüsse, fährt es mir durch den Kopf. Jetzt fängt irgendwas an zu zischen, wie Feuerwerk an Silvester. Aber es fliegt nur, es platzt nicht. Ich höre wieder zwei Schüsse und mein Herz fängt an, so schnell zu klopfen, dass ich das Gefühl habe: Okay, jetzt ist es Zeit zu beten. Eine Weile bleibe ich so auf dem Toilettenboden hocken und versuche, mich an die Koranverse zu erinnern, die mich Oma als Kind aufsagen ließ, um mich hinterher mit hart gewordenen Kaubonbons zu belohnen. Die ersten paar fallen mir irgendwann ein, weil ich sie als Melodien abgespeichert habe, wie ein Lied, dessen Text ich nicht verstehe. Da geht die Tür auf, eine langbeinige Frau kommt rein. Erschrocken sieht sie zu mir runter. Sie ist bleich wie ein Gespenst.

»Die schießen!«, ruft sie.

»Im Café?«

»Nein, auf der Straße.«

Ich rapple mich hoch und schleppe mich raus. Schließlich bin ich hier Angestellte, schließlich bin ich pleite. Uğur ist auf der Terrasse. Er schreit herum und winkt die Leute in den Innenraum. Als er mich am Tresen sieht, winkt er noch heftiger.

»Wo steckst du, verdammt! Wir müssen die Terrasse leeren!«

Ich räume aufgeregt die Tische ab. Die Gäste blicken mich ängstlich an, stehen dann auf und setzen sich in den Laden, also die, die einen Tisch bekommen. Die anderen stehen drinnen eng gedrängt herum und telefonieren.

»Hazal! Vergiss die Tische! Komm rein!«, ruft Uğur irgendwann.

Ich helfe ihm, die Glastüren zu schließen.

»Was ist denn passiert?«, frage ich.

»Darbe!«, bellt Uğur mir ins Gesicht. Das Wort schwirrt hier überall herum. Alle im Laden sagen ständig *»darbe«*, aber ich kenne das Wort überhaupt nicht, *»darbe«*, was soll das sein? Klingt irgendwie nach Kopfverletzung. Als die Türen geschlossen sind, drücke ich mein Gesicht gegen die Glasscheibe und sehe zur Brücke hoch. Die Autolichter bewegen sich noch immer nicht. Uğur schaltet den kleinen Fernseher über der Theke ein. Sie zeigen jetzt Jets und Hubschrauber. Ein bisschen wie in diesen Actionfilmen, bei denen ich immer einschlafe, weil ich nicht checke, was der Scheiß soll. Aber dieser Scheiß ist echt. Ich lehne mich ge-

gen den Tresen und atme flach. Bis Uğur sagt, ich soll weiter Bestellungen aufnehmen. Er füllt ein Çayglas nach dem anderen und scrollt nebenbei immer wieder auf seinem Handy herum. Und dann hören wir draußen schon wieder Schüsse. Und Schreie, in der Ferne. Ein Mädchen im Café fängt an, laut loszuheulen. Ihre Freunde wollen sie beruhigen, aber sie ist panisch. Sie streichen ihr über das Haar und sagen, alles wäre okay, aber sie heult immer lauter. Ich nehme eine kleine Wasserflasche aus dem Kühlschrank und bringe sie ihr. Uğur flüstert mir zu, ich solle das auf ihre Rechnung schreiben. Ich nicke nur und mache es nicht. Die vier Deutschtürken, unsere Klone, haben einen Tisch ergattert und schauen aufgeregt hoch zum kleinen Fernseher. Ich frage mich, ob die irgendwas kapieren und ob die mir das erklären können. Der Elma-Klon steht auf und drängt sich telefonierend durch den Laden. Er spricht auf Deutsch mit einer Abla und sagt, er könne gerade nicht los. Sie solle sich keine Sorgen machen, er sei in Sicherheit.

Uğur dreht den Fernseher noch lauter. Alle sind aufgeregt. Eine blonde Nachrichtensprecherin mit vollen Lippen sitzt vor einem Laptop. Sie liest einen langen, seltsamen Text ab. Keine Ahnung, was sie will. Die Gäste hören mit angestrengten Gesichtern zu. Die Nachrichtensprecherin trägt einen Blazer, dessen Farbe an das Blau der Brückenbeleuchtung erinnert. Kaum ist sie fertig, steht Uğur vor mir und sagt, dass wir schließen und alle Leute abkassieren, sofort.

»Bist du sicher? Ich meine, da draußen wird geschossen.«

»Die Schießerei ist vorbei, je früher die gehen, desto besser! In sechs Stunden ist Ausgangssperre, dann darf gar keiner mehr raus.«

»In sechs Stunden ist was?«

»Ausgangssperre!«

Ausgangssperre? Wie soll das gehen? Wie komme ich dann morgen zur Arbeit? Ich nehme den Zettelblock und laufe von Gast zu Gast und entschuldige mich und kassiere ab. Die meisten schauen nur nervös und zahlen, einige fragen, was das soll, und werden sauer. Unsere Klone bleiben höflich. Sie geben gutes Trinkgeld. Ich lächle und bedanke mich auf Deutsch. Alle vier laufen sie rot an. Der Elma-Klon fragt schließlich, woher ich komme. Berlin, sage ich. »Ich bin da öfter. Vielleicht sieht man sich ja mal!« Dann machen sie sich vom Acker, wie alle anderen auch. Uğur schließt ab und hastet mit der Kasse in die Küche. Ich spüle das Geschirr, stelle die Stühle hoch und fege durch. Ob ich den Jungs meine Nummer hätte zustecken sollen? Nicht weil ich auf sie stehe oder so, sondern einfach weil sie nett waren. Andererseits reisen sie in ein paar Tagen sowieso zurück, und ich wäre wieder allein. Im Fernsehen zeigen sie jetzt ein iPhone, auf dessen Bildschirm Erdoğan zu sehen ist. Er spricht über Facetime oder so und sieht irgendwie total alt aus, wie ein Opa, der zum ersten Mal ein Selfie macht. Vielleicht hätte ihm jemand mal besser die Filterfunktion erklärt, seine Hautfarbe sieht in dem Halogenlicht nicht so gesund aus. Und die Gardine hinter ihm ist übertrieben hässlich. Uğur kommt aus der Küche gestürmt und drückt mir dreißig Lira in die Hand. Ich sehe ihn fragend an. Kriege ich so wenig, weil das nur ein Probetag war?

»Geh schnell nach Hause. Ich rufe dich an, wenn ich dich brauche. Aber du warst echt langsam heute … Und hast elf Zigaretten geraucht!«

Ich verdrehe nur die Augen, nehme meine Einkaufstüte und gehe vor die Tür. Uğur schließt von innen ab. Nur zwei Sekunden später sind die elektrischen Rollläden unten und alle Lichter aus. Was für ein Penner. Ich nehme die Kippen aus meiner Tüte, aber finde das Feuerzeug nicht, ich habe es am Ascher liegen lassen. Verfickte Scheiße. Gibt es hier irgendwo einen Kiosk? Ich schaue mich um. Auf der Straße ist kein Schwein. Ich überlege kurz. Es ist Freitagnacht, und ich stehe auf einer Straße gleich am Bosporus voller Cafés und Restaurants, und die Straße ist leer? Wie kann das sein? Alle Läden sind geschlossen, niemand ist unterwegs. Okay, irgendwas ziemlich Krasses passiert gerade, mit den Soldaten und so. Ich sehe kein einziges Auto, keinen Bus. So tot ist die Stadt doch nicht einmal, wenn eine Bombe hochgeht. Aber Moment. Vielleicht übertreibe ich auch nur. Vielleicht ist das doch eine ruhigere Gegend abends, und die Leute drehen einfach bei jedem Scheiß durch.

Ich klopfe an Uğurs Rollladen, aber gebe direkt auf, weil ich weiß, dass der Wichser sowieso nicht aufmachen wird. Darum gehe ich ein paar Meter und höre meine Schritte auf dem Asphalt. Ein komisches Gefühl. Keine Ahnung, wann ich das letzte Mal meine eigenen Schritte gehört habe. Ist diese Stadt denn ausgestorben? Ich habe nie Bock gehabt, mit Eugen Zombiefilme zu gucken, aber wahrscheinlich fangen die alle genau so an: eine leere Straße, dunkle Nacht, das weit entfernte Licht einer Laterne und ein einsames Mädchen auf dem Nachhauseweg. Obwohl nach Hause ja nicht stimmt. Ein einsames Mädchen auf dem Weg in das eklige Hostel, in dem es seit zwei beschissenen Nächten wohnt. Mir wird ein wenig unwohl. Ich sauge die warme Nachtluft ein und versuche, an etwas Schönes zu denken, an Elmas Zuckerwatte-Geruch zum Beispiel. Und an die sanfte weiße Haut an ihren Armen, die immer kühl ist, so kühl, dass man denkt, darunter seien Kühlakkus installiert. An ihr weites Dumbo-T-Shirt, das sie zum Schlafen trägt, und an den seitlichen Pferdeschwanz, den sie sich immer macht. Durfte sie ihr Dumbo-Shirt dorthin mitnehmen, wo sie jetzt ist? Da, endlich. Ich erreiche ein paar normale Wohnhäuser. Und in manchen von ihnen brennt Licht. Also ist irgendwer zu Hause. Ich checke alle Fenster und Balkons, aber ich sehe keine Menschenseele. Vielleicht sollte ich irgendwo klingeln. Bloß wozu? Was sollte ich sagen? Und würden die Leute mir aufmachen? Nein, Klingeln ist eine schlechte Idee.

Ich höre ein flatterndes Geräusch in der Ferne. Wie eine Waschmaschine auf 1400 Umdrehungen. Es wird immer lauter. Ich schaue in den Himmel und sehe Lichter. Ein Flugzeug, nein, ein Hubschrauber, er fliegt verdammt niedrig. Ist er da, um mich mitzunehmen? Um mich rauszuholen? Oder sucht er nach mir, um mich zum Gericht zu fliegen? Jetzt werde ich total irre. Er fliegt weiter, natürlich. Was sollte der schon mit mir? Der Lärm verklingt ganz langsam, ganz weit weg.

»Hey du!«, höre ich jemanden rufen.

Ich gucke die Hausfronten hoch. Eine Gestalt in leuchtend weißem Unterhemd steht auf einem der oberen Balkons, in ihrer Hand die winzige Glutspitze einer Kippe. Ich gehe näher, bis zum Busch vor der Wohnanlage.

»Was machst du da auf der Straße? Weißt du nicht, was los ist?«

Ich kneife die Augen zusammen, um die Person da oben zu erkennen. Ich denke, es ist ein Mann, und er hat eine Glatze. Aber ich bin mir nicht sicher, es ist so dunkel.

»Geh nach Hause!«

»Äh, ja, ich will ja nach Hause!«, rufe ich. »Aber … ich weiß nicht, wo das sein soll«, murmele ich.

»Was sagst du?«

Ich räuspere mich. »Fährt kein Bus oder Dolmus?«

»Es ist *darbe,* Mädchen. Was für ein Bus?« Er macht ein Geräusch, das nach einer schnalzenden Zunge klingt.

»Wissen Sie, wie ich zum Taksim komme?«

»Zum Taksim?«, ruft der Mann. »Die Brücke ist gesperrt! Mädchen, lass dich von jemandem abholen. Kennst du niemanden auf dieser Seite?«

»Eigentlich nicht«, antworte ich und werde von einer Frauenstimme aus der Wohnung des Mannes unterbrochen: »Fikret, komm endlich rein! Es ist gefährlich da draußen!«

»Viel Glück«, ruft er und schnipst seine Zigarette vom Balkon, bevor er hinter den Vorhängen verschwindet. Ich sehe, wie der glühende Stummel irgendwo auf dem Gehweg landet, und renne schnell über die Straße auf ihn zu, als sei ein Geschenk vom Himmel gefallen. Ich hebe ihn auf und zünde mir an ihm eine Zigarette an. Mein Arsch sinkt auf die Bordsteinkante. Bei den ersten drei Zügen fühlt sich die Welt ganz flauschig an. Beim vierten bemerke ich das Loch in meinem Magen. Ich habe den ganzen Tag nichts gegessen, außer eine Tomate zum Frühstück. Es ist nicht so, dass das Hungern Spaß macht oder so, aber seit der Begegnung mit Semra fühlt es sich besser an, als zu essen. Denn wenn ich satt bin, glaubt mein Körper, alles sei okay, dabei stimmt das nicht. Mir wird schwindelig von der Zigarette.

Es kann aber gut sein, dass ich die ganze Nacht kein Feuer mehr finde, darum zünde ich mit der Glut die nächste an. Jetzt kehrt die Flauschigkeit schon nicht mehr zurück. Ich frage mich, wie weit ich mit dreißig Lira in einem Taxi kommen würde. Sicher nicht weit.

Licht flutet auf mich zu, aus der Ferne. Irgendein Wagen kommt angefahren, er ist ziemlich groß. Ein Kastenwagen? Bullen? Vielleicht ist es ja auch einfach ein Bus. Ich springe auf. Die Richtung, in die er fährt, ist zwar nicht meine, aber ich kann ja nicht hier auf der Straße pennen. Ich werde ihn heranwinken. Irgendwie fährt der Bus aber ziemlich schnell und hat keine Anzeigetafel und außerdem ist er heftig breit und riesig, selbst für einen Kastenwagen. Ich gehe vorsichtshalber zwei Schritte zurück, und als er an mir vorbeirast, spüre ich wie einen Schlag den Windstoß. Krass. Das ist tatsächlich ein Scheißmilitärpanzer, exakt wie eben im Fernsehen. Mit Kanonenloch und so. Er sieht genauso aus wie diese Spielzeugpanzer, die Onur früher immer hatte, nur dass dieser hier nicht aus Plastik ist. Und dass er problemlos die halbe Stadt überrollen kann. Ich muss dringend weg hier.

Wieder höre ich Schüsse. Viele hintereinander, sehr viele. Bei den ersten ist immer eine kurze Pause dazwischen, später nicht mehr. Sie kommen von sehr weit weg, aber sie hallen nach, weil alles so unendlich leise ist. Die Stille, die auf die Schüsse folgt, ist doch gar nicht möglich in Istanbul, dazu müsste alles und jeder tot sein. Ich konzentriere mich auf sie und beginne irgendwann, doch etwas zu hören. Bilde ich mir das ein? Nein, ich höre Schritte, und nicht nur von einer Person. Ich versuche, mir auszumalen, wer da auf mich zukommt, und gebe mir Mühe, ganz viele verschiedene Erklärungen dafür zu finden, warum ich nun Schritte höre und wie dieser Abend ausgehen wird. Und am Ende bleibe ich doch bei den schlimmsten Möglichkeiten hängen. Ich lasse meine Zigarette fallen, springe in das Gebüsch vor der Wohnanlage und lege mich auf den Boden. Auf der dunklen Straße leuchtet nur die rote Glut meiner Kippe. Scheiße.

Ich sehe Schuhe, von ungefähr fünf, sechs Leuten, ich höre Geflüster. Über meinem Kopf hängt ein dorniger Ast. Wenn ich mich falsch bewege, wird er die Naht in meinem Gesicht aufkratzen. Hoffentlich gibt es keine Ratten hier. Die Füße gehen weiter, die Straße hinunter. Aber es kommen neue Füße hinterher.

»Mama, warte auf mich«, höre ich eine Mädchenstimme sagen. Ihr sanfter Klang beruhigt mich ein wenig.

Die Füße gehen und gehen, aber die Leute sprechen kaum. »Da vorne«, höre ich nur einmal jemanden sagen, und dann: »Seid vorsichtig!« Und während ich da so liege im Gebüsch, ganz starr mitten in den Dornen, denke ich plötzlich, dass das hier so ist, als würde ich in einem Sarg Probe liegen. Obwohl ich als Muslimin ja gar nicht in einem Sarg beerdigt werde, sondern in einem Tuch oder so, keine Ahnung, das hat mir alles sicher mal Oma erklärt. In meiner Brust fängt es an, schrecklich laut zu pochen. Ich versuche langsam, eine Hand in meine Einkaufstüte zu schieben, ohne den Kopf zu bewegen. Ich fische mein Handy heraus, ich passe auf, dass das Gebüsch nicht raschelt. Als ich irgendwann den richtigen Knopf erwische und das Handy angeht, piept es zweimal, aber da sind gerade keine Füße in der Nähe. Ich stelle das Handy auf lautlos und bekomme mehrere SMS hintereinander, die mir alle mitteilen, dass Tante Semra mich gestern und heute immer wieder angerufen hat. Vielleicht ist sie ja noch da, vielleicht wartet sie auf mich. Ich zögere und wähle dann ihre Nummer. Aber es passiert nichts, noch nicht einmal das Freizeichen ist zu hören. Ich wähle nochmal. Die Mailbox geht ran: »Hallo, hier ist Semra Sari. Ich bin gerade nicht erreichbar.« Ich lege auf und versuche es wieder. Aber ich scheine in einem Funkloch zu liegen oder so, denn jetzt kommt nicht mal mehr die Mailbox.

Und da plötzlich durchschneidet etwas die Stille. Mein Herz bleibt fast stehen, und ich denke an Tritte und Schüsse und Panzer, aber nein, es ist der Ezan. Komisch, ich glaube, das ist nicht normal, dass mitten in der Nacht ein Ezan verlesen wird. Der letzte kommt doch eigentlich lange vor Mitternacht. Und da merke ich, dass das gar nicht der Ezan ist, den ich kenne, das ist eine andere Melodie, ein anderer Text, das ist ein anderes Gebet, eines, das ich noch nie in meinem Leben gehört habe. Ich schließe die Augen und stelle mir vor, dass der Imam ein neues Lied anstimmt, eines, das mir vertraut ist, »Umbrella« vielleicht, ja, dass von allen Minaretten Istanbuls gleichzeitig »Umbrella« ertönt. *When the sun shines we shine together.* Wieso nicht? Meine Eltern fänden das sicher zum Kotzen, die würden denken, ich mache mich über den Ezan lustig, aber das tue ich ja gar nicht. Ich versuche nur, den Gesang zu etwas zu machen, das mich beruhigt und nicht noch mehr ins Zittern bringt, mit dieser komischen neuen Melodie, die noch viel mehr nach Tod klingt als die normale. Und meine Eltern wissen doch beide ziemlich gut, wie es ist, Angst zu haben. Mama, die immer Angst davor hat, irgendeinen Schritt von sich aus zu machen, Angst davor, sie könnte selbst daran schuld sein, dass sie scheißunglücklich ist. Und mein Vater, der aus Angst zuschlägt, ja, er tickt immer nur aus, weil er Schiss hat vor dem Versagen, als Vater, als Ehemann, als komischer Taxifahrer. Sie kommen mir beide so jämmerlich vor jetzt, wie kleine bunte Pappmenschen mit immer hängenden, unglücklichen Gesichtern, aber irgendwie auch niedlich, wie sie in ihren kleinen Leben immer wieder dieselben Runden drehen, bis ihnen die Kraft ausgeht.

Und Semra erst, die sich für so übertrieben klug hält und dann bis nach Istanbul fliegt, um mir zu sagen, ich soll mich den Bullen stellen. Ich soll mich wohl entschuldigen und verschämt auf meine Schuhe starren, wie damals im Supermarkt, beim Filialleiter mit den blauen Miniaugen. Aber die arme Semra, was soll sie schon sagen. Sie weiß es ja nicht besser, sie ahnt nicht, dass Scham viel beschissener ist als Angst. Dass Scham einem den letzten Verstand rauben kann. Sie kennt das Gefühl nicht, sie kennt nichts, was außerhalb von ihrem eigenen geordneten Leben liegt. Und wer weiß, vielleicht sind wir ja alle so, vielleicht tun wir alle dasselbe, uns im Kreis drehen, immer wieder dieselben Runden, bis uns die Kraft ausgeht, bis die triefende Riesenschnecke kommt und uns in unseren Träumen auffrisst und wir von oben runter auf das große H im Wasser schauen und nur noch lachen können über die Angst, die uns unser Leben lang so viel Zeit gekostet hat. Es fängt an, komisch zu riechen hier, ein bisschen wie in Hazalia, wo das Messer liegt, mit dem mein Vater immer das Fleisch geschnitten hat, und meine langen schwarzen Locken, und auch der Studentenkörper und der rote See, aber wo keine Angst sein kann, weil es nämlich in Hazalia immer warm ist, als würde man ständig mit dem Rücken gegen die Heizung lehnen, oder als würde einen die ganze Welt umarmen, richtig umarmen, fest und ehrlich, nicht so mit zwei Zentimetern Sicherheitsabstand wie die Deutschen.

Der Gesang geht zu Ende. Das Gebüsch raschelt im Wind. Ich öffne die Augen, sehe ein Stück Nacht und lächle mir selbst zu.

DANKE

»Wüsste ich die Antwort auf irgendeine meiner Fragen«, schrieb Joan Didion, »hätte ich nie das Bedürfnis gehabt, einen Roman zu schreiben.« Meine Fragen sind nicht weniger geworden. Aber ich möchte all denen danken, die mich dabei unterstützt haben, sie zu stellen.

Ich danke meinem Lektor Florian Kessler für das Cheerleading und die großartige Zusammenarbeit und dem Carl Hanser Verlag für das Vertrauen in *Ellbogen*.

Aylin Bahadırlı danke ich für all die Jahre, in denen wir gemeinsam gedacht und gehatet haben, und Sami Rustom, weil er mich auch an miesen Tagen erst füttert und dann zum Tanzen bringt. Ich danke Baske dafür, dass ich im Schatten seines Styles wachsen durfte.

Für prägende Gespräche und unschätzbare Denkanstöße danke ich Enrico Ippolito, Marlene Halser, Andreas Fanizadeh, Dirk Knipphals, Daniel Schulz, Hengameh Yaghoobifarah, Kenan Darwich, Omar Nicholas, Ingo Ohm, Hagen Verleger, Thomas Vorreyer, Anisa Avdić, Irma Helzer, Andreas Müller, Filiz Gürbüz, Yasemin Karademir Sevinç, Margarete Stokowski, Çiğdem Akyol, Mustafa Yüksel, Emel und Mehmet Bilen und Ela Bahadırlı.

Ganz besonders danke ich meinen Eltern Birgül & Ali, meinem Bruder Burak und meinem Verlobten Şamil für ihre Liebe, ohne die nichts möglich wäre.